緣來是冤家 2

風文創 1059

明檀 著

目錄

第二十六章

「這聯出得怪，狗屁不通，還說什麼古籍人物。來來來，你聽說過嗎？」單久望扯來一旁的路人，又指了一旁一人問：「你有聽說過嗎？我看就是隨意胡謅！根本不想讓我們拿到釵符，散了散了！這有什麼好答？還聽這個黃毛丫頭亂答……」

話未說完，就聽到一道鼓掌聲，清晰入眾人耳，但極其緩慢，甚至聽得出其中不乏奚落與嘲諷。

許是這掌聲過於意味不明，單久望未反應過來，尋著發出掌聲的人看去，發現是莫文嫣與那答題女子身旁一男子，剛一尋到，就撞上了其無情無緒的眼神。

「說得真好，怎麼不說了？等著你說完呢。」

不知怎的，被此人盯著，心底竟有些發怵，單久望定了定心神立刻道：「說什麼？你讓我說……」

「繼續說，讓我看看到底有多厚顏無恥，我看你也不需要讀書進學了，好好地在家吃喝等死，等著朝廷派人過來跪下，來求你科舉試卷怎麼出，畢竟答不出是胡謅，那科舉試卷怎麼能胡謅呢？只能靠你來出卷了。」

「你！」

「怎麼，我瞧你不是要在女人面前逞威風，如今就對了一聯，還不嫌丟人？」

單久望被這話氣得血湧到腦門，身子微顫，旁邊的宛娘連忙扶著。「公子……」

單久望推開她，又想說什麼，可上面的小廝像是故意似的，這個時候開始道：「各位，那我就繼續唸下一聯了。」

於是所有人都不再注意單久望要說什麼，而是專注下一副對聯。

單久望憋著那一口氣，更覺得整個人都快撐不住，他何曾這般被人當眾羞辱過？還是在此大庭廣眾之下！當著他那美人與同窗面前！

欺人太甚！欺人太甚！

可眼下也只能在接下來扳回一城才算真正出了一口氣。而單久望沒想到，接下來會是如此，他根本沒有任何對抗與爭搶的能力。

「上聯為——生地人參，附子當歸熟地。」

「那就，棗仁南棗，吳萸打馬茴香。」

「上聯，大千世界，彌勒笑來開放眼。」

「下聯為不二法門，濟癲醉去猛回頭可好？」

接下來無一不是如此，小廝方唸完，那女子未過一會兒便立即答上，甚至似乎沒有思索的時間。隨著對上的越多，在場氣氛便越濃厚，甚至有人直接鼓掌叫起好來。

「對得好！」

「是啊！」

莫文嫣已完全不在乎單久望那邊到底如何，只看著沈芷寧一個一個對聯對出，她不知怎的，就像自己對出了一樣，且在這氛圍影響下，興奮得不得了。

「快來，快來，下一聯要來了！」

眼下已經答了九個，還有最後一個，他們贏定了，而沈芷寧也答累了，目光落在秦北霄身上，又縮了縮身子。

不行不行，她知道秦北霄可以，但他這人報復心極強，她這會兒推他上去答，還在這人多的地方，回頭他定會找機會戲弄她。

於是，她笑嘻嘻地看向江檀。「江公子，說著是一隊，你要不也答一個？」

旁邊的蕭燁澤也起鬨了。「是啊，江檀，你好歹也是我們讀書堂名列前茅的，總得露一手！」

沈芷寧一聽，笑了。好的，蕭燁澤也不敢點秦北霄回答。

江檀本想推託，可見這二人頂著發亮的眼神看著他，不知怎的，本不願出面，竟失笑回道：「那就班門弄斧了。」

隨後小廝唸出了最後一聯。「上聯為——畫上荷花和尚畫。」此聯一出，沈芷寧微皺眉，到底是最後一聯，不簡單，乃回文對聯又用諧音，正讀、反讀皆一致。

眾人唸著，很快發現了其中的奧妙，越發覺得難，一時氣氛陷入膠著。

而莫文嫣與蕭燁澤的那興奮勁已經被沈芷寧帶起來了，現在都一臉期待地看著江檀。

江檀仔細思索了一番，道：「不知這個可行？」

沈芷寧重複了一次，眼睛一亮，立刻替他對小廝喊道：「這兒這兒，他對出了，書臨漢帖翰林書！」

一旁的秦北霄淡漠的眼神略掃過沈芷寧，不自覺地眉頭微皺。

莫文嫣與蕭燁澤隨著沈芷寧激動萬分，此時無人注意單久望那邊了，眼下倒像是過五關、斬六將一樣，成功了就值得欣喜。

蕭燁澤更是狠狠拍了下江檀肩膀。「厲害啊！江檀。」

江檀拱手笑笑，他向來平靜，可被這幾人熱鬧地包圍，眼中的那幾分疏離漸少了。

釵符是他們的了！

沈芷寧拿給了莫文嫣，莫文嫣笑靨如花，向沈芷寧道謝，隨後為了表示喜歡，還立刻掛在了自己的金釵上。反正她確實是喜歡的，這是眾人一起努力為她贏了單久望拿下的。

至於贏不贏單久望，她已然無所謂，可人群散開後，此人竟帶著那外室上前來，那外室剛要向她行禮，也不知要說些什麼。莫文嫣見狀，便先阻止了。

「妳無須向我行禮，我既不是妳的長輩，更不是妳的什麼人，妳何須向我行禮？」

一旁的單久望皺眉道：「莫文嫣，妳說話這麼刻薄做什麼？宛娘以後是要進門的，以後妳也要嫁入我單府，她自是要稱妳一聲姊姊，現在她好心好意向妳行禮，妳倒還擺上譜了？」

「姊姊？當不得。」莫文嫣許是被沈芷寧影響到，鼓起勇氣對單久望道：「我不想當她的姊姊，更不會入你們單家的門。」

「妳這話什麼意思？妳可是與我正經訂親了，還想反悔不成？」

「反悔又如何？我定會將今日的事如實告訴我父母與族中長輩，到時再請長輩書信於你們單家，將此事了了。」莫文嫣輕掃宛娘的肚子。「這正妻未入門，竟就弄大了外室的肚子，還大搖大擺帶出來，文嫣可無福消受。」

聽到莫文嫣說要與家中父母說道此事，更要書信單家，單久望臉上出現一絲慌亂，但嘴上還是道：「妳怎麼這麼不懂事？這種事怎的還與長輩們說，是想他們煩心嗎？再說了，別一口一個外室，多難聽，以後宛娘雖進門，可妳是我唯一的正妻啊！莫文嫣，妳怎的這般不識好歹？」

「是，是我不識好歹，那我就不識了，我意已決，單公子，我與你的婚事就此作罷。」

單久望更慌亂了。「作罷？妳瘋了，我們的婚事可是父母之命、媒妁之言……」

「就算是父母之命、媒妁之言，但也應以我下半輩子的順遂為重，而不是為了禮教而禮教，單公子請便。」

說罷，莫文嫣就拉著沈芷寧走了。

單久望見她如此，心中忐忑，臉色很是不好。

這是祖父為他找的一門好婚事，莫家乃江南大族，頗有聲望，這婚事要是真沒了，還是因這樣的理由，傳出去他就完了！

他想追上莫文嫣說道說道，可人早已沒影了。

沈芷寧與秦北霄眾人離開昭慶寺後，又去其他地方逛了一圈，一行人熱熱鬧鬧，除了秦北霄。

而沈芷寧一直用餘光瞥著秦北霄，見他好似心情不快，面容雖是一樣的淡漠，但總感覺多了幾分沈悶。

沈芷寧趁其他人說話間隙，溜到了秦北霄身邊。他淡淡的眼神微掃了她一眼，沒說任何話，自逛自的，甚至腳步還加快了些，沈芷寧跟上他還頗為吃力。

「你走那麼快幹麼？」

「妳不跟不就好了？」

沈芷寧一愣，秦北霄這口氣，好似真的很不開心似的，她猶豫著，跑到了他前面，問道：「怎麼了？你不開心嗎？」

秦北霄目光幽深，看了她一眼，語氣淡漠。「沒有。」

沒有嗎？可為何對她這般冷淡。

沈芷寧不知是什麼事，雖說他性子一直都如此，可除了剛認識的那個時候，他極少對自己這樣。有時他就算真的生氣，她都覺得那些氣並非衝著她來，於是她覺得，他是不會對她生氣的。

這是他近些日子以來第一次表現出來的疏遠與冷漠，她卻不知道為何。

而且不知怎的，她就算知道如何能將他哄高興了，但以往那些信手拈來的好話就在嘴邊，面對他這樣的冷淡，這會兒卻是不知所措到無法開口。

沈芷寧張了張嘴巴，有些侷促道：「沒有嗎？你一個人在後面，我以為你是心情不好。」

秦北霄沒有說話，面色依舊平淡。

見他如此，沈芷寧更沒那個勇氣開口了，她隨著秦北霄走了幾步，想了一會兒，還是鼓起勇氣小心翼翼道：「你若是有什麼不開心的地方，要說出來，憋在心裡對身子不好。」

「沒有。」

「哦。」

沈芷寧低頭垂眸，目光落在自個兒的繡鞋上，目光所及，還有秦北霄那雙玄色靴子，怎麼樣也想不透。明明早上出來都還好好的。

「芷寧，我們去前頭逛逛吧！」莫文嫣與蕭燁澤說完話，過來拉沈芷寧。

沈芷寧微點頭後被莫文嫣拉走了，向前走了幾步後，她又回頭看了一眼秦北霄。

他也正看過來，沈芷寧心中一喜，剛想朝他笑一下，沒想到他視線略過了她，叫了一聲她正前方的蕭燁澤，她唇角微起的笑容又耷拉了下來。

然後，她整個人都耷拉了。

沈芷寧心不在焉地與莫文嫣逛了一圈後，看天色差不多近黃昏，眾人決定回去了，莫文嫣坐了自家馬車，而沈芷寧與蕭燁澤等人還是與來時一樣。

只是來時的氣氛沒有回時這般沈悶。

蕭燁澤與江檀自是察覺了，江檀沒說話，蕭燁澤不知發生了什麼事，也不知氣氛為何就變成了這般，來回掃了眾人的面色後，想調節氣氛說點什麼。

「聽莫文嫣說方才那男的是青州長仁書院的，來參加龐園書會，那不是過幾日又要碰見了？」

沒有人答話，江檀怕他尷尬，只一笑，回道：「應該是的。」

除此之外，沒有任何回應，於是蕭燁澤閉嘴了。

他這堂堂一國皇子的威嚴啊……

沈芷寧不知在想什麼，偷偷瞄了一眼秦北霄，隨後怕他看見，趕緊移開了視線，又覺得馬車內悶得慌，便撩開了車簾。

馬車已出了月湖地帶，過了常府橋，接下來快到永豐巷。

永豐巷巷口停著一頂軟轎，軟轎旁站著一丫鬟，很是眼熟，沈芷寧再定睛一看，發現是沈嘉婉身旁的丫鬟瓊月。

沈嘉婉在此處嗎？她在永豐巷做什麼？

沈芷寧想了一會兒也不多想了，罷了，她與沈嘉婉關係鬧得僵，她自有她的事，她多想這些做什麼？只是……瓊月的表情似乎不對啊。

沈芷寧猶豫了一會兒，喊了車伕停下來，她往瓊月那處道：「瓊月。」

瓊月顯然沒想到在此處能碰見沈芷寧，眼神躲閃又慌亂，請安道：「奴婢見過五小姐。」

剛請安完，巷子內就傳來了爭吵聲。

「小姐！」瓊月這下子沒心顧忌了，連忙焦急跑進去。

沈芷寧猶豫著，想著要不要下去，江檀一眼便看出沈芷寧想下去看看，開口道：「要不去瞧一瞧？萬一出點什麼事，也好照應。」

他這話一說，沈芷寧咬唇，還是掀開了車簾下了馬車。

剛到巷口，就見一個婆子與幾個護衛對沈嘉婉二人推推搡搡，瓊月護著沈嘉婉，不讓他們碰沈嘉婉。

那幾個護衛都是身形魁梧，一臉橫肉，一看就不是什麼好東西，那個婆子也比一般的婆子更精壯些，像是做慣了粗活似的，拉扯著瓊月，嘴裡瘋狂謾罵著什麼。

沈芷寧睜大眼，大聲喊著。「你們在幹麼？住手！」

聽到沈芷寧的這聲喊，秦北霄立即下了馬車，而江檀、蕭燁澤緊隨其後。

沈芷寧跑上前，擋在沈嘉婉與瓊月面前，厲聲問那婆子與護衛。「你們這是做什麼？光天化日之下，推推搡搡，衣裳都要被你們扯下來了，是欺負她們沒人嗎？」

那婆子見又來一個，脾氣更大了，謾罵道：「真不知道哪來的賤蹄子，衣裳扯下來又怎麼了？怎麼了啊！三個小賤人，不知道來這兒做什麼，就算被人姦了……」

話未說完，那婆子就慘叫了一聲，捂著嘴，指縫間流著鮮血。

「嘴巴放乾淨點。」秦北霄冰寒的聲音響起。

那婆子不叫囂了，旁邊的幾個護衛見這婆子受了傷，剛想衝上去，可見到巷口站著的人不少，說話的這男人離得這麼遠就打中了人，想來也厲害，硬要打的話，恐是打不過。

那婆子意識到情形不對，將嘴中的斷牙同一口血水吐到了地上，隨後視線在幾人之間轉了一圈，繼而罵罵咧咧逃進了院門。

見人都走了。

沈芷寧轉身，語氣中帶了幾分怒氣對沈嘉婉說：「怎的二人就來了此處？要來也不帶些護衛來，他們這麼多人，要是真對妳們做出了什麼事，到時候沈府都來不及救人。沈嘉婉，妳的腦子呢？」

沈嘉婉看著她，本已麻木至極的面容微動，囁嚅著。

「五姑娘……今日是我們偷偷來的，家中不知道，是我們疏忽了，不知這邊竟有這麼多人。」瓊月解釋著回道。

沈芷寧不知道此處是何處，說來沈府最近也沒有什麼親戚到吳州來，他們大房親戚也都是非富即貴，怎會住在此處？沈芷寧一時釐不清事態，只嘆了口氣。「罷了，以後遇事多思量思量，也不該是由我來教訓妳們。」

說著，她就想走了，走到巷口，被沈嘉婉輕柔顫抖的聲音叫住了。「芷寧……芷寧。」

沈芷寧回頭，見沈嘉婉情況好似不對勁，她被瓊月攙扶著，整個人都有些控制不住的顫抖與麻木頹廢。

這不是她印象中那風光無限的沈嘉婉，她從未見過她這個樣子。

「妳怎麼了？」沈芷寧問道。

沈嘉婉慢慢走到沈芷寧身邊，輕聲問道：「妳不好奇我來做什麼嗎？這裡又是何處，妳難道不想知道嗎？」

沈芷寧還真不想知道，方才是擔心她會出什麼事，可真碰著她什麼事，沈芷寧下意識還是會想著躲遠些。

她總感覺沈嘉婉危險，比沈玉蓉不知危險多少。指不定沈玉蓉那日發瘋朝自己射箭，就是這人在背後說了什麼，想想便後怕。

沈嘉婉未等沈芷寧回答，便開口道：「我是來殺人的，殺了那女人肚子裡的孩子，我本想著尋她說說話，再乘機推她一把。」

她語氣溫柔，可說出來的話狠毒，眼中都帶著幾分戾氣。

第二十七章

若說前面狼狽的樣子沈芷寧從未見過，如今這樣的沈嘉婉，沈芷寧是想都未想過。

她一向清雅高潔，在他人眼中至善至美，是一切美好詞語的象徵。任何的壞事可以是任何人做的，但絕對不會是沈嘉婉，這是所有人的認知。可這樣的沈嘉婉，卻在她面前說出了要殺人的話，且說得煞有介事。

沈芷寧當真覺得，今日若不是有那婆子和護衛在，沈嘉婉真的會進去。

可她口中的女人是誰，肚子裡的孩子又是⋯⋯

沈芷寧記憶翻湧，一下子恍然大悟。她差點忘了，前世大伯又納了一門小妾，聽聞後來又多了個兒子。她不常出文韻院，還以為大房的這男孩是進了門才有的，如今看來，是養在外面時就有了的。

大房唯有一女，就是沈嘉婉一人，大伯母生下沈嘉婉之後便不能生育，而礙著大伯母的母家，大伯一直不敢納妾，可隨著年歲越大，想要兒子的心是越來越強烈。再說了，在他們眼裡，沒有兒子，那便是絕了後了。

沈嘉婉想的，她或許也能猜得到一些，若是讓這個女人帶孩子進門，以後大房哪有她的位置？

畢竟前世確實是這樣，這外室未進門之前，大伯已經滿心滿眼的兒子，就算難得一次的家宴，她也能看出來，大伯母與沈嘉婉是狼狽多了，且不知那小妾吹了什麼枕邊風，竟哄得大伯把孩子放在她屋裡養。

那時中秋家宴，沈芷寧隱隱約約記得那小孩玩鬧，還不小心灑了熱茶在她身上，好在裙襖厚實，未燙著裡頭。那小妾姓陶，慌慌張張過來瞧孩子有沒有受傷後，又狠狠白了她一眼，就抱著孩子走開了。也不是個善類。

大伯母與沈嘉婉雖厲害，可到底是比不過男人的偏心與狠心啊！

迅速回顧了過往，沈芷寧更是唏噓，眼神複雜地對沈嘉婉道：「妳要知道，真是如此，妳自己也是逃不掉的。孩子沒了這一個，難道大伯不會再有一個？沒有這個女人，還會有下一個，沒有這個孩子，也還會有下一個，只要不滿足他的心，總會有千千萬萬個，妳殺得過來嗎？妳要把自己的一切毀了嗎？」

沈嘉婉笑了，笑得淒慘。「一切？我有一切嗎？」

沈芷寧面色平靜。「妳沒有嗎？沈嘉婉，妳莫不是不知自己是誰了吧？」

沈嘉婉笑容斂起。「我自然知道，就是因為知道，我才知我什麼都沒有。」

她一揮袖，若之前只是流露幾分狠毒與戾氣，眼下便是絲毫不加掩飾，眉眼之處皆是暴虐與狠戾。「他人眼中，我父親乃沈淵玄，母親更是出身名門，我天生便是貴女，可就是這噁心死人的貴女身分，我日日夜夜都想撕碎了它！」

最後的字眼，幾乎要咬碎銀牙。

「就算身分地位高，就算無數人稱道，那又怎麼樣？」沈嘉婉面容扭曲，眼中滿是恨意。「我從來不是他們的唯一，更不是他們的首選，唯一敗的是我不是個男丁。」

沈芷寧微微一愣。

「妳說多可笑？」沈嘉婉笑出聲來，笑聲滿是嘲諷。「沈芷寧，我苦讀這麼多年，我本就在這方面沒有天賦，更何況，我還對此厭惡至極，這麼多年，又是怎麼過來的？

「從有記憶開始，手中的書便從未放下過，夏日裡，有多少個日子，就怕未背出來，急得滿頭大汗，妳說我們這種人家，我竟會長得滿身痱子，就算這樣，我還得讓識字的丫鬟一個一個讀出來，好讓我記著。最冷的正月，沈玉蓉與沈繡瑩那兩個傻子就知道待在暖房裡吃喝，我呢？就怕暖和犯睏，偏到走廊下背書，寒風吹啊！吹得我那個手腳，到現在下雨天都還會痠痛得滿床打滾，身子本就不好，現在也快沒了半條命了。

「這都可以忍著，無所謂，可最讓我厭倦的是什麼妳知道嗎？」沈嘉婉冷笑道：「是我溫婉良善的那一層皮，所有人，所有人都喜歡那樣的沈嘉婉，他們越是喜歡，我越是厭惡，我每每照鏡子，恨不得摔碎那鏡子，噁心得讓我想吐！他們若是知道真實的我，又怎麼會像如今這般待我？我就是個自私自利、狠毒凶惡的女人，可我得裝啊！那是我最完美的一層皮，可就算如此完美，就算我拚盡全力去做得如此完美，卻絲毫比不上身上帶把的！」

沈嘉婉真恨啊，就算僅是這般說著，都恨得眼睛要滴出血來了。

沈芷寧聽完這番話，沈默了許久，隨後慢慢道：「我無法指責妳什麼，但我勸妳，莫要因為這並非屬於妳的錯來懲罰自己。」

說到這兒，沈芷寧停頓了一會兒。「既然事情已然如此，莫要鑽牛角尖，要改變的是接下來的事。不過聽了妳的話，沈嘉婉，妳方才應當並不只是想推她，而是想與她同歸於盡吧？」

恨意如此濃重，又是那般性格的她，又怎麼會輕易放過那個外室？

沈嘉婉聽見這話，一下盯著沈芷寧。

沈芷寧對上她的眼神道：「就算妳今日弄不死她，以後也會出手吧。」

所以前世那個孩子，從小體弱多病，會不會也有沈嘉婉的手筆在？

「但沒必要，沈嘉婉，妳想得太偏激了，放過自己吧。」沈芷寧猶豫了一會兒道：「不是只有這一個方法，妳可以多一個弟弟，妳自己的弟弟。」

沈嘉婉聰明，她應該明白自己的意思。

沈嘉婉剛想反駁沈芷寧，可細想這句話，總覺得有什麼要破土而出，可她一下子抓不住那東西，想向沈芷寧問清楚，而沈芷寧已經轉身走了。

秦北霄、蕭燁澤等人早在沈嘉婉與沈芷寧對話中途就先上了馬車。沈芷寧回了馬車上，蕭燁澤張了張嘴想問怎麼樣了，卻見沈芷寧面色凝重，便一句話不問了。

這般，回了沈府。

沈芷寧到永壽堂後，先向祖母請安，再陪同祖母用晚膳，晚膳期間，在一旁的許嬤嬤被一個丫鬟叫了出去，隨後回來，壓著聲同沈老夫人道：「大房那兒鬧大了。」

沈老夫人放下筷子，皺眉問道：「出什麼事了？是不是徐氏又罰嘉婉那丫頭了？」

沈芷寧對這話留了心，看來祖母知道大伯母對沈嘉婉是不好的。

「不只是大夫人，大爺今日更是氣沖沖地回府，回屋子就給了大小姐一腳，直踹在心窩上，嚷嚷著說她不學好，盡動些歪主意，還問她是不是要去害了外頭那母子。」

沈老夫人冷笑。「孩子不是還在肚子裡嗎？怎麼就知道是個兒子了？當真是昏了頭了！平日裡不好好管教孩子，這會兒倒來管教了。今日到底是怎麼回事，妳與我說說清楚。」

「說是大小姐去了永豐巷，被那裡的婆子和護衛攔下來了，恐是那女人說了些什麼，讓大爺氣成這般。」

「氣成什麼樣，也不能這樣打自己的女兒！」沈老夫人也氣了。「妳說說現在是什麼事？」

許嬤嬤嘆了口氣。「要老奴說，是真難，大爺知道老夫人您不喜歡，到現在還沒帶進門，可若生下來了，遲早要進門的，畢竟……畢竟大房還沒個男丁啊。」

「就是因為如此，我才不好插手，若是大房有後，這女人我是斷然攔下了，現在我若出面，回頭被指責害他絕了後……」沈老夫人也實在是沒法子。「罷了，我去大房瞧瞧。」

隨後，沈老夫人帶著許嬤嬤出了屋子，沈芷寧握緊筷子。

沈嘉婉啊！祖母都過去了，今日可是個好機會，妳得把握住。

入了夜，祖母還未回永壽堂，可永壽堂倒是來了個意想不到的人。

沈芷寧還以為下面丫鬟通報錯了，出了院門一瞧，當真是自己的哥哥沈安之，他一身白袍站在夜色中，一派文雅溫和。

「哥哥！」沈芷寧跑上前，扯著沈安之的袖子。「哥哥你怎麼來這兒找我了？是有什麼事嗎？你以前送東西可都是差人送來的，今兒怎麼親自過來了？哎？袖中藏了什麼？讓我瞧瞧。」

沈芷寧小手伸進沈安之的袖袍，沈安之一臉寵溺，笑著任她拿出來。

是一小袋九製話梅。

「還是哥哥最好！」

哥哥最好，不像秦北霄那臭脾氣，她現在想起他還氣短胸悶。

沈芷寧往嘴裡塞了一粒，抿了起來。不是偏甜的那種，讓她眼睛都酸得成了一條縫，可就是這股酸勁又帶著偶爾冒出來的甜勁，讓她喜歡得要命。

沈安之見沈芷寧吃著，眼中滿是笑意。

沈芷寧吃了兩粒後，都未聽哥哥表示，但她知道哥哥今日定是有事尋她，只不過為何到現在還不說，既然不說，她便要問了。

「哥哥是有事尋我嗎？」沈芷寧笑著，撒著嬌道：「既然給我帶來了話梅，吃人的嘴軟，我總不可能白白吃了哥哥的話梅吧！」

沈安之那張溫柔的臉上出現了一絲尷尬，抿了抿唇，過了一會兒才比劃起來。

「哥哥是想去龐園文會嗎？」沈芷寧明白了哥哥的意思。「是想去旁聽是嗎？」

沈安之點頭。

以哥哥的性子，極為難得主動提出想要什麼，這回應當是極其渴望了。

沈芷寧回道：「說來我也未去過，但想著應該是可以的，哥哥莫急，我回頭去問李先生，明日給你答覆。」

沈安之一向溫柔的眼睛當下似乎都充滿了亮光，比天上的星星都要亮。

沈芷寧將沈安之勸回去後，回屋換了身衣裳，立即便去西園尋李知甫。

沒想到他住的那院子無人，倒是在深柳讀書堂那屋子有昏暗的燈火搖曳，她敲著門，小聲叫道：「先生……先生。」

「怎的這般晚還未回去？」過了一會兒，木門打開，李知甫說到一半，愣了半晌。「沈芷寧？」

「是我，先生以為是誰？」沈芷寧笑著。

「還以為是我那書僮。」李知甫打開了木門。「進來坐吧，何事尋我？」

沈芷寧進了屋子，才在燈火下看清原來先生僅著了一身寢衣，外頭套了一件黑鶴氅衣，這會兒早該回院子的時間，又是著這身，想來是先回去了又再來。

李知甫見她注意著自己的衣物，溫和的面容出現了一絲絲窘迫，沈著聲緩慢道：「我去換件衣物再來，妳且等會兒。」

他是先生，這樣的裝束在學生面前實屬衣冠不整。

沈芷寧忙道：「不必如此麻煩，先生，是我叨擾您了，我就是來問問，後日龐園文會，我哥哥可否一道過去旁聽？」

李知甫回道：「旁聽自是可以，文會一向公開，不少讀書人都會前去，妳哥哥為何不可呢？」

「可我哥哥……」沈芷寧咬了下唇。「哥哥他不能說話。」

李知甫恍然大悟，原來是殘者。殘者、疾者不准參加科舉，不准入朝為官，這些與讀書相關的文會，自然不會出現殘者。怪不得沈芷寧要跑過來問了。

「他既有心向學，為何不讓他去呢？」李知甫微笑道：「妳去與他說，到時他隨我一道進去，他雖有啞疾，但讀書一事上，卻與常人無異，說不出來的話，自可書寫；唸不出來的詩，自可默讀，一枝筆，也可援筆成章。」

這樣寂靜安寧的夜晚，先生的話溫柔且堅定，和著月色，那堅定中還刻著幾分文人的浪漫。

沈芷寧出了深柳讀書堂後，路過西園學舍，腳步微頓，目光落在學舍的拱門上，可見門邊緣的竹林，竹林縫隙中可見屋光，屋光朦朧中可見人影。

但光中、影中，無想見之人。

沈芷寧不知站了多久，最後低眸嘆氣，就今日這般，他許是不想見她的。她不懂，明明事事都念著她、幫著她，為何對她還是頗冷淡，她今日到底做錯什麼事了？

沈芷寧琢磨了兩日，都沒琢磨出個所以然來，直到要去龐園文會了，她才見著了秦北霄，但根本沒說上一句話，他與哥哥、江檀就隨著先生先上了馬車走了。

而她與沈嘉婉共搭了一輛。

沈嘉婉潔白皓腕帶有瘀青，絲毫不避諱沈芷寧掃過來的視線，她大大方方地露出來，眼眸盡帶鄙夷，滿不在乎道：「前日是氣到父親了，想來那女人應是與他說了什麼。」

沈芷寧見她皓腕瘀青連帶著一片，那一片藏在長袖中，也不知什麼情況，不過據許嬤嬤昨日所說，沈淵玄恐是下了死手的。

「那女人不傻，許是察覺到妳有動作，但應當沒想到妳有殺心。」沈芷寧慢慢道：「不過就算被打成了這樣，妳也覺得值當吧？」

沈嘉婉眼睛瞇了瞇，沒有說話，唇角有著一分笑意，笑意不失饜足。

前日那個情形，她被打得越狠，那女人就越占下風。沈芷寧的話她想了許久終是想明白了，反正母親生不出來，多個孩子，與其殺了，還不如放在母親名下，然後，由她親自帶大。

她會全心全意對他，他不會屬於她的父親、更不會屬於她的母親，他的世界只有她這個完美至極的姊姊。

她相信，她可以做到極致。

寵園於流水橋畔，古渡禪林之左，淮陽樓之右。馬車過流水橋之時，已是水洩不通，過了許久，馬車才堪堪停了下來。

沈嘉婉先下了馬車，方下去，就端著一副溫婉良善之面容，變臉速度之快，沈芷寧就算有準備也被嚇了一跳。

沈芷寧隨後下來，一下來就聽到了蕭燁澤的聲音。「沈芷寧！」

她以為自己聽錯了，順著聲看過去，還真是蕭燁澤，想來是與哥哥一樣，過來旁聽文會的，不過他就站在秦北霄旁邊，她本來想過去的腳步頓住了。

秦北霄今日著的是深柳讀書堂的學生白袍，與江檀那股遺世獨立的仙人氣韻不同。他是高山峻嶺之松柏，更似覆於松柏針葉之上的千年寒霜，稜稜之氣盡顯於身形、於音容、於眉眼。

常人見其第一面，許都會心底犯怵，沈芷寧如今雖不怕了，可眼下二人就那日的事還未說開，她不知怎的，腳步邁不開。

若他還是那般冷淡怎麼辦？她不想聽他那些冷淡的話，心頭莫名不舒服。

沈芷寧呼了一口氣，扯著笑容朝蕭燁澤招了招手，並未過去。「三殿下，你怎麼也來了？」

「我可是聽說能旁聽的，我怎麼就不能來了？」蕭燁澤回道。

這話他還是聽裴延世在讀書堂說的，他留心了，自然就來了。

沈芷寧又笑笑，繼而去找了沈安之，二人跟著李先生先進了龐園，江檀等人隨之，蕭燁澤與秦北霄在最後面。

「這才多久？沈芷寧是大了？知道避嫌了？方才都不過來。」蕭燁澤嘀咕問。
「她哪裡是避嫌。」秦北霄的聲音無情無緒。
是避他呢。

第二十八章

龐園文會乃江南舉足輕重的文會之一，無論是吳州還是青州等地，諸多大儒與書院學生都會前來，不僅如此，或許連京都的禮部與太學的官員與先生也會前來，可見其盛大。

眾人魚貫而入進龐園，映入眼簾的先是壯觀的「涵虛朗鑒」牌樓，再過碧桐門，門畔有著姿態各異的月湖石。

接著一路就雲徑，過空翠山亭、樵水、語石、竹外一枝軒等造景，之後是通幽閣，閣旁有湖池，池中多石，池邊有芙蓉、木蘭、垂絲海棠等植物，此時文會還未開始，不少學子都聚集在此處看景看花談天。

通幽閣後就是一片廣闊天地，乃文會的主場長春仙館，不說館內有多寬敞，館外就有無數臺階，連接一巨大廣場，可聽內外之聲。

到此處，李先生要先去與老友相會，便留沈芷寧幾人在此等待進入長春仙館。

沈安之似乎很興奮，沈芷寧從未見哥哥這般高興過，她自是替他高興，看著哥哥比劃著，又下意識目光飄忽至哥哥身後遠處的秦北霄。

只有他的背影，他似乎正看著長春仙館。

似乎察覺到了這道眼神，秦北霄身子微轉，垂眸瞥頭——沈芷寧在他看過來的那一瞬間，立刻收回了視線，轉落在哥哥身上。

沈安之意識到了，想要轉身去看沈芷寧在看些什麼，被沈芷寧一下拉住了。「哥哥，不要回頭。」

沈安之一愣，眼中溫柔笑意頓起。

沈芷寧怕被發現，便不再看了，與哥哥有一句、沒一句的說著，哥哥今日的話要比往常多多了，沈芷寧都怕他比劃得累了。

「哥哥，你放寬心進去吧，無事的，大夥兒都這樣——」

「大夥兒都這樣，不代表一個殘疾就能如此。」沈芷寧的話還未說完，一道男聲傳來。

「他一個殘疾，為何能和大家接受同等對待？」

沈芷寧聽見這話，心中一團火冒了出來，順著聲看了過去，發現人群散開，一群青衣男子走了過來，為首的男子高大挺拔，面容俊朗，不過區別於他人的是那股淩駕於他人的強大自信。

不過方才的話並非他所說，而是他右手邊一個瘦高男子，目光不善。

沈嘉婉與沈芷寧離得近，很快走到了沈芷寧旁邊，遠處的秦北霄、江檀與蕭燁澤也察覺到了沈芷寧這邊情況不對，走了過來。

「是慈州瞻遠書院的居長修。」沈嘉婉常來文會，一下就認出了這行人，居長修此人驚才絕豔，也早早拜了京中大儒為師，一向眼高於頂，不過他確實有那條件。

被沈嘉婉記得這般牢，沈芷寧下意識覺得眼前人定不是什麼普通人，不過開口閉口就隨意說出方才的話，肯定是一群爛人。

哥哥的眼神明顯落寞了許多，沈芷寧看得難過不已，轉向居長修等人。

「張口閉口殘疾，這就是你們瞻遠書院教導的聖人之道？」

那瘦高男子姓張名亭，自從與居長修為伍後，哪一個不給他們三分薄面？如今這一個小姑娘居然敢這麼下他的臉面。

他壓著怒氣道：「我們書院教什麼不用妳管，如今是龐園壞了規矩，居然放了殘者進園。誰不知殘者、疾者不能參加科舉、不能進朝為官，還放進來做什麼？」

二人發生爭執，秦北霄見狀，生怕沈芷寧受欺負，想要上去幫忙。可餘光一瞥，見人群外圍，正站著李知甫與一老人，那老人有些面熟，與李知甫低聲說著什麼，李知甫又指了指沈芷寧。

秦北霄收回了腳步，不再有任何動作。

蕭燁澤想過去，秦北霄攔住了，蕭燁澤皺眉，低聲道：「怎麼回事？你竟任由沈芷寧受欺負？」

秦北霄看著人群中的沈芷寧，慢慢道：「你怎麼就知道她會受欺負？」而不是驚豔眾人呢？

「寵園文會何時有這樣的規定？我看就是你杜撰出來的。」沈芷寧立刻道：「殘者、疾者不能參加科舉又如何？他們便不能讀書進學了嗎？在你眼裡，難道連來聽個文會的資格都沒有了嗎？」

張亭大笑，像是看笑話般看著沈芷寧，最後大聲道：「我告訴妳，小妹妹，就是沒有。妳自以為正義，一副聖人的模樣，可我告訴妳，他們就是沒那資格！聽懂了嗎？沒有，他們身有缺陷，不配進來，更不配拿起書籍！讀書乃文人的事，與他們有什麼關係？而且，就算讀了又能如何？他們能做什麼？既不能入朝為官，也不能憑此來謀生，誰又會找個殘疾的人替自個兒做活啊？也不怕晦氣！」

此話一出，居長修唇角處勾起一抹笑，其身後眾人哄堂大笑，笑聲刺耳至極。

沈安之的臉色慘白，袖中的手顫抖不已。那雙顫抖不已的手，突然被一隻手穩住。

女子手如柔荑，似白脂凝玉，這天底下的年輕女子或有此皮囊，但與她這般能給予他人鎮定沈著的，少有。

「哥哥。」沈芷寧的手搭在沈安之的腕袖上，語氣輕柔且堅定。「你莫要氣，我來與他們說一說。」

這話說完，沈芷寧偏過頭，朝向張亭、居長修等人，那柔和的目光頓轉為如劍之銳利。

「我現在算是明白了，靖國苦明國久矣，你們這群口口聲聲自稱為文人的讀書人，難辭其咎。」

「妳說什麼?!」

「胡言亂語！」

「妳這小姑娘當真是不知天高地厚！」

這一句話，激起千層浪，在場除居長修等人，都開始面紅耳赤地大聲呵斥。

明、靖兩國結怨已久，更有深仇大恨，靖國上下有愛國之心者無不痛恨，而其自然是以文人為首。

自當年朝廷有意要簽下潭下之盟的意願，文人、學子皆痛罵、痛斥，甚有出血為墨，拆骨為筆，悲憤所出之檄文，京都上下乃至江南兩岸，城牆、官府、貴宅或貧舍，無不貼滿，血書漫天。

此狀此舉，堪稱慘烈，也因此逼退了朝中不少親明派，儘管後來還是阻不住潭下之盟的勢頭，且如流星一瞬即逝，卻在不少人心中留下了不可磨滅的印象。

自此之後靖國文人更為激憤，提及靖、明兩國之事，無不熱血上頭。

如今沈芷寧竟當眾說出「靖國苦明國久矣，文人難辭其咎」，豈不是在他們心裡捅刀子、往他們身上潑熱油？就算本來都是在看戲的學子，這時都恨不得上前，若不是看沈芷寧是一個女子，恐怕都要上前直接扭打起來。

連張亭都沒想到眼前這小姑娘直接說出了這句話，一愣之後，血氣上頭，怒氣滿面。

「妳說這什麼話？」

張亭這般，居長修面容也極為不善，身後那群人更是惡狠狠地盯著沈芷寧，除此之外，整個長春仙館的學子都齊齊往這裡聚了過來，視線一一掃過去，其面容、其神色、其眼神，無不充斥憤怒。

氣氛沈重、劍拔弩張之極。

可沈芷寧面色平靜，語氣是從未有過的冷靜，就如她所穿之白袍，隨風而行、隨心而動。「我說的有錯嗎？」

女子聲音向來清脆、此時更帶幾分冷冽。

「一群沽名釣譽、狂妄自傲之輩，仗著家有薄產供你讀書，未學所成，卻生得一顆妄自尊大之心；自恃祖上積德可入科舉，未有功名，卻憑藉優越之身來欺壓、羞辱他人。你們本就天生站於前人之餘蔭，卻以此來蔑視出身貧瘠之人，無絲毫憐憫之心，無任何仁愛之舉，聖賢書上字字句句仁愛禮智信，敢問在場各位，有誰做到了？」

沈芷寧一指張亭。「書中有言，仁者，人人心德也。事物為人，而不為己，發為惻隱之心，寬裕溫柔，仁也。你今日所作所為，嘲我哥哥殘疾，諷我哥哥不配讀書，罵天下殘疾人晦氣之身，你可配一個『仁』字？」

話如刀劍，直刺心，張亭臉色慘白，唇瓣微抖，竟一句話都駁不出。

沈芷寧二指居長修身後眾人。「義者，宜也，所當做就做，不該做就不做，以人發為羞惡之心，發為剛義之氣，義也。你們隨居長修而來，跟張亭之後，可當真如他們所想？或是你們自有分辨之心，可偏隨波逐流，更是在他人無任何緣由嘲諷我哥哥之時，哄堂大笑而不出聲阻止，你們可當得一個『義』字？」

未等眾人說話，沈芷寧三指居長修。「居長修，傳言你是驚才絕豔之人，今日所見，不過如此。」

居長修狹長的眼眸微瞇，面色沈下。

「禮者，處事有規，以正為本。你帶人前來，他們以你為首，你認為哥哥違反規定，可你並非請示龐園主人、文會先生評斷，而是徑直過來任由底下人欺辱謾罵，這可稱之為『禮』？再說智，智者，明白是非、曲直、邪正、真妄，即人發為是非之心，文理密察，是為智也。就今日而言，我甚覺你不明是非、不懂曲直、不分邪正、不辨真妄！連你都可稱之為驚才絕豔之人，是我江南無才？還是我靖國無人？竟讓你橫行於世，推以眾首？」

這番話一出，眾人譁然。

這小姑娘言語好生犀利！語如寒冬凜冽，言似鋒芒頓現。

居長修何曾被人這般對待過？先不說哪有人有這膽子指著他的鼻子，更別說用這麼狠戾的言辭在眾人面前痛罵他！

他許久都未將人放在眼裡了，此時才正視了眼前這小姑娘，壓著即將噴湧上來的狂怒，陰沈著臉。「好，甚好。那我且問問妳，妳口說真妄與是非，妳怎知妳所說便是真？妳所認便為是？妳所痛罵的文人，是當年明、靖兩國開戰時為國拋熱血，以千萬人之軀阻攔潭下之盟，妳今日生於此、長於此，未經那等殘酷歲月，未見那等先烈前輩，便口出妄言說我靖國苦明國久矣，我靖國文人難辭其咎，妳黃口小兒，膽子是真大，若是那時，妳可有膽子將這些話再說一遍？妳分明是為妳兄長辯駁，反而推錯於我們身上，是妳私心頗深，何必冠冕堂皇？」

沈芷寧笑了，笑之後，眼神清明。「我是為我兄長辯駁，那也是你們先針對我兄長。居長修，我告訴你，就算到了那時，我也敢說，我不僅說，我還要大聲說。當年文人自是讓人敬佩，可就因著有此功德，便要封人嘴、便要被你以及你們，拿此當盾牌阻一切言語？你可就代表了他們？要說冠冕堂皇，你莫不是第一人？」

「笑話！」居長修冷聲道：「是妳兄長先以殘疾之身入龐園，誰不知殘者、疾者缺陷之身有辱聖賢之門，污國家之名聲，何談針對一詞？倒是妳，因他是妳兄長，事關己，便伶牙俐齒、顛倒是非說在場眾人憑藉家世、祖輩蔑視他人，無任何憐憫之心，還以仁義禮智信攻擊謾罵我等，若照妳所說，那寒門之輩也屬他人之類，可為何寒門不阻攔，偏就阻攔妳兄長呢？」

眾人聽了居長修這話，原本覺得沈芷寧之前那番話確實說得有一番道理，可心底又不爽，但被居長修這麼一說，算是痛快了。

「是啊！憑什麼說我們蔑視他人？我們就不阻攔寒門！」

「是因著殘疾有辱國之門面，失我聖賢之容，才不准進文會！何必為一己私慾，破了這規矩呢？」

「是啊！」

沈芷寧掃視一圈，看著被居長修言語挑起來的混亂，笑道：「原來我方才那番話的意思，你們還真不知其意啊！好一套圈地為王，故步自封，稍就給了一點甜棗，就要感恩戴德了，妙，真妙！」

「何必陰陽怪氣！我看妳就是為了自己的兄長來鬧事的！」有人立即道。

沈芷寧視線立刻掃向他。「方才既是以寒門當令箭，那這位公子所讀的書院可對寒門開放？」

那人頓時躲躲閃閃，避開沈芷寧的眼神。

沈芷寧順著過去問下一位。「這位公子的先生可是對貴族與寒門子弟一視同仁？

「你們呢？你們自恃身分，與他們交往時可會以真心對待？」

眾人皆躲避，沈芷寧接著道：「以上都未有，偏就與人辯駁時以此為令箭，可不就妙極了？況且，你們既然說不阻攔寒門，可殘疾與寒門有何區別？寒門乃身世之上的缺陷，殘疾乃身體之上的缺陷，為何要偏頗對待？」

張亭聽這話，明顯一愣，細細一思索。

思索中，又聽沈芷寧慢慢道：「不過歸根結柢，我的意思是，讀書並非文人的事，而是天下人的事。」

這話一出，本有些混亂騷動的人群都漸漸安靜了下來。

「身分貴重之人可讀、身分卑賤之人也可讀；富貴可讀、貧寒可讀；身體完整之人可讀，身體缺陷之人也可讀；男人可讀、女人亦是。讀書應當是不論貴賤、不論貧富、不論性別，不論一切，而不是分三六九等，應以眾人平等之包容，才有思想之綿延，以培育靖國之重才。」

全場安靜了，目光皆聚於長春仙館臺階下的這白袍女子身上，無人再出聲。

「我也知天下文人以明國為首，殘疾之人不得進科舉，不得上朝堂一事，也是從明國傳至各國，各國仿效，才有今日之荒誕。可並非明國如此，我國便要如此。我認為，殘疾之人可進科舉，可上朝堂，若與他國往來之際，使臣拜訪之時，見我國朝臣中有殘者，真會覺得有損我國顏面與尊榮嗎？」

沈芷寧緩緩掃視眾人。

「非也。殘者與常人平等，殘者都能進科舉、上朝堂，封侯拜相，可見我靖國善待賢士如此，前所未有。眾國賢能之人聽聞，又真會覺得我國不識規矩、有辱聖賢之門？

「非也。是我靖國求賢若渴，看重才華而非出身，看重智識而非外表，若有真才學之人來此，必會禮待上賓，畢竟殘者都能入朝為官。真到那時，何愁我國還像如今，上下求索摸黑找尋出路，許是天下能者、強者、才者如螢火之光，匯聚而可與皓月爭輝！」

女子語氣溫和緩慢，偏偏擲地有聲，有如驚雷。

長春仙館眾學子皆沈默。

第二十九章

居長修到嘴邊的反駁一點點嚥下，在其身旁的張亭早已現出一絲羞愧，細想過後，拱手上前。「姑娘之格局，是我等未及。方才所說之話，乃在下唐突，在下向姑娘賠罪。」

張亭深深一作揖，以示歉意，完後又看向沈安之。「這位兄臺，是我出言不遜，向你賠罪了。」

說罷，又是深深一作揖。

沈安之哪經歷過此情況，一時慌亂回禮。

張亭又提聲道：「江南書院或許還會拒寒門，文會或許還會拒殘者，但有我張亭在一日，我張家舉辦文會，便永不拒人於外！」

此言一出，點燃一片熱火。

「我李家也是！」

「寧家亦然！」

人群一層接著一層，像浪潮洶湧，被圍在最中間的沈芷寧眉眼輕彎，唇角沁著掩不住的喜悅，沈安之已緊張高興得面色微紅。

秦北霄在這熱火朝天的外側看著沈芷寧，不知怎的，心口那處似要狂跳出來。

而她像是捕捉到了，穿過人群，直直看向他，看見他的那一刻，笑容更燦爛，明燦如朝陽。

連一旁的蕭燁澤都忍不住低聲感嘆。「沈芷寧是長開了嗎？怎的感覺好看多了。」

江檀一直未說話，親和依舊在，眼中的疏離卻似乎有些融化了。

沈家這姑娘，當真是耀眼啊！

此番過後，有人疑問。「怎的文會還未開始？先生們呢？」

「是啊，早過點了啊！」

眾人開始尋找文會的先生們，最後尋得他們原來就在人群中，見眾人找到他們之後，向來溫和的李知甫忍不住大笑，其他幾位老人也是相視而笑。

「先生，怎麼還不開文會？」有人問。

「文會？不是已經開過了嗎？」說話的是那幾位老人其中之一，乃當今禮部侍郎盧文煥，看了一眼李知甫道。

眾學子一臉迷糊，隨後算是理解了這位說的意思。

開過了，也就是說，方才與那女子爭論之言也可稱之為文會。

任由學子們繼續交流，李知甫與其餘幾位大儒走了，邊走邊道：「各位，我這學生還是不錯吧？」

文會結束了，本該要回府，裴延世卻堵在龐園門口，將沈嘉婉拉走說要去看燈龍會，明日便是端午，吳州習俗在端午前夕會有燈龍會。

京都沒有這等習俗，蕭燁澤自是好奇。「要不咱們也一道去看看。」

府中還有事務，沈安之打算先回去，而沈芷寧則應下了。秦北霄點頭了，江檀一向沒什麼異議，沈嘉婉見這四人都要去，因著燈龍會在城中三江湖畔，距龐園不遠，四人打算走過去，便乾脆下了裴延世的馬車一道走了。

裴延世臉上滿是不爽，但還是跟著沈嘉婉一起走。

於是一行人浩浩蕩蕩地隨著人群去往三江湖畔的方向，沈嘉婉與裴延世並肩在最前，江檀一人在中，沈芷寧、蕭燁澤與秦北霄並排在最後。

「妳今兒真是絕了啊。」蕭燁澤對沈芷寧道。

「三殿下，今日你這話不知說了多少遍了。」沈芷寧皺眉開口道：「你再說，我耳朵都要長繭了。」

「這不誇妳嗎？妳還嫌棄上了，有多少人求本殿下的誇讚、本殿下都不給，你說是不是，秦北霄？」見秦北霄不理他，蕭燁澤摺扇輕巧一拍江檀右肩。「秦北霄不識貨，你說呢，江檀？」

「什麼？」江檀懵懂轉身。

蕭燁澤順勢搭肩走上前。「沒什麼，來，江檀，我跟你說，下回小試你能不能……」

蕭燁澤走了，只剩沈芷寧與秦北霄並肩而走。

二人沈默著走了一段路，衣袖摩擦了幾次，沈芷寧心也跟著加快了幾次，最後決定先開口。「你——」

話到嘴邊，就見秦北霄停下來了，側身看她。「上回說任妳挑三樣，妳未挑，今日莫忘了。」

沈芷寧一愣，隨後欣喜溢滿，輕快地應了聲。「自然，那上回你也不提醒我，你是不是藏錢不讓我挑？摳門、數你最摳門。」

順暢的話從嘴中溜出來，見秦北霄眉眼微沁有笑意，沈芷寧輕呼了口氣。

所以他心情是好了吧？畢竟都笑了。可那日他到底是怎麼了，為何對她那麼冷淡啊……

沈芷寧還是頗為疑惑，想到那日，她就莫名一陣鬱悶，心口還微微刺痛。

到了三江湖畔，四周熱鬧非凡。

湖畔、街上、巷中，皆是來往人群在看燈龍，湖上一條又一條掛有燈籠的龍船一一駛過，美輪美奐，路過湖畔之時，還有孩童看著燈龍船忍不住歡呼。

邊上不少酒樓張燈結綵，邀逛累的客人進樓聽書喝茶。

沈芷寧逛了一會兒，著實跟不上其他人了，戳了戳身旁的秦北霄，又伸出一根指頭指了指一旁的祈夢樓。「秦北霄……」

秦北霄會意，好笑道：「累了？」

沈芷寧哭喪著臉，點點頭。「累了，我想坐坐。」

「妳這身子骨兒啊！我看妳今年別想通過射箭課了。」秦北霄眉眼微挑、諷刺道：「其他測驗第一，偏一門不過，心情應當很鬱悶吧？」

儘管這般說著，秦北霄還是領著沈芷寧進了祈夢樓，尋了小二要了最好的包廂。

「反正帶我入門的是你，我不過回頭對外說是你教我的，看看是誰更丟人……欸，一般的包廂就行，其實大堂也不是不可以。」有上輩子的經歷，沈芷寧有些心疼錢，畢竟今夜是燈龍會，價錢比平時漲了許多呢。

大堂？也不怕吵著她。

秦北霄緩步先上了樓梯。「大堂也行，不過聽說包廂有送免費茶點。」

「那還是包廂好。」沈芷寧比秦北霄快一步上了樓梯。「走吧，小心被人搶了，現在人越來越多了。」

「會不會被搶我不知道，但好歹請了妳，回頭便不要因著自己射箭差往我身上推了。」

沈芷寧笑了，佯裝嚴肅道：「那不行，雖說師父領進門，修行在個人，但你可是秦北霄啊，你教出來的人怎麼能差呢？」

秦北霄輕掃沈芷寧一眼。「若徒弟本身資質就差呢？」

沈芷寧輕哼一聲，不理秦北霄這句話，自個兒推開了包廂，這是一間雅間，裝潢雅致，貴也有貴的道理，正對三江湖，往窗外看便可看到三江湖畔之景，以及湖面上星星點點的燈龍。

二人坐在窗邊的案桌旁，偏頭就可看見此景。

「值了、值了，真值了！」沈芷寧連道三聲，又從放置的蓮花瓷盤上，拿了一塊糕點輕咬，一下眼睛微亮。「這糕點好吃，是杏仁嗎？也不像，好似還加了別的什麼，不過味道極好，清爽不甜膩。」

秦北霄本還在環顧雅間，聽見沈芷寧的聲音，他回頭看她，見她手捏花型糕點，經她咬過的糕點上多了一小道弧形缺口。

沈芷寧方才，好似說了清爽不甜膩，但應該也是香的吧？

或許，是極香的。

沈芷寧見秦北霄看著自己手中的糕點，問道：「你也想吃嗎？」

「嗯。」

淡漠的一聲，隨之人就走到了她面前，沈芷寧沒想到秦北霄還真是要吃，她本以為他是開玩笑的，畢竟他極少吃甜食。

不過既然過來了，就給他挑一塊吧。

想著，沈芷寧目光落在蓮花瓷盤上，邊道：「那我給你——」

話未說完，他已傾身張口咬了她手中的糕點，恰就咬在了她咬的那個缺口上。

沈芷寧腦袋轟轟然，差點就要拿不住糕點。

而他這時方咬下那一口，見她不穩，狹長的眼眸微抬，一如既往的淡漠與冷靜，偏就這般與她一直對視，左手扣住她的皓腕，將剩下的糕點全數吃入那薄唇裡。

那唇瓣，似乎還碰到了她的手指。

沈芷寧幾乎恍惚，不知他何時鬆開了自己的手腕，也不知他何時站直了身子，只聽得他沙啞道：「嗯，確實好吃。」

「是、是吧，我說的沒錯，下回你就聽我的。」沈芷寧說話結結巴巴，為作掩飾，又吃了塊糕點。「好吃，真好吃。」

接著一連吃了三塊，沈芷寧吃噎著了。

小二正好上了茶，又將一小青瓶連帶著茶水一道放上了案桌。「客官，明日端午佳節，這是本店贈的雄黃酒，還請二位慢用。」

小二走後，沈芷寧想往酒杯倒酒，被秦北霄阻止了。「妳想一身酒氣回永壽堂？」

「就一杯，一杯。」沈芷寧眼神略帶哀求，她不伸自己的小指頭，而是把秦北霄阻止她喝酒的那手，扳著豎起一根。「一杯也不可以嗎？」

秦北霄堅持了一會兒，最後還是敗給了她，但為免她接下來得寸進尺，還是冷著臉道：「最多一杯。」

沈芷寧輕快地應了一聲，隨後迅速倒了一杯，往嘴裡倒了一口，還未嚐出滋味，酒已下肚了。

沈芷寧又看向秦北霄，他不接她的眼神，只偏頭看窗外。

「秦北霄……」她輕輕喊了一聲。

「一杯。」

「兩杯。」

秦北霄皺眉看她。「妳方才怎麼說的？多大了，還玩耍賴這一套？」

「我才沒有耍賴。」沈芷寧先是撐了一會兒的下巴，人畜無害地看著秦北霄。「若是耍賴，那我就直接喝了，我還徵求你同意呢！」

「是嗎？」

沈芷寧乖巧點頭。「是啊。」說著，雙手不撐著下巴了，拉過秦北霄的手，攤開，在他掌心上一筆一劃寫著「二」字，邊寫邊道：「我在徵求你的同意。」

她寫得極慢，盈盈淡粉的指甲於他的手心劃過，似羽毛拂帶陣陣癢意，又似刻刀於他心上刻下字樣。

秦北霄的眼神越來越深，像是在拚命克制著什麼。

在沈芷寧調笑著寫完後，他整個身子才放鬆了一般，緩緩握緊了手，隨後收回袖中，啞聲道：「莫要再耍賴了。」

這是同意她再喝一杯的意思。

沈芷寧笑容綻開，提瓶又倒一杯，酒杯於指尖轉了一圈，再一飲，溫熱的酒液從舌尖順著喉間入肚，她饜足地瞇了瞇眼，打了個輕嗝。「這酒勁還挺大……」

秦北霄聽罷，將她面前的小青瓶拿過放於鼻下一聞，隨後慢慢道：「第一杯就知曉後勁大了，偏還要討第二杯，怎的如此貪嘴？」

沈芷寧臉上泛有微紅，嘿嘿一笑，雙臂交叉在案桌上，她頭微微枕於臂上，平日裡明亮的眼睛此時像是蒙上了一層水霧，她一直看著他，饒有興趣、目不轉睛地看著他。「我想喝，這幾日我心裡……不痛快。」

最後三字很輕，像是被她吞進了肚裡。

但秦北霄聽見了，眼前的女孩雖是這麼說，但說這句話時，嘴角還是微微帶著笑。

秦北霄似乎能猜到原因，卻也害怕不是這個答案，小心翼翼問道：「為何不痛快？」

沈芷寧沒有立即回答，含笑的眼眸看了好一會兒秦北霄，像是要把他看出一朵花來，最後才道：「是因為你呀！我這兩日怎麼都想不通，月湖香市那日你為何對我那般冷淡啊？我跟了你幾步，你走得極快，你平日裡不會這樣，我問你為何走得那麼快，你竟說讓我不要跟就好了，我尋你說話，你也是一臉愛理不理的樣子……」說到這裡，沈芷寧的語氣已帶了幾分委屈。「你為何對我那般冷淡？我問你是不是不開心，你也是極不想與我說話似地說沒有……想不通，我那日做了什麼事嗎？你是討厭我了嗎？」

她自顧自地繼續說了下去，越說、語氣越委屈。「這兩日我都睡不好，我不敢與你說話，我怕你還是那樣，可我不來找你，你也沒有要給我一個解釋的意思，好像、好像你覺得我們兩個就如此形同陌路好了。」

說完這句話，沈芷寧眼角已泛紅。

聽她如此，看她這般，秦北霄心口處似是被針扎一樣疼，疼得他有些喘不過氣。

他並未說話，而是立即起身，走到沈芷寧面前，將她轉過身子來，道：「我豈會與妳形同陌路？」

這句話，他說得堅定、穩重，是從未有過的認真。

沈芷寧不知怎的，眼眶更紅了，淚眼矇矓地看著他。

秦北霄與她對視，原本搭在她肩膀的手緩緩移到了脖頸處，指腹輕輕摩挲，輕柔問道：「是不是醉了？」

她未醉，只是有些微醺，藉著這微醺壯大了膽子才想著問問他，否則她是斷然沒那個膽子問的……他的動作好溫柔舒服，沈芷寧側頭，將臉頰貼著他的手背，小心翼翼地蹭了幾下。

他的手一頓，手心順勢撫上了她泛紅的臉頰，又微啞著問了一遍。「醉了吧？」似是疑惑，卻又帶著肯定。

沈芷寧沒有回答秦北霄這句話，心裡卻想著：就當她是醉了吧！若是醒著這般，她以後在他面前是沒臉了。不過……他為何一直問她醉未醉，若真是醉了，就算說自己沒醉，那也是不可信的呀！而且，她方才壯著膽子問的話，他一直都未回答。

但她實在想知道。

「我才未醉！你一直問我這個做什麼？你一直問我，卻不回答我方才問你的事，你都不知道我這兩日是怎麼過的，你到底是怎麼想的？你為何對我那般冷淡？我那日做了什麼？你以後還會不會如此……我不喜歡那樣。」

她不喜歡，準確地來說，是難過，做什麼事都會想到這事、想到他、想到他對自己冷淡的語氣。

可他一直沒有主動來找她，今日龐園文會結束，算起來還是她主動與他說的話，雖這般說實在是小氣了些，可事實就是如此。依然是那句話，是不是若她不主動尋他，他就當不認識她，以後就慢慢疏遠了？就算方才說得那般鄭重，可那也是好的情況下，若是不好呢？

想到此處，沈芷寧胸口一點點酸澀翻湧、喉間發澀，酒勁上頭，淚水直直落下，就落在了他另一隻搭在她膝蓋的手上。

「一直問，是因為我希望妳醉了……」

沈芷寧聽到此話，一愣，繼而瞬間被攔腰抱起，天旋地轉，她下意識摟緊秦北霄的脖頸，下一秒，她橫坐在了他的腿上，全然被他圈在了懷裡。

沈芷寧已不知做何反應，她未想到秦北霄竟會將她抱在懷裡，這個舉動……這個舉動，實是逾矩了。

他是真當自己醉了。

這般想著，他的指腹已開始在她的眼角周圍輕撫，語氣難得的慌亂、還有一點不知所措。「是我錯了……」

「是我……是我嫉妒。」

沈芷寧腦海裡頓時掀起軒然大波，酒醒了大半，而自己那顆心差點就要跳出嗓子眼，她拚命壓著，可越壓、越呼吸不順暢，又聽秦北霄邊撫著她的眼角道：「是我不喜妳對待其他男子像對我一樣。」

「那日……」

沈芷寧想起來了，那日她似是一直喊著江檀，連最後那副對子，她也喊了江檀，原來他竟因著這個……知道了緣由，隨之而來的是涓涓細流的欣喜。

秦北霄不再說了，手也停頓了，那雙眼眸看似與平常無異，一樣的淡漠，可她離他離得太近了，近得她只要微微湊近，就能看見他眼中的自己，他的眼中不只淡漠，卻也不是像平常一樣冷靜至極。

相反，似乎有什麼在瘋狂翻湧，而他一直在極力克制。

可是，那是什麼？

沈芷寧剛有這疑問，眼角處已覆上冰冷的唇瓣。

第三十章

沈芷寧的腦子、身子，一切都炸了。

秦北霄他……

沈芷寧腦中一片空白，什麼反應都做不出來，只覺得當下全身的觸感最為清晰。

他的吻很輕、很冷，薄唇一一流連於她淚水流過的地方，眼角、眼睫以及臉頰，未幾下，她的臉已變得滾燙至極，最後定於她的額頭上。

沈芷寧緊緊攥著他的衣袖，還能感覺到他緊繃的肌肉，微抬眸，在他的身影下，目光落於他滾動的喉結上。

他當她醉了，就當她醉了吧。

秦北霄方要離開沈芷寧的額頭，喉結卻被她吻上，灼熱至極，他渾身一下被點燃，聲音低沈沙啞得都快聽不出。「妳在幹麼？」

沈芷寧又親了他下巴，低聲道：「我在學你呀！」

他恐怕是要瘋了！

秦北霄的手不自覺用力，握著沈芷寧的肩膀，從未在嘴皮子上打過敗仗，此時卻是一句話都斟酌了半天。「沈芷寧，妳……」

心裡是有我的吧？可妳到底是怎麼想的？

暗沈的目光落於她身上許久，最後還是未把話問出來，輕柔撫著她的髮，長長嘆了口氣。

沈嘉婉與蕭燁澤等人都逛完燈龍會了，回來就見到了秦北霄雇了輛馬車，但不見沈芷寧的身影。

沈嘉婉上前一撩簾，微微酒氣散了出來，又見沈芷寧微倚在車壁上，不知是喝暈了還是在閉目養神。

「竟喝成這個鬼樣子，好妳個沈芷寧啊！」沈嘉婉皺眉暗道，又對秦北霄道：「我送她回去吧，還得送回永壽堂呢，你哪能進去。」

秦北霄沒說話，自是不太願意讓她送的樣子。

恨不得就把人盯在眼珠裡了……

沈嘉婉無奈道：「這麼多人，就算我想害她，哪會挑現在？」

秦北霄掃了她一眼，隨後還是決定與她們一道回府，到了府裡，才由沈嘉婉將沈芷寧送回永壽堂。

沈嘉婉將沈芷寧送到了永壽堂，雲珠出來接人時見攙扶自家小姐的是大小姐時頗為吃驚。

小姐好似與大小姐一直都是不和的吧？怎的今日會一道回來？

沈嘉婉送完人便走了，雲珠把沈芷寧攙扶回了屋內，服侍她睡下後，輕輕帶上了門出去。

待屋子裡徹底恢復安靜，待周圍再無任何人，沈芷寧睜開了眼，眨巴著，又一陣愣神，彷彿陷在了回憶中，直到耳尖泛紅。

她心悅秦北霄，而且秦北霄也……

隨後她將被子拉上捂著臉，身子與被子扭在一起，在床榻上瘋狂打滾。

翌日是端午，一大清早沈芷寧便被許嬤嬤喊了起來，去正堂聽了一頓訓，自是為了昨晚吃酒吃醉的事。與祖母用過早飯後，沈芷寧去往文韻院。

「姑娘來了、來了，夫人和公子等上半天了。」常嬤嬤等在院門口，沈芷寧在老遠處就跑過來高興迎道：「老爺也來信了，還給姑娘寄了好些東西呢。」

沈芷寧喜上眉梢。「爹爹來信了？太好了！」說著，提著裙襬便往文韻院裡頭跑。

陸氏一瞧見沈芷寧那奔過來的身影，邊繡著手中的衣物邊對身旁的沈安之笑道：「定是知道她爹來信了，你快些把信給芷寧瞧瞧。」

沈安之眼中一片溫柔，待沈芷寧跑到跟前，就將案桌上的信遞給她，又指了指一旁的包袱。

「我先看信，再瞧爹爹給我寄什麼了！」

這是封家書，已經被拆開了，沈芷寧將信紙從信封中抽出，一字一句看下去，臉上的笑意越來越深，最後笑得眉眼都彎成了月牙。

陸氏瞧了，也忍不住笑道：「怎的高興成這般？這不是和以往的家書一樣嗎？」

沈芷寧將信遞過去，止不住心裡的高興道：「不、不一樣。娘親您看，爹爹在信中提到近些日子忙碌，要好生處理案子，下月考功司的官員就要來江南考察，爹爹又說在這之前就已收到了京都的信，這是個好兆頭。」

陸氏不懂這些，頗為疑惑。「只說收到了京裡的信，並未說其他的啊，怎麼就是好兆頭呢？」

「爹爹並未細說，但此事與考功司考察一事放在一塊兒說，就說明實則是有聯繫的。娘親，按理說，考功司官員下來，爹爹應是得不到消息，為何會得到消息？說明是京都事先有人得了消息再送信給爹爹，如若此事順利，爹爹升官有望。」

前世在爹爹死前，都還是個小縣令，從未有過仕途上的突破，甚至一點影子都沒有。前世是有家書，但每封家書她看了，都沒有提到過這事，看來真的改變了。

陸氏聽此話，自然喜悅。「那確實是個好兆頭了！」

「不過這事我們還是在屋裡說便好，就不要往外傳了，畢竟眼下也只是推測，還沒落定，這中間有了什麼差錯，都說不準的。」

「是，確實，芷寧說得對。」陸氏忙道，忽然又想起了什麼似的，道：「先不說妳爹爹的事了，今日端午，娘與常嬤嬤包了好幾個粽子，甜鹹都有。西園那邊，李先生身邊就一個老母親，房裡也沒個貼心人，妳待會兒把粽子送去，表表心意，他平日裡對妳照顧有加，要記得感恩。」

「那我現在送去吧，反正也無事。」沈芷寧道。

「妳這會兒剛來……罷了，送完早去早回，我怕妳又在那兒待久了，今日家中要開宴的。」陸氏讓常嬤嬤拿了一小籃粽子來，遞給沈芷寧。

沈芷寧拎了拎，笑著道：「娘親包的分量還挺重。」

雲珠在後道：「不如我來拿吧！小姐，這看著就重得慌。」

「給先生的禮，我還是親自拿去更鄭重些。」沈芷寧與雲珠邊說道，邊出了屋門。

一路走到了西園，今日西園不開學，倒是比平日更熱鬧些。平日裡都得進學，所以學子們都待在玲瓏館或者深柳讀書堂，這會兒都在西園的各處說說笑笑。

沈芷寧到了深柳讀書堂，李先生的木門半開著，還傳來先生微怒聲。「你此事做得不該，我平日裡是如何教導你的？君子有所為、有所不為，我親眼見你欺辱他人，你眼下在我面前，竟還矢口否認，做事無義、無德、無禮，你可還是我的學生？」

「我本就不是什麼君子！老子早就不想當你的學生！」說著，陳沉就從屋裡衝了出來，冷冷看了一眼沈芷寧，又落在她拎的一籃子粽子上，一字一頓道：「噁、心。」

「你?!」

算了。沈芷寧深吸了一口氣，進了屋子。

先生今日穿了一身簡單淡青色直裰長袍，髮以木簪束起，想來是被陳沉氣狠了，面色有些難看，但見沈芷寧來了，還是溫和道：「今兒怎麼來了？玲瓏館端午休沐，平日妳在永壽堂，今日不回文韻院陪陪妳母親嗎？」

「我是從文韻院來的，娘親讓我給先生送點粽子。」沈芷寧語氣輕快，開心地將小籃子放在先生的案桌上。「這是我娘親親自包的，與其他人包的可不一樣，甜鹹都有，這裡頭我最喜歡蜜棗粽了！」

李知甫面容緩和了許多，似乎被沈芷寧的喜悅感染了些許，淡笑道：「當真？放了這麼多粽子，這籃子可不輕，妳拎來辛苦了。」

「不辛苦。」沈芷寧說著，從籃子裡拿了一顆粽子出來，將粽葉一一剝下來，露出雪白的三角糯米糰，她合著粽葉遞給李知甫，笑道：「先生，我替您剝好了，您嚐嚐。」

李知甫見她遞過來，看著她手中的粽子一愣，隨後接過粽子，咬了一口，恰恰咬到了軟糯的蜜棗上。

沈芷寧看到了，驚喜道：「先生運氣真好，一口便咬到了，是不是很甜？」

李知甫嗯了一聲，沒再看沈芷寧，儘管方才用過早飯，早已飽腹，還是一口一口將整個粽子吃完了，吃完後，掃了一眼籃子裡的粽子，溫和道：「替我謝過妳娘親，以後不必特地送來，教導學生是我應該做的。」

沈芷寧笑回道：「可先生不只是先生，還是家人啊！這都是記著、念著先生，才不是什麼送禮。」

李知甫抬頭看了一眼沈芷寧的笑，緩緩避開。「妳說得對。」他又頓了頓，目光落在窗外道：「既送來了，不如早些回去，我也要回院裡了。」

沈芷寧哎了一聲，正想著離開，到了屋門，忽然想起了什麼事又回頭。「先生。」

李知甫抬頭看她。

沈芷寧認真道：「先生有打算收關門弟子嗎？不知道我可以嗎？」

「關門弟子……」李知甫啞然失笑。

沒有等到先生的回答，沈芷寧有些緊張，前世先生可是一下就答應了，難道他已經收了其他人嗎？這般想著，又聽到先生認真道：「除了妳，也沒別的人選了吧？」

沈芷寧一下就笑出聲，笑聲清脆靈動。「懂了，那我先走了，先生回見。」

沈芷寧出了深柳讀書堂，剛走出庭院，就看見蕭燁澤與秦北霄，蕭燁澤走得快，像是有什麼急事，秦北霄則慢悠悠走在後頭。

「正找妳呢，沈芷寧。」蕭燁澤很快就到了她面前。「走走走，今日中午一道用飯，我可是特地讓酒樓送了飯菜來，待會兒就到玉照軒了。」

玉照軒在西園一隅，平日裡一向是空著的，所以不少學子會去那裡開詩會或是其他的聚會。

沈芷寧看了一眼蕭燁澤身後的秦北霄，他也正看過來，經過昨天這麼一遭，與他一對視，沈芷寧就心跳加快，連忙移開目光，問蕭燁澤。「三殿下，去那兒做什麼？你們怎麼知道我來西園了？」

「本是想派人去沈府喊妳的，未想到出了學舍就有人說見著妳往深柳讀書堂來了，便一道過來了。」蕭燁澤說了這話，又壓低聲音笑道：「今日是江檀生辰，裴延世說溜嘴了，本殿下想著他今日不回安陽侯府，不如給他在西園過生日。」

「你倒是熱心。」秦北霄已走過來，冷漠諷刺道。

可不得熱心？江檀答應他回頭測驗幫幫他，不像秦北霄這人一口拒絕。

沈芷寧自是應下了，與秦北霄、蕭燁澤一道前往玉照軒，三人並排走，因著蕭燁澤在，沈芷寧不好提到昨晚的事，未說幾句話。

也不知秦北霄是不是這麼想的，一直未提到昨晚的事，直到到了玉照軒，蕭燁澤先一步進去了，沈芷寧剛想隨著一道進去，只聽秦北霄低聲問道：「昨日醉酒，今日身子可有不舒服？」

他的聲音與平常一樣，就算是在關心她，可語氣還是頗為冷淡，倘若沈芷寧沒有感受到他灼熱目光的話。

沈芷寧感覺他快把自己盯出洞了，耳尖都開始泛紅，不敢直視他。

現在與秦北霄待在一起，腦子裡總能浮現他昨日親吻自己臉頰與額頭的畫面，可她心裡實在亂極了，特別是在他面前，都不知說些什麼好。

沈芷寧佯裝平日的口氣，語氣輕快道：「沒有不舒服，也不知是不是醉酒的緣故，倒是睡得很香，我昨日應當沒有失態吧？秦北霄，我可能是個麻煩精，不許嫌棄我啊！」

「妳沒有失態。」秦北霄慢慢道。

是他失態了。

「你們在說什麼呢？還不進來。」蕭燁澤這會兒傾身從裡頭探了個腦袋出來。

「來了！」沈芷寧連忙隨著進去。

秦北霄看著沈芷寧的背影好一會兒。

她與平常無異，她應當不知道他做了什麼，若是知道了，恐怕不是這個反應，或許是生氣、或來質問，或是避著他，如今卻是與他平常一樣說著話。

她是當真醉了……

秦北霄低眸，掩蓋著複雜的情緒，再緩緩抬步進去。

沈芷寧隨著蕭燁澤進去，屋內的紗簾微動，隱約可見幾人坐於黃花梨長桌旁，有江檀、裴延世，還有沈嘉婉。

「那裴家的，我本未叫，是他自個兒要過來，還帶著沈嘉婉一起。」蕭燁澤怕沈芷寧不開心，畢竟三人之前有過矛盾，心中恐還是有嫌隙，未掀簾之前就與沈芷寧低聲解釋道：「我想讓侍衛帶他們出去，但江檀說裴延世到底是他的表弟，求我看在他的顏面，妳若不喜，我這便叫他們出去。」

沈芷寧擺手。「沒有這麼嚴重，江檀生辰，裴延世和他到底是親人，我是無礙的，就怕秦北霄……」

他之前可是與裴延世動過手。沈芷寧轉頭看他。

秦北霄淡聲道：「難道我這麼不通情達理？」

你通情達理過嗎？蕭燁澤幾乎想立即反問，被秦北霄的眼神壓下去了。

「我為人也很和善。」這時，裴延世從裡面掀簾出來了，掃了一圈眾人道，雖說語氣依舊陰鬱，但比之前已好上許多，也不知是不是因為沈嘉婉在他面前說了些什麼的緣故。

秦北霄掃了他一眼，裴延世不甘示弱地回視。

沈芷寧為避免這二人再起衝突，連忙拉著秦北霄。「今兒要給江檀過生辰呢！快些進去吧。」

沈嘉婉也叫了一聲裴延世。

沈芷寧進來之後就見江檀安安靜靜坐在位置上，一臉無奈。「沈姑娘，妳也來了呀，恐是打攪妳與家人團聚了。」

瞧江檀這態度，應是不想過生辰，但硬是被蕭燁澤那別有用心的熱情給壓制下來了。這幾回接觸下來，沈芷寧覺得江檀很是和善，可以說是老好人一個，幾乎不會拒絕別人的請求，儘管不是與人很親近，但天生就是被動的性格也說不準。

「你也該過個生辰了，來我們侯府八年，我父親每年都說要給你過生辰，你都拒了。」裴延世盤著手中的核桃，坐在沈嘉婉旁邊道。

聽見此話，沈嘉婉不禁看了江檀一眼，而沈芷寧疑惑道：「這麼久了嗎？」

「那正好！」蕭燁澤很是高興。「今日就給你辦一場。」

說著，蕭燁澤就用公筷給江檀挾了一筷子菜。

沈芷寧與秦北霄一落坐，沈嘉婉上上下下打量一番沈芷寧，道：「昨兒喝成那般，祖母可訓斥了？」

說到昨日喝酒，沈芷寧就下意識想看秦北霄，但忍住了，嘆了口氣道：「自是訓斥了，沒承想自己酒量這麼差，以後不喝了。」

「哎？本殿下本想著開幾罈好酒助助興呢！」

裴延世聽罷，隨口道：「光喝酒也沒意思。」

「哦？那你說有什麼好玩的？」蕭燁澤興致一下起來了。

江檀更無奈了。怎麼自己的生日，反倒變成他們玩樂的理由了？

「這可還在書院……」

第三十一章

沈芷寧看這情況不對，再這麼下去，蕭燁澤和裴延世這兩個「紈袴」指不定會想出什麼好事來，唯一能震懾得住蕭燁澤的秦北霄竟還一個人用筷子挾著花生米，比平日裡還少話。

於是沈芷寧想了會兒，道：「喝酒也行，不如就來行酒令，今日是江檀生日，就以祝福為令，或詩句、或對子，皆可。」

秦北霄一聽就笑了，唇角微勾，抬眸看沈芷寧。「倒是個好法子。」

機靈是真的機靈，這法子還不好躲喝酒？

沈嘉婉也笑了，而蕭燁澤則是一臉苦相。「這不是為難我嗎？」

「那我先來吧。」沈嘉婉起身道：「詩經有言：如月之恆，如日之升。如南山之壽，不騫不崩。如松柏之茂，無不爾或承。祝江公子生辰快樂。」

「讓我想想……」裴延世沈思了一會兒。「鵬北海，鳳朝陽。又攜書劍路茫茫。明年此日青雲去，卻笑人間舉子忙。過了今年，你也要進京趕考了，就用《送廓之秋試》中的這句，祝表哥金榜題名。」

兩人都說了，蕭燁澤想了一會兒道：「生逢俱如意，日暮南風吹。快事長伴友，樂銜月下杯。那我就祝江檀你，前路皆知己！」

江檀微微一笑。

蕭燁澤說完，就看向秦北霄，秦北霄看向江檀，舉杯道：「希君生羽翼，一化北溟魚。望君前程似錦，萬事如意。」說完，將酒一飲而盡。

江檀回以一杯，眼中溫和笑意不失。

所有人都說完，看向了沈芷寧。

「沈芷寧，莫不是我們都想出來了，妳還未想到吧？那這酒妳喝定了！」蕭燁澤立刻斟酒遞過去。

「別鬧。」沈芷寧笑道，起身將遞過來的酒推回去。「這酒我才不喝。」

江檀目光落在站起來的沈芷寧身上，她今日著的是淺蓮色輕紗羅，笑容也灼若芙蕖。

「該說的他們都說上一遍了，那我就說個小的。願天上人間，占得歡娛，年年今夜。自是望君展笑顏。」

江檀聽罷，再次舉杯，認真看著沈芷寧，將杯中酒一飲而盡。

之後，便是滿堂開懷。

歡笑到下午，大家便散了。

裴延世要回安陽侯府，江檀提出與他一道回去。

馬車上，江檀閉目養神，裴延世掃了他一眼道：「不是說今日要留在學舍嗎？昨日便問你要不要回府，你還拒了。」

江檀依舊閉著眼，唇角沁著淺笑道：「想到了些事，要找舅舅商議。」

裴延世什麼話都未問，面無表情。實則以前問過，但江檀不會說，他父親也會訓斥他莫要多管閒事。多管閒事？真以為他稀罕，從此他就不多這個嘴了。

因此，江檀與父親二人之間的事，他也從來不知曉。

一路沈默，到了安陽侯府。

江檀直往安陽侯裴元翰的書房去，路上眾侍女、小廝遠遠見人過來便知是何人，皆後退、低眸垂頭，以示尊敬。這位雖然是表少爺，但地位與世子同高，甚至，或許侯爺還更看重這位一些。

白袍掠過眾人視線，就如仙人之袍飄過，直至消失視野之中，眾人才回了神。

裴元翰正在書房內練字，下筆遒勁有力，可見功力，寫完一字，便聽得侍衛通報。「侯爺，表少爺來了。」

裴元翰嗯了一聲。「請進來吧。讓人都退下。」

退下後，門悄然被關上。

「侯爺功力見長，這字越發好了。」江檀輕飄飄的目光落在裴元翰的筆下，淡笑道：

「也不知本殿下有這個榮幸能討得一幅字嗎？」

他的語氣緩慢，偏生有著雍容尊貴之氣。

裴元翰知道這位是玩笑之言，但一向猜不透他的心思，自是未多言，只笑道：「六殿下抬舉了，六殿下若想要，十幅、八幅本侯也給的。」

隨後親自斟茶。「今日殿下怎麼來了，可是西園出了什麼事？」

江檀接了裴元翰的茶，但未喝，重新自己泡了一杯，動作行雲流水不失貴氣。「西園無事。是你過些日子的五十壽宴。」

裴元翰不知這位為何提及五十壽宴，這場壽宴的行動之前可是被否決了，不過既然說到這個，他自是如實道：「壽宴已準備妥當，帖子已下到吳州各家名門，到時沈淵玄也會來。」

江檀一笑，慢慢喝著茶。「你說，沈淵玄可是真信了你？」

裴元翰不知這話是何意，只道：「自從徐家與沈家結親，沈淵玄若有大事必會找本侯商量，如今孩子都已這般大，有數年之久，自是沒什麼問題，那些書畫……應當也是沒有發現裡頭的端倪，殿下可是有什麼指教？」

「指教談不上，沈家還未到用武之地，且先這般吧。」江檀緩緩合蓋上茶碗，目光瞥向裴元翰。「你這回五十大壽，給蕭燁澤下帖了吧？」

「蕭燁澤乃當今皇子，自是下了。」

「秦北霄未下？」

裴元翰一愣，立即回道：「未下，殿下難道想下帖給秦北霄嗎？若是下了，他便有正當理由進侯府，找人探尋也是輕而易舉，到時城防圖以及其他的被發現……」

他自知為何聖上千里迢迢要派個皇子來，無非就是要查吳州的事。當時聽到消息本不足為懼，可後來才知曉原來秦北霄在京都竟未死，那秦家將他折磨成這般放到了吳州，竟也通過蕭燁澤與聖上取得了聯繫，得了命令，這才提起了警惕之心。

幸好是有了警惕之心，也幸好六殿下在吳州，不然整個吳州恐真要被他掀個天翻地覆，秦擎手中的暗衛到了他手裡，算是發揮到了極致。

吳州本是在安陽侯府的掌控之中，這段時間算下來，據點被毀的毀，暗線被拔的拔，儘管在吳州，還尚有餘力，可再繼續下去，但誰都說不準。

若他真捅破了安陽侯府與明國有聯繫，那就全完了。

「六殿下，您之前不也說，秦北霄見無其他法子，定會長驅直入探侯府，這會兒還讓他來嗎？」

江檀目光輕掃裴元翰。「就算不來，蕭燁澤能來，他豈不會找機會過來？下帖子，讓他來，我送一份大禮給他。」

「裴元翰居然給你下帖子？」蕭燁澤將帖子甩在案桌上，面容憤怒至極。「去不得，這明擺著就是要給你下套！」

安陽侯五十壽宴早些日子帖子就已發下，蕭燁澤自然也收到了，他也知秦北霄未收到，沒想到今日秦北霄偏就拿到了，想想就知對方不安好心。

秦北霄淡漠的目光落在案桌上那封燙金的請帖，伸手拿回手上，過了許久道：「去，怎麼不去？」

蕭燁澤覺得秦北霄腦子壞了。

他壓抑著自己的情緒，冷靜下來與秦北霄道：「他定是知道你了，帖子不與我們的一同下，卻是拖到今日獨下一份，想來設好了陷阱就等著你去。這兒是吳州，是他安陽侯府的地盤，都府的軍權定也在他手裡，沈淵玄這知州更是有他在背後，裴元翰這次若鐵了心要殺你，可怎麼辦？」

「明裡暗裡，暗著來他與我不分上下，這段時日才一直僵持，不過以後可說不準。他想明著來，我正愁著進不了安陽侯府。」秦北霄翻看請帖，上頭遒勁的「秦北霄」大名映入眼簾，他面色絲毫未變。

蕭燁澤沒想到秦北霄竟還要藉著這個機會去搜安陽侯府，更覺得眼前人是個瘋子。

這瘋子還執拗，他自知是說不通了，憋著一口氣坐下。「要是沈芷寧在這兒，我看你說不說這種話，我現在巴不得把所有的事都告訴她，讓她來勸勸你……」

秦北霄眼刀一下掃了過去。

蕭燁澤繼續道：「父皇讓你查，可未讓你拿命去查，其實從長計議也不是不行，咱們好歹還在西園呢。」

「從長計議就是個廢物。」秦北霄看向蕭燁澤，冷笑道：「京都現在是什麼爛攤子？他們在吳州的不知道，我和你從那裡過來是眼瞎還是心盲了？各方龍虎盤踞、皇權日漸削弱。」

他語氣皆是諷刺。「聖上就是打著從長計議的意思，到如今，近臣被殺的殺、斬的斬，你敬愛的太子兄長現在還被囚禁在太子府吧？聖上倒是想放，他敢放嗎？恐怕連夜裡去哪個妃子宮裡，第二天都要被拿出來在大殿上說教一頓。那群人也真是好笑，管人，還要管下半身那玩意兒。」

「秦北霄！」蕭燁澤怒了。「你怎麼敢編排我父皇?!」

可喊完，蕭燁澤渾身像洩了氣一般，死氣沈沈。

因為秦北霄說得沒錯。

朝廷已經幾乎被架空了，被那些所謂的世家門閥、被那些所謂的重臣黨派，無論是清流還是佞臣，所有人都攪和在了一起，都分不清了，以至於潭下之盟的事，父皇也是無所適從。

「我與你將此事了了。」秦北霄將帖子甩至一旁。「了結後我與你立刻回京。」

他與他們還有血債，必得血債血償。

蕭燁澤自是相信秦北霄的話，可這一腔熱血過後，他想起了一人。「那沈芷寧呢？」

不知怎的，儘管秦北霄與沈芷寧目前在他們看來是關係親密了些，但明面上來說這二人到底還只是友人，這還是往近了說，往遠了說，那不就是同窗？

可蕭燁澤總覺得，秦北霄不會就這麼了無牽掛地回京。

「回京之後，把秦家從宗族分割，我向聖上請旨，為我和沈芷寧賜婚。」

過段時日，他想要問問她的意願。

安陽侯五十壽宴的事，翌日，沈芷寧也得了消息。過了些時日，到了赴壽宴的日子，各房都隨著沈老夫人一道前去安陽侯府。

到底是吳州權勢最大的名門貴胄，這一路過來，擺了多少長街的流水席，供人吃席，人來人往，熱鬧非凡，算是轟動整個吳州的大事了。

而到了安陽侯府附近，各家的馬車擠得水洩不通，轎廳也塞滿了。好在安陽侯府早有預料，下人、小廝們一一引導疏通，從馬車、軟轎下來的，各個衣著鮮亮，氣派非凡，不是江南等地的權貴、就是根基深厚的氏族，而那富甲一方的商賈人家就算風光再大，卻也進不得這朱門大戶。

蕭燁澤是從京都來的皇子，不少人家也都聽說了這檔事，但從未見過他，此時見安陽侯親自於大門迎接。

「臣見過三殿下，三殿下能來，令我侯府蓬蓽生輝。」

「安陽侯客氣了。」

蕭燁澤等人自是與沈家一塊兒來，沈芷寧見他在眾人之前端著皇子之態，不由忍笑，路過旁人時，還聽見人竊竊私語。

「這便是三殿下？」

「好生氣派。」

「可不是，相貌也俊俏。」

「不過，在三殿下旁邊的那位是誰？比三殿下樣貌還要俊俏些，可好似很難接近的樣子……」

沈芷寧順著他們的目光投向前方，除了秦北霄還能是誰。

裴元翰與蕭燁澤互相客氣完，便看向秦北霄，眼角的皺紋微聚，平日裡喜怒不形於色的威嚴面龐似乎極為正直。「這位便是秦大公子吧，早聽淵玄說秦大公子也到了吳州，今日才得相見，一看，果真不失乃父風範。」

秦北霄點了頭。「侯爺客氣。」

隨後，裴元翰領著沈家眾人進安陽侯府，與沈府雅致的園子不同，安陽侯府氣派輝煌多了，不少客人們也都進來了，與沈家眾人認識的也都點頭示意。

「淵玄，還未開宴，大夥兒都在品鑒我那些字畫呢，一道去瞧瞧，小輩們就讓他們自個兒玩去吧。」裴元翰對沈淵玄道。

「自然、自然。」沈淵玄笑道，又端著威嚴對沈嘉婉等人道：「你們且去吧，莫要闖禍。」

待長輩們都去花廳或是其他地方後，沈芷寧見無人，偷偷跑到了秦北霄身邊，拉扯了下秦北霄的袖子，低聲道：「你有沒有發覺三殿下今日……」

「嗯？」

這回沈芷寧的聲音太輕了，秦北霄下意識傾身。

但蕭燁澤就在前頭，沈芷寧怕他聽見，乾脆在秦北霄側身的時候貼著他耳朵道：「三殿下今日是不是心情不好啊？」

悶悶不樂、心事重重的樣子，平日裡早就活躍起來了，眼下就一人走在前面，不知在想什麼。

她那溫熱的氣息彷彿還在耳畔，秦北霄努力壓下她帶來的悸動，慢慢道：「他沒有。」

「可這明明不太對勁……」沈芷寧說到一半，就見秦北霄臉偏了過來，原本的側臉變成了全臉，那雙淡漠的眼眸盯住了她，與那日在酒樓一樣，沈芷寧說不下去了，臉紅，結結巴巴道：「怎麼了……你看著我做什麼？」

沈芷寧感覺這一刻，周圍的氣氛都有點不太對勁了，明明周遭還有好多人。

她想後退幾步，離秦北霄遠一些。

近些時日，特別是那次酒樓之後，他似乎越來越危險了，她也更加不懂眼前男人的心思了。可方後退了一步，手腕就被箍住，輕拽了回來，不過一下，無人注意到他們這邊，沈芷寧又聽得他慢慢道：「小心撞到別人了。」

沈芷寧一下回頭，見沈嘉婉不知何時站在她旁邊了，她見沈芷寧看她，挑了個話題道：「如今這天是越發熱了。」

沈芷寧頻頻點頭，可不是，她快冒煙了。

與沈嘉婉說話時，沈芷寧餘光看到秦北霄上前與蕭燁澤低語了一句話，蕭燁澤往沈芷寧這邊看了一眼，面露沮喪，隨後似乎在強裝高興。

沈芷寧朝他一笑，蕭燁澤總算擺了個高興的笑容。

這般後，沈芷寧心中有了幾分疑慮，似乎不太對勁，不管是秦北霄還是蕭燁澤，還是……這場五十壽宴，想到這兒，便聽得裴延世的聲音傳來。「你們都來了，走吧，我帶你們逛一逛侯府。」

順著聲看過去，見裴延世與江檀一道走過來。

江檀今日穿著一身月白底竹紋長袍，外罩一天青色褙子，其仙姿更多了幾分雅致，與裴延世一道走來，裴延世那分高傲桀驁似乎都落了下乘。

蕭燁澤見人多了起來，外加秦北霄方才的提醒，總算是回過神來，與眾人一道隨著裴延世與江檀遊安陽侯府。

邀來的客人差不多都已陸陸續續進府，婆子、丫鬟一一引入，長廊上、石橋上、假山湖石旁……各處都有簇擁的人群，或看湖、或看景、或看人。

花團錦簇，熱火朝天。

「此處為佛香閣，那處為小飛檐。」裴延世顯然從來沒做過待客這等事，隨處指了指便了事，其餘時間都是盯著沈嘉婉。「你們若感興趣，也可進去瞧瞧。」

第三十二章

沈芷寧抿嘴，這說得快、走得又快，哪是想讓人進去看的意思？你是巴不得快點結束好與沈嘉婉獨自相處吧。

罷了罷了，裴延世是指望不了什麼了，可惜這好園子。

江檀瞧見了沈芷寧心不在焉的神情，猜著了她在想什麼，溫和開口道：「這佛香閣是侯爺為了老夫人不用辛苦跑佛寺，特地鑄佛像、鍍金身，給老夫人建了個佛堂。老夫人去世後，此處便成為府內信佛之人的一個去處，平日裡香火還算旺盛，那處小飛檐呢……」

他抬眸看了一眼朱廊黑瓦上高翹的精緻飛檐，道：「許是建得別致，來安陽侯府的客人無不誇上一誇，誇多了，就有了這別稱。」

沈芷寧聽罷，笑道：「那我們不誇真是有些不好意思了，是吧？秦北霄。」

她用胳膊肘碰了碰秦北霄。

秦北霄輕掃了她一眼，一見她，眼中就不自覺多了幾分笑意，隨後移開，未說話。

沈芷寧剛想開口說些什麼，這時，只見一小廝笑容滿面地跑來。「世子爺、表少爺安好，各位公子、小姐安好。」說完這話，那笑呵呵的眼神在眾人中尋找。「哪位是秦大公子啊？」

「你找他做什麼？」蕭燁澤方放鬆下來的心，一下子又提了起來。

江檀瞥了他一眼，面容淡淡。

那小廝不知哪兒惹到這位，後來一下想起這位是三殿下，忙跪下磕頭道：「小的唐突，冒犯三殿下了，是侯爺與眾大人在鏤月亭，眾大人說想見見秦大公子。」

秦擎之事不知道的不會關心，但知道的卻是知道得很清楚，如今其獨子在吳州，還來了這次五十壽宴，難免會起了好奇心。

沈芷寧認人認得準，這小廝確實是方才裴元翰身旁的小廝，但她未說話，蕭燁澤今日這麼奇怪，她還是先靜觀其變。

小廝戰戰兢兢地跪在地上，秦北霄一直未給答覆。

裴延世先不耐煩地擺擺手。「有什麼好看的，當猴瞧嗎？」

江檀也笑了，對小廝溫和道：「是啊，秦大公子來侯府是作客，還是我和延世去解釋解釋。」

「既然來了，侯爺也是長輩，去一下也無妨。」秦北霄這時開口，淡淡的目光掃了一下江檀後，又對小廝道：「走吧，領路。」

秦北霄說完便隨著小廝走了。

那小廝很是活潑，一路多話，與秦北霄講著府中的建築與園林布局，秦北霄一句話未搭，那小廝也不在意，將秦北霄引到了匯芳園。

此處已遠離侯府中央，十分幽靜。

那小廝走在廊檐前頭，一邊走、一邊還在說著。「秦大公子——」

剛好立於第三個紅柱旁，他倏然轉身。「秦大公子，要不進屋坐坐。」

秦北霄眼眸冷冽立現，然還未有任何動作，已被園中突然出現的三名侍衛直推入了一旁的屋內，後背撞得案桌震盪，案上茶碗皆掉落、碎得脆響。

左手撐於地，如離弦之箭立即衝向屋門。

方觸碰，門立關，鎖已上。

屋外小廝笑道：「秦大公子，別掙扎了，且在裡頭待一段時候吧，殺你殺不了，可關還是關得住的。」

沈芷寧這邊，裴延世帶眾人都逛到差不多了，秦北霄還未回來。

沈芷寧與沈嘉婉要回到花廳、去見徐氏、莊氏她們。

「秦北霄為何還不回來？」沈芷寧不放心，似是自言自語，又似在問沈嘉婉。

沈嘉婉快要踏進花廳，裡頭傳來不少閨秀與夫人、太太的說話聲，她還是聽見了沈芷寧的這句話，回道：「許是回來了，快開宴了，應該去找三殿下了，總不可能來這花廳。」
可是過了很久了。
沈芷寧這句話未說出來，一番考慮下，決定還是去打聽一下秦北霄現在在哪裡。她方要轉身出花廳，就見遠處一婆子慌慌張張跑過來，踉蹌跪了下來，大喊道：「出事了！出大事了！」
花廳裡的女眷皆跑了出來，為首的是安陽侯夫人，怒斥道：「出了什麼事，讓妳在這麼多客人面前大呼小叫的！一點規矩都沒有！」
那婆子臉色慘白，手指顫顫巍巍指向滙芳園的方向。「死、死人了！」
「死人了?!」
「怎麼會死人呢！」
蕭燁澤與裴延世在男子匯集的前廳也聽到一小廝這般來報，頓時一陣騷亂。
蕭燁澤立即抓住那小廝的領子，狠狠道：「死人了？人在哪兒！」
那小廝被蕭燁澤這惡鬼般的模樣嚇傻了，顫抖著身子說：「滙、滙芳園……」
蕭燁澤立即衝了出去，裴延世微微一皺眉，跟在其身後，前廳所有的人也都跟上了。
待所有人走後，江檀一人緩緩斟了杯酒，酒壁碰於薄唇時，那方才帶秦北霄離開的小廝出現了，依舊是那般笑容滿面，更為真誠，甚至帶了幾絲討好。「表少爺，人已經關住了，采月那丫頭、那丫頭也從二少爺那處拖過去了……」

話未說完，江檀淡聲問：「關時，可有何反應？」

那小廝一愣，回道：「那秦北霄衝過來想出去，門被我們鎖上了，他狠拍了幾下，很是氣急敗壞。」

「氣急敗壞……」江檀唇角微笑，品著這幾個字。「若是氣極敗壞，那此局恐是要廢了。」說到後半句，他眼神清冽，而這清冽中滿是無盡的冷漠。

小廝還不明白是何意，江檀已起身去往匯芳園的方向。

他踏出前廳的後一刻，小廝已被不知從哪裡出現的人刀刃抹脖，脖間鮮血湧出，瞪大眼睛捂緊脖子，轟然倒地。

裴元翰、沈淵玄等在鏤月亭的眾人已趕來，沈芷寧等人也趕到了匯芳園，撥開重重圍著的人群，一下映入眼簾的是桃花樹下的女屍。似是安陽侯府的婢女，衣衫襤褸，身上青紫傷痕遍布，嘴邊有著不知名的斑跡，下身更是慘不忍睹。

明顯是被人姦污至死，死前還遭受了非人的對待。

女眷們見此狀無不臉色煞白，幾乎要靠人攙扶著才能站穩。

那女屍旁還有一女子面如死灰，看仇人般看著在廊檐下立著的秦北霄，血紅著眼道：

「是他！就是他！是他見色起意，經過匯芳園時，不跟著府裡的小廝走，見我與采月二人路過，硬是要拉著我二人進屋鎖門，我一個弱女子……我一個弱女子，根本攔不住他，眼睜睜地看著他……」

那侍女哭得淚流滿面。「看著他姦污了采月，采月不從，他還拳打腳踢，硬是將她玩弄至死啊……」

淒慘的聲音響徹園內。

全場譁然。

眾女眷皆看向廊下無任何反應的秦北霄，一臉怒容。

此人竟幹出如此禽獸不如的事！

「怎會如此？」

「方才不是叫小廝喊這秦大公子來鏤月亭嗎？怎麼就、怎麼就出了這事啊？」

與裴元翰、沈淵玄一起的各個大人低聲碎語。

「指不定呢，他父親秦擎……」

裴元翰皺眉，站出來張手安撫騷動的人群，他的面容略顯蒼老，眼神依舊如鷹。「秦大公子，碧月所說可屬實？你當真做出了這等事？」

「不可能！」

兩道聲音同時響起，一個是沈芷寧，另一個是蕭燁澤。

「他怎麼可能做出這種事！」蕭燁澤此時狠狠撥開人群，衝了出來。「不可能是他，你們查不出來，本殿下來查！」

「三殿下！」裴元翰高聲厲道：「本侯知道您與秦大公子交好，雖說是一名侍女，可到底是一條人命！更何況是在我侯府出的事，我得給眾人、給她的家人一個交代！三殿下，莫要因著私情，就要徇私廢公了！」

此話一出，全場皆點頭，私語不斷。

「是啊，侯爺說得對……」

「這侍女下場這麼慘，三殿下竟還要保下犯人……」

蕭燁澤被裴元翰這番話氣得眼睛通紅。「你！」

裴元翰不管蕭燁澤再說什麼，而是又看向秦北霄道：「秦大公子，你還未回答本侯的話。」

「我的回答，」秦北霄一步一步走下臺階，每一個腳步的踏下，就宛若踩在眾人心頭一下，他眼神掃視之處，無人敢對視。「你們信嗎？」

最後那眼神落於裴元翰身上。「裴元翰，這個局設得真漂亮，讓你煞費苦心了。」

「秦大公子！如今不知實情原委，本侯好心在幫你，望你能給大夥兒一個解釋！你反倒推到本侯的身上來了，簡直是不可理喻！」裴元翰怒道。

「你可不是在幫我，而是推我下火坑啊。」秦北霄冷笑道。

「不過先不論幫忙與否，這屍體我瞧著，倒與你次子姦淫女子的手法很是相像啊！侯爺莫不是將自個兒兒子犯的事，推到我頭上來了？」

「是你！是你這個該死的畜生！」這時，那名在女屍旁邊哭泣的侍女碧月瘋狂衝上前來，大聲哭喊道：「明明就是你啊，你還不承認！我知道你是誰，你是秦擎的兒子！秦擎就是見了女人就要糟蹋！你娘不就是被姦污了才生下你這狗雜種的嗎？畜生生下來的也是個畜生！」

全場頓時炸開。

在場眾人，有知秦擎者、也有不知秦擎者，可聽聞過秦擎的人到底不是在京中長住，這等京都秘辛，也都是聽過一耳，卻不知細節，而在吳州的都是從未聽說過。

秦氏與趙氏兩個宗族，都是京都幾大世家門閥之一，特別是趙氏，如今朝中有多少重臣都是其宗族所出，不說老一輩，單說年輕一輩，一是那風頭正盛的大理寺少卿趙肅，於數旁支中脫穎而出，不過方上任，就連破數案。還有兩年前那三元及第、引得全京轟動的少年狀元明昭棠就是那趙氏主支嫡女趙長安所生。

這趙長安是當年聞名京都的世家貴女，身分無比顯赫尊貴，也是秦北霄的生母，眾人知曉她是生母，但傳聞不是說秦擎與趙長安是成親生下秦北霄再和離？難不成實際未成親，而是秦擎用強，趙家與秦家為了遮掩這醜事才匆忙辦親事，等風頭過去再謊稱和離……

此事沈芷寧之前有聽祖母提過，可這都是上一輩的恩怨，與下一輩何干？與他秦北霄何干？今日之事，蹊蹺的地方太多了。

沈芷寧眼神死死盯著秦北霄，他聽到碧月的這番話後，臉色明顯沈凝，眼眸有著說不出的暗色，可沒有發作出來，僅是避開衝上來的人，聲音淡漠略加諷刺地對碧月道：「妳知道得這麼清楚，怎麼，是在現場看見了？」

碧月似是被這話刺激到了，開始瘋狂辱罵。

現場騷亂中，裴元翰身邊多出了一個侍衛，低聲耳語道：「侯爺，如您所料，有人趁亂在搜查侯府。」

秦北霄果然不會放過這機會。

裴元翰心中有數，暗下命令。「定要全力抓捕。」

這道命令下了之後，裴元翰又將注意力放回了秦北霄身上，厲聲道：「秦大公子，此事你既然不肯講清楚，如今沈大人在此，還請秦大公子挪步去衙門，把案子了結才是，我侯府可容不下一個姦辱女子的客人。」

沈淵玄嘆了口氣，這侯爺說得也是，若是發生了這等事，定是要知州府插手的。

沈芷寧被裴元翰的步步緊逼弄得心神焦慮，再看秦北霄，她不知為何今日秦北霄有些奇怪。按照平日裡的性子，他不會與他們廢話這麼久，怎麼今日會與他們費口舌？

想到此處，突然人群中有了另一陣騷動。

秦北霄立即走了過去，如若方才的氣勢有所收斂，眼下是氣勢全開，往人群走去的身形，像極了利刃出鞘，無人可擋，身邊的人都下意識後退幾步，避其鋒芒。

手伸進人群，抓著一男子的頭髮，一把就著他淒厲哀號的聲音拖了出來，動作之凌厲、狠絕，周遭女眷都被嚇得腿軟。

看清男子面容，裴元翰面色一變。

「這不是……」

「是裴二公子沒錯吧？」

「是他，之前來侯府，我有見過。」

「他怎麼來此處了？」

秦北霄如拖死人般將人拖到了女屍附近，抓著頭髮的手用了狠力，硬生生把裴延啟的面孔貼緊采月的臉，裴延啟瘋狂掙扎，手腳並用，拚命哭喊叫號著。「爹！爹！救我啊！」

可越喊，采月身上那惡臭味越是充斥鼻尖，裴延啟快瘋了。

今早還是花般的少女，供他盡情洩慾，現在變成了一具屍體，惡臭撲鼻，不僅如此，秦北霄那惡魔般的聲音這時響起。「眼熟嗎？裴二公子，侯爺好計啊！將你做的好事設局順勢推到我的身上，但是可不止這一件吧？」

裴延啟睜大眼，其中流露出的恐慌更甚。

「恐怕，你院子裡還葬了不少。」

裴元翰立即大喊道：「來人！給本侯拿下秦北霄，此人犯下大罪，竟還——」

「誰敢動他？」蕭燁澤立刻明白了秦北霄的意思，直接截了裴元翰的話，吩咐侍衛道：「看來不止這一個，給本殿下去找！」

裴元翰渾濁的眼睛瞪圓。「你們——」

「侯爺。」沈芷寧聲音清澈冷靜。「公者無私之謂也，平者無偏之謂也，你從一開始所說之話，明面上為公正，實為偏私，現在出手拿人，是想要堵嘴嗎？」

「沈芷寧！這時候輪到妳說話了嗎?!」沈淵玄訓斥。

「大伯父，這世間非公正之事不必等輪不輪得到說話，做錯了，受指責不是應當的嗎？不公不正，做下這等事都不怕遭報應，難道還怕他人之語嗎？」

沈淵玄之前就領會過沈芷寧這張嘴，這會兒一時忘記了，被堵得說不出什麼來，冷哼甩袖。

裴元翰見情勢不對，給周遭侍衛遞眼神。

挖人還要點時間呢，蕭燁澤休想得逞！

可沒過一會兒，蕭燁澤的侍衛就回來稟報了。「殿下，屬下等人去了裴二公子的院子，發現、發現……」

「發現什麼？說呀！」

「是啊，發現什麼了？」

周圍人急了。

那侍衛面色略有掙扎。「發現了已被挖出來的好幾具女屍。」說罷，侍衛一揮手，就有幾架女屍被抬了上來。

屍臭漫天，屍體抬到中央，眾人見到慘狀時，不少人都彎腰嘔吐。

裴元翰面色全變了，裴延啟更是哭喊道：「爹爹！爹爹，兒子不敢了、兒子以後不敢了！爹，救救兒子吧，救救兒子吧！」

第三十三章

聽此號哭，眾人都明白了，更何況看這些女屍的腐爛程度，顯然已經許久了，凶手不可能是秦北霄。

不少人的視線開始投向裴元翰，裴元翰氣極，一腳踢向裴延啟，將他踢出了幾公尺遠。「不孝子！廢物！自己犯了錯事，竟然還要栽贓到秦大公子身上，若不是三殿下英明，本侯便錯怪了秦大公子！」

裴延啟縮成一團，嗚咽哭泣。

裴元翰踢完裴延啟，立即向秦北霄與蕭燁澤拱手賠罪道：「三殿下，秦大公子，此事是犬子做了錯事，還冤枉了秦大公子，是本侯太過心急，本侯向二位賠罪了。」說罷，深深鞠了一躬。

秦北霄發出一聲輕笑，笑聲極輕。「佩服侯爺，能屈能伸。」

蕭燁澤被其道貌岸然的樣子噁心到了，剛想開口罵人，被秦北霄攔住了。

沈淵玄看完了全場，他居知州之位已久，手中斷的案子雖談不上多好，但有些事他還是心裡有數，更何況如今局勢已明朗，全吳州的名門皆在，蕭燁澤這個皇子也在，他偏不得私，轉身對裴元翰道：「侯爺，您與令公子恐怕要與我一道去趟衙門了。」

裴元翰一愣，隨後恢復常態。「自然。」

沈淵玄差人將裴延啟押到了衙門，裴元翰一道跟去，屍體與那侍女碧月也一道帶走了。匯芳園的人都往宴席處走了，雖說壽宴主角已走，可壽宴還繼續，宴席還得吃。

沈芷寧見人多，且蕭燁澤好似有不少的話想與秦北霄說，他們二人定是有什麼不能告訴她的事，就不打算往秦北霄身邊湊。

可回宴席處的路上，他卻與蕭燁澤分開，往這邊走來了。他走到自己身邊時，沈芷寧忍不住問道：「怎麼過來了？你可無事吧？他們應該沒對你做其他的什麼？」

秦北霄盯著沈芷寧，未說話，可那眼神中帶著幾分柔情，轉了個身以示無恙。

「剛才嚇死我了。」沈芷寧道。

「被嚇著了，膽子還那麼大。」秦北霄見她鬢間髮絲凌亂，抬手將鬢髮攏在耳後，道：「方才那個場合竟敢開口替我說話。」

「那不是擔心你嘛！」

沈芷寧下意識說道，一說完，立即就感覺秦北霄在她髮上的手頓了一下，她馬上抬頭看他，他眼神依舊淡漠，可給人的感覺與那日在酒樓極為相似。

有點危險。

沈芷寧想後退，秦北霄卻似乎察覺到了，聲音淡淡道：「別動，頭髮還亂著。」

「這一天下來，頭髮總要亂上幾回。」沈芷寧嘀咕道：「難不成你每次都要幫我弄？」

「也不是不可以。」秦北霄慢慢道。

沈芷寧睜大眼。「我不就一說，你倒順杆爬了。」說著，趁秦北霄的手要縮回去時，立刻偏頭、張牙舞爪佯裝要咬他。

秦北霄未躲，沈芷寧就實實在在咬到了，秦北霄倒抽了口氣。

「說我順杆爬，還咬我。」秦北霄看了一眼手上的咬痕，冷著臉道：「妳膽子是一天比一天大了，不教訓妳是不知道天高地厚了。」

沈芷寧立刻反駁道：「我以為你會躲的，誰讓你不躲的。好了好了，不生氣，我給你吹吹。」

說著，就吹著秦北霄手上的咬痕。

吹得又輕又癢，沈芷寧臉頰又是一鼓一鼓，像個福娃娃似的，秦北霄覺得好笑，裝不下去冷臉，眼中閃過了一絲笑意，把手縮回來。「好了。」

「不行！」沈芷寧繼續拉著手吹。「你得說你不生氣了，我再放。」

「到底是誰惹誰生氣了，妳倒還要求？」

沈芷寧依舊拉著手不放。

「這附近還有人。」

沈芷寧假裝沒聽見，吹的氣還放輕了，咬痕處更癢了。

「好了，我沒生氣。」

沈芷寧笑了，立刻爽快地放開了秦北霄的手。「那去吃席啦！」

手掌間那軟嫩的觸感一下消失，連風鑽過指縫都沒有這麼快，秦北霄一愣後，不禁啞笑。「妳讓我說妳什麼好……」

沈芷寧聽到了這句話，本已走了幾步，又退了回來。「可以說點好聽的，我愛聽。」說罷，笑得更燦爛了。

秦北霄不搭理她這話，但眼中絲絲笑意還沁著。「走吧，妳先去。」

「你呢？不去吃席嗎？等一下我們便一道回去了。」

秦北霄目光落在了前頭的蕭燁澤身上，又無意間掃過裴元翰書房的方向，沈芷寧只當他尋蕭燁澤還有事，便沒有多說什麼，朝他揮揮手便去往宴席處了。

安陽侯府這場宴席大家吃得都有些心不在焉，未過多久，就陸陸續續散了。

天光漸暗，夜幕籠罩，知州府與安陽侯府皆是燈火通明。

安陽侯府正堂，內外無論是丫鬟、婆子還是小廝，都斂聲屏氣，不敢直視堂內臉色陰沈的裴延世，地上的杯盤狼藉正有人打掃，堂內唯有破碎瓷片相碰的清脆聲。

「父親怎麼還未回來？難不成那沈淵玄還真要關了父親不成，他有這個膽？」裴延世手搭於膝蓋上，面容晦暗。

今日隨蕭燁澤去到滙芳園，一見到那侍女的死狀，他就知道是自己那沒用的畜生弟弟裴延啟幹的好事。父親不是不知道這件事，這些年替他瞞了多少次相同的事了，可偏偏今天卻推到了秦北霄身上，這是他萬萬沒想到的。

那肯定是父親故意要陷害秦北霄，那個時候，以他的立場根本無法開口說任何話，可未想到事情竟敗露了。

「此事不小，沈淵玄就算想放，也得好生找個由頭。」江檀坐於一側，語氣極淡道：「且等等吧。」

裴延世那紛亂的心聽到江檀的話，總算是安定些了，從小到大，江檀的話總是能定人心，裴延世皺著眉嘆氣，冷聲道：「但我實在是想不通，為何父親給秦北霄設了這局。」

「為何？」江檀溫和一笑。「還能為何？無非是想置他於死地啊。」

江檀的聲音可以說得上是溫柔，可那字句中，無不透著冰冷無情。

裴延世被這話震了下，甚至都未細品江檀的話，立刻道：「這裡是吳州，不是京都，父親若真想要殺他，暗下殺手……」說到這裡，裴延世頓住了。

這點他想到了，父親不會想不到，可沒有動作，無非就是暗地裡動不了這個手，只能明面上來。今日這個局很是巧妙，有著秦擎為先例，再有人證、物證，外加眾人的鼓譟，完全可以將秦北霄送進吳州大牢。

若是送進去了，再想活著出來，是幾乎不可能了，畢竟有他父親在背後，沈淵玄以及都府的軍權，三方壓著，就是天人都救不了他。還能安上個與他父親一樣淫亂的名聲。卻沒想到竟被他揪出裴延啟來，蕭燁澤派人去查時，那幾具女屍竟也被挖了出來。

裴延世低聲道：「安陽侯府有人混進來了。」

江檀嗯了聲，微閉著眼。「等等吧，舅舅應該快要回來了。」

裴延世不再說話了，正堂陷入一片死寂，唯有紫檀木燈罩內燭火燃燒的聲音，不知等了多久，小廝終於來報。「侯爺回來了！」

裴延世鬆了口氣，剛起身，就見到父親如以往走進正堂，但那一如既往的威嚴面孔似乎多了一絲狼狽。

裴元翰見到了裴延世，嘆了口氣。「你先回屋，我與你表哥還有事要談。」

這會兒竟還要避開他?!

裴延世有太多的不解，因著今日這場設局他也是一肚子氣，他不明白，父親為何要殺了秦北霄，可平日裡這種事父親從來不會與他商量。

裴延世壓著氣，冷沈道：「我不回，有什麼事要瞞著我？不如直說。」

裴元翰怒斥。「讓你回就回！不孝子！」

「說了不回就不回！」裴延世狠力踢了椅子，直把椅子踢散了，滿臉戾氣。「父親，今日的事您還從未與我說過，您與表哥商量不打緊，可偏生每回都瞞著我，有什麼好瞞的？怕我亂了您的計劃嗎？怕我阻撓您的計劃嗎？那我還真要問問您，為何要給秦北霄設局？是要殺了他對吧？您是自己有不可告人的事才要殺了秦北霄是不是——」

「啪」一聲，裴延世左臉一白，隨後一道紅色巴掌印漸漸現出，嘴角一絲血痕緩緩流下。

裴元翰放下手，怒聲道：「你懂什麼？他不死，死的就是我們，給我滾出去！」

裴延世嘴角沁著幾分嘲諷，眼中晦暗至極，不再看裴元翰，甩袖離去。

待裴延世走後，屋內也無其他人時，裴元翰才重重嘆了口氣，對依舊坐在位置上的江檀道：「六殿下，讓您看笑話了。」

「算什麼笑話，延世這脾氣我是知道的。」江檀聲音緩慢。「只是，侯爺，我早與你說了，無須瞞著他，不然你們父子嫌隙會越來越大。」

裴元翰不說話。

江檀眼眸微抬，落於裴元翰身上又笑著移開。「自是明白侯爺不想把延世牽扯進來，不過到時若真定了罪，他作為這安陽侯府的世子，難不成還能逃了不成？」

一說到此，裴元翰面色一慌，單膝跪地道：「還請殿下護著小兒，今日之事，是本侯辦事不力——」

「你確實辦事不力。」江檀雖帶著笑，可笑意極冷。「你自己的府邸被混進了人，疏漏至此，裴延啟怎的就在人群中？屍體怎的就暴露在眾人視野下？而你那書房……」

裴元翰一愣，隨後警覺過來，隨即問道：「書房怎麼了？」

江檀冷著眼看他。「你與秦北霄對峙之時，侍衛是否向你匯報已有人在探查？你是否將全部的人都派去圍剿了？書房那處守衛可森嚴？」

這些事，因事況緊急，裴元翰還未告訴江檀，如今他竟猜到了，那就說明事情遠比他想像的還要嚴重。

裴元翰立刻喚了親信來，細細盤問，在親信說出書房丟了幾幅半成品字畫時，裴元翰一腳將其踹至門口，紅著眼道：「蠢貨！」

那才是最關鍵的東西！

江檀起身，面色更淡。「侯爺，他既已知是字畫有問題，那接下來更容易查了，你如今該做什麼，想來也清楚得很。」

說完這話，江檀拂袖走了。

裴元翰眼神漸沈，逐漸轉為狠戾。

永壽堂。

沈芷寧爬上床榻，與雲珠說笑著，屋外的范嬤嬤看著天色，催著。「雲珠，別與姑娘鬧了，明日姑娘還要進學呢。」

雲珠忙應了聲，走到一側掀開燈罩，將蠟燭吹滅了。「小姐快歇息了，奴婢走啦。」

沈芷寧長長嗯了聲。

屋門關上，隨著腳步的離去，一切陷入沈寂，沈芷寧也慢慢陷入了沈睡之中，不知過了多久，迷迷糊糊間，屋門砰砰作響。「小姐！小姐！不好了！不好了！」

沈芷寧驚醒坐起，雲珠已推開門慌亂跑了進來。「西園出事了！安陽侯、安陽侯帶人封了西園！」

沈芷寧腦子一轟，隨即著急起身抓了件衣裳就往屋外跑。

「小姐！」雲珠跟著跑。「小姐，婆子們去通知老夫人了，小姐不等等——」

「我先去看看！」

她等不了，她得去看看秦北霄。安陽侯肯定是針對秦北霄來的！

雲珠的呼喊聲全被她甩在了身後，淹沒在耳畔呼嘯的風中。

她一步不敢放慢地跑向西園，越近，越見半天火光，將這黑夜照得宛若白晝，那得是多少人拿著火把才有的陣仗？

沈芷寧忽然想起了前世沈府被包圍的場景。當初也是這般場面，也是這般架勢，也是這般讓人心悸。

沈芷寧恍惚後一咬牙，衝向西園學舍處，還未到學舍，就見烏壓壓一片的安陽侯府侍衛，個個腰佩刀劍，手舉火把，氣勢肅然站於外，無數學子張望著想進去，卻被擋在了外頭。

場面喧鬧、嘈雜，又讓人窒息。

秦北霄、蕭燁澤呢？

沈芷寧想擠進去看看如何了，方要過去，這時，一旁傳來陳沉的嘲諷聲。「喲，沈五小姐來了，是來看秦大公子的嗎？」

「關你什麼事。」沈芷寧根本沒空搭理陳沉，抬步就要走。

陳沉將嘴裡的草吐了，臉上滿是看好戲的神態。「脾氣還挺臭，不過妳現在進去也沒用，那什麼，哦，三皇子為了救秦北霄都被抓了，妳是個什麼東西？安陽侯還能給妳面子？快點滾吧，老子見到妳就煩。」

沈芷寧越聽越急，紅著眼眶，反手就給了陳沉一巴掌。「你閉嘴，該滾的是你！」

陳沉舌尖頂了頂被打的臉頰，陰沈著目光看沈芷寧擠進了人群。

沈芷寧個子小，一下子鑽到了最前頭，這下看見了，看見學舍庭院中央秦北霄跪在了地上，雙臂被兩名侍衛箝制，他的頭毫無生氣地低垂著，顯然已經被打得半死不活。

旁邊被侍衛壓著的蕭燁澤瘋狂咆哮著。「放開！」

裴元翰眼中滿是戾氣，似乎已經到了癲狂的狀態，又是一記窩心腳踹在了秦北霄身上。

「本侯讓你說，東西在哪裡！」

秦北霄散落鬢角的碎髮黏著血、貼於沈浸在陰影中的面頰上，額上的血已淌到下頷，一滴連著一滴不住地落在地上。

他狹長的眉眼微抬，映著火光跳動的眼中烙著冷漠與諷意，胸膛處發出低沈震動的笑，輕笑後，偏斜著頭、下巴微揚，血液從下頷順著流至修長的脖頸與飽滿的喉結，那面容神態，就算如今被壓著跪下，仍不失睥睨與凌厲。「想要是嗎？等你死了，老子再給你燒過去怎麼樣？」

「還敢嘴硬！」裴元翰走到秦北霄背後，聽見此話，踹至其後背，隨著這一腳下去，一道女孩哭聲響起。「別打了！別打了！放了他！」

秦北霄一下轉頭看向被攔住、卻拚命想要闖進來的沈芷寧，將滿口腥甜一點一點嚥下，她一向愛哭，現在眼眶紅得徹底，卻忍著不流淚，大喊著。「這裡是西園！不是你安陽侯府——」

「西園又怎樣？整個吳州都是本侯的地盤。」裴元翰陰狠道：「就算我今日殺了你秦北霄，誰又能耐本侯何？」

「那今天殺不死老子，老子就是你爹。」

裴元翰隨即拔出腰間重刀，出鞘刀刃飛快劃過秦北霄臂膀，火光照耀下的地面立即出現斑斑血跡，秦北霄悶哼一聲，再無任何反應。

沈芷寧見狀，幾乎快瘋了。「不要啊……」

「好啊，骨頭真硬，看你能硬到什麼時候。」裴元翰收刀回鞘，大手一揮，讓一侍衛退下，他緊扣住秦北霄的右手手腕。「聽聞秦大公子這右手有問題，如今不知真假，往後應該是真的了——」

說著，他再拔重刀。

第三十四章

「侯爺！」這時，沈淵玄的聲音響起，他攙扶著沈老夫人，身後沈家眾人一道進了學舍院子。

沈芷寧連忙跟著跑進去，不知哪來的力氣一把推開侍衛，讓根本沒有力氣支撐身子的秦北霄靠在了她身上，她的手止不住地顫抖，想觸碰秦北霄的臉，可竟不知從哪兒下手，到處都是血，到處都是傷，她哽咽道：「撐會兒啊……撐會兒，不要睡過去……」

沈老夫人皺著眉，雖說靖國之男女大防並不嚴苛，吳州更不比京裡講究，但到底是在大庭廣眾之下，這已是越過了界，便想提醒沈芷寧，可一見自己這孫女那般傷心，還是打住了，先解決眼前事為重。

「裴侯爺，以往見你也不是這等不懂禮數之人，今日夜半三更竟帶兵闖我沈府西園，傷我西園學子，倒像是打家劫舍的強盜一般，到底所為何事？」沈老夫人向來威嚴在身，此時因著怒氣威嚴更甚。

「侯爺，我母親說得是，你這、這……」沈淵玄掃視全場，語氣也極為不善。「成何體統啊！」

這太平吳州，竟有人帶兵夜闖他人府邸，闖的還是知州府邸，說出去別人都不敢信！方才他聽到小廝通報，都以為是胡言亂語，沒想到竟是真的！

他覺得裴侯爺是瘋了，他雖然平日與他交好，可帶兵夜闖沈府這事實在太荒唐了！

裴元翰對沈老夫人有些顧慮，可如今更在意、更火燒眉毛的是秦北霄手上的東西。他隨意拱了拱手，目光一直盯死在秦北霄身上。「沈老夫人、淵玄，今夜是本侯唐突，做事有失考量，今日——」

「唐突？裴侯爺可知你眼下所行之事，其罪當誅！」沈老夫人撐著枴杖，杖尾狠狠一敲地。「今日我不管你所為何事，還請離開我沈府西園，下回親自上門拜帖再論！」

「恐怕恕難從命了。」裴元翰一字一頓，冷冽道：「今日帶不走秦北霄，本侯不會離開。」

說罷，裴元翰施施然挺直了腰板，氣勢更為張揚，周遭侍衛聽此話、見此狀，紛紛拔刀，那一剎那，數道刀光寒人，不知道的人恐怕還以為是在安陽侯府，而非沈府。

「裴元翰，你！」沈淵玄也怒了，剛想說什麼，被沈老夫人稍一攔住。

沈老夫人到底是見過世面之人，見這場面，語氣仍然平靜。「這偌大西園，倒像是侯府後花園了。敢問侯爺，為何定要帶走秦北霄？這秦北霄是我西園學子，是李知甫先生的學生，今日李先生不在園中，侯爺不把我等放在眼裡，連先生都不顧了嗎？」

聽李知甫之名，裴元翰眉頭微微一皺。

這老太婆不愧是齊家嫡女啊！說話比這些沈家蠢人不知高明了多少，相比於沈淵玄，李知甫確實更讓他忌憚，或者說，李知甫背後的文人們。還是得找個信服的理由來，先捉了秦北霄回去，到時就算東西拿不到手，以秦北霄為把柄，其餘人也不敢輕舉妄動。

「沈老夫人說的什麼話，我怎會不把您與淵玄放在眼裡？」裴元翰和緩了語氣笑道：「只是這秦北霄，被本侯查到了有通敵賣國之嫌疑，還有三殿下，與他平日裡交往頗深，本侯要將他們帶回去，好好審問，淵玄也可同去，回頭一道稟告陛下實情。」

「你！」一旁被壓著的蕭燁澤一聽這話，掙扎得更厲害，被裴元翰一個眼神掃過，周遭侍衛又將蕭燁澤的嘴堵住了。

除了蕭燁澤，裴元翰這一眼神，自然也針對秦北霄，硬生生要把虛脫的秦北霄從沈芷寧身邊拉走，第一步上去就是封嘴。

「你們為何要動他？就算動，為何要堵嘴？」沈芷寧不肯放開秦北霄，瘋狂地去掰開那些侍衛抓住秦北霄的手。「你們怕他說出什麼？」

秦北霄渾身都是血，死氣沈沈，可還是緊攥著沈芷寧的手，被堵住的嘴沒法說話，可隨著兩股力量拉扯，兩手交纏之間，他手指一用力，一點一點劃於沈芷寧手心。直至最後一筆劃寫完，終於分開。

至此，蕭燁澤被扣押，秦北霄則宛若死人般被拉到一旁。

沈老夫人沈默著皺眉，通敵賣國確實是大罪，如若裴元翰查到相關證據，認為秦北霄有此嫌疑，連夜帶兵來西園逮人也無可厚非，甚至還說讓淵玄一道過去，這話說得倒是一片坦蕩，只是……

「那方才芷寧所說──」

「沈家這位小姐想來與秦北霄關係甚好，被他迷了心竅也有可能。沈老夫人放心，本侯將秦大公子與三殿下帶走，查問清楚，若沒有嫌疑自會送回來。秦大公子出身秦氏，三殿下又是皇室，本侯不過小小的侯門，又怎麼敢動這二位？只是本侯有著一顆為國為君的赤子之心，誰若通敵，本侯絕不輕饒。」

沈芷寧從地上爬起來，聽著安陽侯滿嘴的仁義道德，見他嘴巴一張一合，從方才強力拉扯與情緒波動的恍惚中漸漸回過神，眼神逐漸清明。「不，你不是這麼想的……」

秦北霄方才寫了什麼？

一個「書」，另一個……

「你不是這麼想的！」沈芷寧踉踉蹌蹌地站穩，死死盯著裴元翰。「你根本不是這麼想的！你就是想把他捉回去殺了他！你要毀屍滅跡！」

她不知哪來的氣力衝上前，狠狠推了一把裴元翰，一旁的徐氏眼疾手快，立刻把沈芷寧拉了回來，怒斥道：「妳瘋啦！沈芷寧！妳知道自己在說什麼、做什麼嗎？」

沈芷寧整個人都在顫抖。

秦北霄寫了什麼字，她知道了，那是「書畫」二字。

她明白了，她總算是明白了。她終於明白為何上一世沈家會被安上通敵叛國的罪名，為何在沈家會被搜出那些物證了。

「我知道自己在說什麼。」沈芷寧顫抖得幾乎站不穩，哽咽著上氣不接下氣，眼中淚沒落下，恨意一點一點凝聚。「我也知道自己在做什麼，我要好好問一問眼前這位安陽侯，裴、沈兩家來往親密，你又是我大伯父最好的朋友，你為何要置我們沈家於死地？要害我沈家家破人亡！」

全場譁然。

連一向鎮定的沈老夫人都被這話搞得面色大驚失色。「芷寧，妳這話是什麼意思？」

「是啊，芷寧，這是哪來的家破人亡啊？」

「到底何意啊？」

「芷寧，這話怎麼能亂說！」沈淵玄皺眉道：「什麼置沈家於死地，什麼家破人亡？莫不是妳胡思亂想？」

而聽了沈芷寧這話，裴元翰的眼神一寒，立即就要發出命令拿下沈芷寧。

可她已紅著眼癲狂道：「裴侯爺還想封我的嘴不成？是知道事情敗露要斬盡殺絕嗎？我告訴你，今日我就算死在這裡，也要把你的事揭露給所有人知曉！裴侯爺，不是秦北霄通敵叛國，而是你啊！」

她指著他怒斥。「是你！假意與我沈家交好，假意與我大伯父交好，日復一日，年復一年地推心置腹，使我大伯父信你，使我沈家全家人信你，來往送禮，收你書畫，卻不曾想書畫大有文章！」

裴元翰面目變得猙獰。「給我抓——」

「此乃沈家，誰敢動沈家人！」沈淵玄尚未明白，沈老夫人卻已聽出端倪，立即揮杖讓府內守衛上來攔住侍衛。「讓芷寧把話說完！」

沈芷寧幾乎將血淚融於字句。「自古相贈書畫承情誼，而你卻將通敵叛國之罪證藏於書畫之中，為的就是有朝一日暴露之際，將我沈家推出作你安陽侯府的替罪羊，判我沈家通敵，實則是你通敵！斷我沈家叛國，實則是你叛國！最後卻以此證害得沈家下獄，白幡掛府三月，親族流亡數年！裴元翰，你天誅地滅、不得好死啊！」

「黃口小兒！」

裴元翰怒目圓睜，整張臉上猙獰、狂怒等情緒糅雜，同時拔出重刀揮向沈芷寧。「一派胡言！」

「是不是一派胡言。」沈淵玄提起佩劍擋住裴元翰的大刀，手臂被震得痠麻不已，神色不明道：「看過書畫就知道，來人！去我書房取書畫來！」

裴元翰沒想到一向軟弱的沈淵玄竟敢出劍阻攔，他現在就如一堵牆擋在沈家眾人前。

而在這堵牆背後的沈芷寧已抽噎得幾乎站不住，恨得滿眼赤紅。「如若我沈芷寧今日所說有一句假話，便叫我死無葬身之地！」

說完這話，沈芷寧因著情緒崩潰，脫力就要往一旁摔去，沈嘉婉連忙將人扶住，讓沈芷寧枕在她的肩膀上，抬手輕撫她後背。「我信妳所言是真，但既然是真，妳更是要撐住，莫要倒下。」

裴元翰目光陰毒至極，卻一言不發，只等沈淵玄的人將書畫取來。

當真是一群蠢貨，東西取來，還不是他的？

沈淵玄派去的人去得快，回來得也快。

很快那人將幾卷書畫抱於胸前狂奔進院，未到沈淵玄面前就被裴元翰的侍衛截住，刀柄頂散書畫在空中，被裴元翰一把抓於手！

「裴侯爺！你這是……」

「你！」

沈家眾人見此情形，立刻明白裴元翰是承認了沈芷寧方才所說確實為真，這書畫中真藏了東西！如若不是，這裴元翰何必要搶！

沈淵玄則踉蹌了一下身子，面色蒼白，幾近崩潰。

原來，自己一直都在受他利用，甚至差點覆滅了整個沈府！

「好一些蠢貨，自以為能阻撓本侯之事。」裴元翰的眼神如鷹隼般一一掃過全場。「說對了又如何？東西都在本侯手上，你們可還有證據？事已至此，本侯也不與你們多廢話什麼了！」

說著，大手一揮，侍衛直接就要帶走秦北霄與蕭燁澤。

此時，院門被堵住了，佩刀在身的侍衛被學子們一一堵了回來。「休想走！叛國之人還想全身而退？作夢！」

「就是！今日不能讓他們離開西園！」

「對！」

裴元翰壓著狂怒。「好啊，好，李知甫教的一群好學生！」

此話說完，大令一下，眾侍衛齊齊拔刀，出鞘聲尖銳刺耳，刀光寒氣逼人，眨眼工夫就架到了眾學子的脖子上，這些學子一向都在屋子裡讀書，哪見過這等場面，膽子大的臉色雖蒼白但還立著，膽子小的已雙腿抖擻，就要跪下身子去。

裴元翰滿意地看著這情形，冷笑道：「方才還狂得很，等刀架在脖子上——」

「先生曾說過！」人群中突然有學子振臂高呼，聲音響徹整個學舍。「保天下者，匹夫之賤，與有責焉耳矣！何況吾等？今日裴元翰不能離開西園，要離開，先跨過我的屍體再說！」

「說得對！」

「跨過我等屍體再說！裴元翰，有本事你就把我等殺光！」

學子們一下像是被點燃了似的，人人振奮、人人反抗，儘管還是恐懼脖子上的刀，可眼下記得最牢的是李先生的話以及一腔熱血，眼前人乃叛國者，不能走，定要將他繩之以法！

裴元翰的怒氣洶湧，他已經沒有耐心跟這群人耗下去了，恨不得把他們全部殺光。可這些學子，不少都是江南等地貴門之後，真要殺了，恐怕會引起眾怒，到時就算今晚真的如願帶走秦北霄與蕭燁澤，之後也有一堆麻煩事。

念及此，視線移到了一些寒門子弟身上，他眼睛一瞇，就要下令，卻聽得沈淵玄的人在外大聲通報。「沈大人！都府飛雲軍已到西園外！」

裴元翰聽到此消息，面色陰沈得可怕，轉身看向沈淵玄。「你竟然……」

沈淵玄這匹夫竟令都府的飛雲軍與他作對？

平日的沈淵玄，若是見裴元翰此等神情，不論是非對錯，已然賠禮道歉，此時卻是一臉麻木茫然，那張面容彷彿蒼老了好幾歲。「收手吧，裴元翰。」

「沈淵玄！你當真要攔本侯？本侯今日放過沈家，只抓秦北霄、蕭燁澤二人已是仁至義盡！你真當飛雲軍全都聽令於你？都給本侯撤下，不然本侯今日便大開殺戒，殺光你等賊人！」

「裴元翰！」沈淵玄神色一凜，大吼道：「你何止是今日才想毀我沈家，書畫一事你不是早就有這打算？何止是今日、何止是今日啊！裴侯爺，裴大哥啊，我一直把你當成大哥，你卻處心積慮要害我家人，想的還是如此陰毒的法子！以前你說我識人不清、性子軟弱。是！我是性子軟弱，那又如何？我到底沒幹出叛國這等畜生事，而什麼識人不清，我最後悔的是看錯了你！

「我知道我沒多大權力。」沈淵玄的髮髻都有些凌亂，身形踉蹌，顫抖舉劍指向裴元翰。「但今日，你休想走！秦北霄與蕭燁澤你也休想帶走，你若硬要帶走，飛雲軍敵不過你，但可殺你嫡子！我敵不過你，但你次子如今還在我手中，到時我定判他個凌遲死罪、千刀萬剮！」

「你！」裴元翰目眥盡裂。

「收兵。」沈淵玄再近一步，大聲道：「放人！」

裴元翰還在死撐。

「好，你既不肯，來人，去安陽侯府將安陽侯世子——」

裴元翰將腰間重刀扔在了地上，一下子彷彿老了好幾歲，沈淵玄一揮手，飛雲軍立即衝進來將裴元翰給擒住了。

兵甲碰撞間，院內已天翻地覆。

「今日之情形，本侯雖已料到，但未想到這般早，未想到竟然是你。」被擒住的裴元翰眼中已無方才之氣焰，只有一絲悲涼。「枉我圖謀半生，落得這個下場！」

「你早知今日，又何必當初。」

「沒有當初！若真有當初，哪還有什麼安陽侯府的存在？」裴元翰冷笑道：「沈淵玄，你自以為清醒，實則是躲在吳州這龜殼中不敢伸頭。好好看看外邊吧！一個個嘴上說得那麼好聽，通敵叛國……笑話！人不為己，天誅地滅才是真道理！」

「那看看你現在是何下場？執迷不悟！」

裴元翰沈著眼神一一掃過眾人。「不過成王敗寇罷了，計劃若成功，死的可不是本侯。哼！你們該給那秦北霄好好磕個頭，正好，瞧瞧他那樣子，也差不多該死了，受得起你們一拜。」

「呸！」被鬆開的蕭燁澤一個箭步衝到裴元翰身邊，啐了他一口。「閉上你的嘴，此事我定會上京稟告父皇……」

蕭燁澤又是一連串罵。

而沈芷寧，已經顧不上他們到底在吵些什麼、鬧些什麼，火光漫天中，她眼裡只有無一點生氣的秦北霄。

裴元翰的侍衛被控制住了，那兩個侍衛鬆開了秦北霄，沈芷寧不知哪來的力氣撲上前，將死氣沈沈的秦北霄抱在懷裡，一抱上，就是滿手的鮮血。

好多血啊！她從未見過這麼多血。她不過才碰到他，手上、身上便都沾滿了，人怎麼會有這麼多血啊？

怎麼會有那麼多的血可以流啊？

第三十五章

沈芷寧快瘋了，哭得連氣都喘不上來，撐著身子將秦北霄揹起。「你撐會兒……我先帶你回屋子，大夫很快就來了，很快的、很快的……」

蕭燁澤想來幫忙，被沈芷寧赤紅著眼喊道：「誰也別碰他！你們誰也別碰他！」

蕭燁澤手停在空中，只見沈芷寧一個人揹起秦北霄，他不知道這麼嬌小的她是怎麼揹起秦北霄的，但她確實做到了，秦北霄整個身子都在她背上，她分明是一朵嬌花，此時卻像巍峨大山屹立著。

沈芷寧將秦北霄揹上後，就往屋子走。

背後那要將她壓垮的重量她絲毫不在意，在意的是他那手臂流下的血液，搭在她脖頸處，她雪白的脖頸已滿是紅色，浸透衣物，而他沒有一點聲息。

她的心簡直像被人一刀一刀剮著，痛得她渾身沒有一處不發疼。

「秦北霄啊……」沈芷寧哭得眼前一片模糊，抽噎道：「如果這就是上天給你的命，你的命一定要走得這麼苦，你不要怕，天命不足懼。一切都會過去，你的前路一片坦蕩。

「將來，你會入主內閣、位極人臣，靖國上下無人比你更有權勢，你麾下人才濟濟，靖國最厲害的一群人都得聽命於你，你的府邸建在離大內最近的宣德樓旁，府裡有一高樓可眺望全京，也可觀上元節燈會盛景。」

秦北霄聽全了沈芷寧的這番話。

儘管已經察覺不到自己身子的存在，只有鋪天蓋地的冰冷與疼痛啃噬著他的意識，但他想看看沈芷寧，也想聽她說話，硬撐著沒讓黑暗吞噬了他。

因此這些話，也都一絲一縷地入了他的耳。

入住內閣，位極人臣？她這是從哪裡想來的事？

他順著她的話，沈沈地低笑問：「真的嗎？」

沈芷寧感覺背後有了輕微的動靜，秦北霄那虛弱的溫熱呼吸隨著說話微微噴在她的脖頸，她止不住狂喜。

「當然是真的！」沈芷寧怕秦北霄再沈睡過去，連忙道：「以後你會權傾朝野，世人無不知你，而且，你無論是坐轎，還是騎馬，只要你經過的路，什麼世家門閥還是豪門貴胄，都不敢越了你去——」

「那妳呢……」秦北霄低聲問：「妳在哪兒？」

這才是最重要的。

「我？」沈芷寧微微一愣，偏頭輕笑，唇瓣拂過他滿是血跡的臉。「我應該在高樓，與你一起看上元節燈會。」

裴延世這邊，很快得到裴元翰被捕的消息，立即衝出府門，騎馬瘋狂地奔向吳州大牢，到大牢時，馬鞭磨得手心都是血疱，他扔開鞭子就要往牢裡衝，被獄卒攔了下來。「牢房重地！閒雜人等不能進入！」

裴延世雙目通紅，剛想要硬闖牢獄，另一獄卒道：「可是安陽侯世子？若是，沈大人吩咐過可進去。」獄卒剛說完這一句話，裴延世抬步就進了牢獄。

他走著這條陰暗、不得見光的道，一眼就看到在最裡面牢房坐著的父親，一向狂傲的父親，不像是已落獄，倒像是在侯府內隨興坐著，唯有鬢邊幾綹凌亂的白髮可窺其狼狽。

裴延世腿像灌了鉛似的，竟不敢上前與這樣的父親說話。

「延世。」裴延世一下抬頭，只見父親已經看了過來，語氣平淡。「既然來了，為何不說話？」

裴延世被這一聲問激出一腔怒火，還有無數的不解與無奈，他跑到裴元翰面前，眼神幾近崩潰。「父親，到底是為了什麼？他們說你通敵叛國啊！你怎能幹出這等事？為何，為何?!」

他實在是想不通，通報的人將今日西園發生的事原原本本與他說了，他還是不敢相信他的父親竟然做出了這等事，可在見到父親的第一面時，他內心裡似乎已經能確定了。

父親確實做下了這等事。

「你不懂，你也無須擔心，我與你沈伯父說了，那些事你全程未參與其中，你沈伯父說會盡全力保下你與江檀的——」

「我不在乎什麼保不保下！你總說我不懂，可父親，你什麼都不告訴我，我又怎麼去懂？」裴延世紅著眼眶怒道：「我就想知道為什麼？你怎麼就走到今天這個地步？侯府怎麼就到今日這個下場了？你若沒有做這些事，會有今日嗎？父親！你糊塗！」

「我是糊塗！」裴元翰接著裴延世的話，厲聲道：「但我不後悔！若我沒有與他們合作，你以為安陽侯府能走到今日？早在十幾年前就被奪爵了！你以為你還會是什麼安陽侯世子？屁都不是！

「你待在吳州，現在就如井底之蛙，你哪知道聖上想要削弱各方勢力的權力，第一個開刀的就是公爵侯門。既是要分權，那自是有利於其他那些世家門閥與朝中重臣，他們在其中推波助瀾，所以你看看這些年來，江南等地留下的公爵有幾個？整個靖國除了京都那幾個動不得的公爵侯門！其他又剩下幾個？要不是我安陽侯府有人護著，早被拆分乾淨了！」

裴延世一愣，這些話是父親從未與他說過的。

「你之前問我，為何我要動秦北霄。」裴元翰瞥了裴延世一眼，冷聲道：「你以為我想動他，可到底是一條不歸路了。延世，他一定要查，那我就一定要殺他，我若設計殺他，那還可搏一搏前程；我若不殺，這條就是死路！」

「死路早在你決定背叛靖國的時候就注定了，就算不是秦北霄揭露，遲早也會有其他人！」裴延世怒道：「這些都不是你背叛靖國的理由，我倒寧願清清白白一人，也不願——」

「啪！」

裴元翰一巴掌狠狠打在裴延世的臉上。「你清白、你高尚，但延世，你最沒有資格說為父。更何況，背叛的又豈止我一人？靖國早就爛完了。今日之結果我早有準備，就算如此，也比當年就被奪爵要好得多，為父好歹還有門路供你走動，到時你與江檀一起上京，聽他的話，你表哥讀書各方面都很優異，會有貴人看上他，你定要跟緊了他，知道了嗎？」

裴延世不吭聲，眼中滿是倔強。

裴元翰又是一巴掌，怒道：「知道了嗎？」說著，整個身子幾乎要往後仰。

裴延世連忙去拉，裴元翰一把推開他的手，反手抓住他的胳膊。「我問你知道了嗎？」

裴延世紅著眼眶點頭，得了這一應，裴元翰總算是放下心了。「行了，走吧，今生我與你父子一場，我也盡了全力了，以後的路，你就自己走吧。」

裴延世宛若行屍走肉出牢獄時，江檀已在門口等著，他一步一步走到江檀面前，聽得一聲喚。「延世。」裴延世終是憋不住淚，一點一點蹲下，最後跪在地上泣不成聲。

江檀覆袖的手輕搭在裴延世的頭上，微嘆道：「別怕，延世，我還在。」

隨後，江檀走進牢獄，就算昏暗骯髒的大牢，經他走過，倒像是白玉大道似的，白袍衣袂落於漆黑磚塊上，也落在了裴元翰的眼裡。

裴元翰見來人，已無方才見裴延世的逞強，眼中只有哀求。「殿下……是我沒用，我明白殿下的意思，還望多年來我為殿下粉身碎骨，延世與您一起長大的分上，以後，請殿下多多照拂他吧。」

裴元翰知道江檀有多大本事，養在裴家只是為了掩人耳目，其最大的勢力是在京都。這些年來，裴家也是靠他在京都的勢力才在漩渦中存活下來，他知道只要有江檀護著延世，延世今後都不會有任何危險。

江檀眼神淡漠，看了裴元翰好一會兒，那目光，冷冽如冬日泉水，看得裴元翰不敢與其對視。

「你說你懂了我的意思，那我的意思，到底是何意？」江檀負手，輕笑一聲問。

裴元翰垂著頭，緩緩道：「自是這世上再無安陽侯府。是我辦事不力，想來殿下也不會再留侯府，殿下放心，我只求我的兩個孩子安好，其餘的我不會多說一個字。」

「還算聰明。」江檀微微點頭，慢慢道：「既如此，吃下它吧。」

說罷，一粒藥丸出現在江檀那隻完美無缺的手上，裴元翰身子一僵，沒有多問，接過後狠下心直接將藥丸吞下。

江檀已轉身了，聲音悠悠。「沒什麼別的作用，不過就是在你入京受刑前，給你個痛快罷了。」

裴元翰匍匐在地。「謝殿下。」

學舍內，吳大夫幫秦北霄施針包紮完，緊張得背後衣物都已濕透，最後確定無恙，才緩緩起身，起身的那一刻，還因體力不支差點倒下，幸得旁邊藥僮小心扶著。

吳大夫嘆了一口氣。「當真是不省心啊！」

說著就掀開了簾子。

簾外，沈芷寧、蕭燁澤、沈嘉婉等人都在，還有沈老夫人等沈家女眷。沈芷寧神經一直緊繃著，這簾子一撩起，她已起身，被沈老夫人看了一眼。「芷寧。」

沈芷寧抿了抿唇，低頭看著自己的繡花鞋。

沈老夫人被徐氏扶著起身，問道：「吳大夫，請問秦大公子傷勢如何？人怎麼樣了？」

吳大夫拱了拱手道：「稟三殿下，回老夫人的話，秦公子傷勢已穩住，暫且不會惡化，但說實話，秦公子幾年前身在戰場，戰場上刀劍無眼，自是受過不少的傷，再來，前段時候受的傷已經傷了根本，這回又丟了半條命，秦公子雖撐了過來，但根本到底還是虧損的，現在還年輕，以後怎麼樣，老夫說不準，眼下只能竭盡全力先把目前的虧損補回來。」

聽到秦北霄暫時無礙，眾人總算是放下了心。

但沈芷寧袖中的手卻揪在了一塊兒。

這吳大夫的話，難不成秦北霄以後還是會像她前世見他的那樣，身子到底是不好了嗎？

「秦公子是我們沈府的恩人，吳大夫，無論多昂貴的藥材我們都會尋來的。」徐氏起身保證道：「還請大夫下藥方，什麼效果好的都可寫上去。」

徐氏此次是後怕，還越想越怕，越怕就越對秦北霄有感激之心。此次是秦北霄從安陽侯府拿了一些證據，被裴元翰發現，才有了今日這事。也幸虧他告訴芷寧，有了芷寧的揭露，不然若在回頭時被搜出了那些裴元翰送的書畫，首當其衝被滅門的就是他們大房，這可是救命之恩啊！

吳大夫又拱了拱手道：「老夫自當盡全力。」

沈老夫人透過紗簾看了一眼躺在床上的秦北霄，嘆了口氣道：「老大媳婦，妳先跟吳大夫去拿藥方吧，我與三殿下再說幾句話。」

徐氏應了聲，隨著吳大夫一道出了屋子。

蕭燁澤不知沈老夫人要與他說什麼，他剛想開口問，就見沈老夫人要行大禮，他連忙擋著。「沈老夫人，您這是做什麼？」

沈芷寧也忙攙扶。「祖母……」

沈老夫人看了一眼沈芷寧，視線又掃了一圈屋子裡沈家的人，對蕭燁澤道：「此番多謝三殿下與秦大公子相助，才使得我沈家脫險。我也知道，等秦大公子傷好些了，三殿下與他便要回京稟明聖上。我們沈家這些人啊，都生養在安樂窩裡，不知京中險峻，安陽侯府能肆無忌憚長到今日，京中定有人相助，殿下與秦公子回京，要萬分小心。」

沈老夫人看問題之深度，到底不愧是齊家所出，蕭燁澤心中不禁感嘆，拱手道：「我自當謹記。」

沈老夫人又多說了一些話，並多加了一句「實在不行，可尋齊家幫忙」，蕭燁澤聽後更是歡喜，隨後眾人也不打擾秦北霄休息，打算走人。

「祖母……」沈芷寧面露難色地看著沈老夫人。

沈老夫人一眼就知道沈芷寧在想什麼，嘆了口氣，把心裡話說了出來。「妳啊，今日當真是什麼都不顧及。秦大公子雖受傷，但妳大庭廣眾之下與他如此親密，事情過後，流言恐怕是要滿天飛了，妳還要不要出閣了？」

沈芷寧低頭。

沈老夫人又掃了一眼床上的人。「罷了，最後一次，妳且好生陪陪他吧。」

「多謝祖母！」沈芷寧一下抬頭，眼中皆是燦爛。

待人都走後，沈芷寧趕忙撩簾跑到秦北霄的床畔，越近床畔，腳步越慢，最後緩緩趴在床榻旁，目不轉睛地看著他。

吳大夫已經將傷口包紮好了，現下身上蓋著被，看不出來他身上到底傷成什麼樣，但臉色還是極其蒼白，薄唇也沒有一點血色。

平日裡常常冷著臉，這嘴說起人來也是一點都不留情，還喜歡戲弄她……

沈芷寧抬手戳了戳他的手背，與其說戳著，不如說是拿指腹輕輕劃過，劃至他那修長的手指上，鑽進指縫中，勾起他的手指，隨後整隻小手都握住了他那根手指。「你要快點好起來……快點好起來，等你好起來，我再給你做只手套，尺寸我都留著呢。

「還有你上回打賭說要《容齋隨筆》，也不知你是真想要還是假的，反正到時就給你放在行囊裡，除了《容齋隨筆》，還有《公古注釋》、《天源易傳》，我都給你放著，你去京都的路上可以拿著解解悶，雖說那些書也沒什麼可以解悶的。

「等你從京都回來，指不定都要夏日了，那個時候吃糖酪澆櫻桃最好了，用鎏金銀碗盛著，樣子好看，味道又極美。你若嫌這太甜，文韻院的酥山做得也不錯，但你要是過了夏日再來，可就沒有了。不過到了初秋，我還可摘幾片楸葉送與你，吳州可流行這個了，到了冬日才來的話，讓我想一想……你不會不回來了吧？」

沈芷寧彎彎繞繞地嘀咕著，還是忍不住把心裡話問了出來。

秦北霄要與蕭燁澤回京將此事回稟皇上，而聽蕭燁澤的意思，秦北霄雖說是被秦家人送到了吳州，但後來在吳州為的就是調查這件事，如今調查完了，自然要回京都了，畢竟京都才是他的家，他在京都還有許多事要辦。至於進學，京都的書院多得是，何必再來吳州呢？

不會真的以後就不來吳州了吧……

沈芷寧一想到這個，心口泛起一股酸澀，趴在床榻上，輕聲道：「其實我不太懂，你那日在酒樓……罷了罷了，那日我與你許都昏了頭了，我也不與你計較了，你好起來，比什麼都重要。」

她唸叨了許多話，說到自個兒都迷迷糊糊的，最後頭枕在秦北霄手邊睡著了。

第三十六章

不知過了多久，在破曉前的那一片黑暗中，屋內依舊靜謐。

床榻上，秦北霄意識有所清醒，手微微一移動，便觸碰到了沈芷寧柔軟的臉頰。他在黑暗中長長嘆氣一聲，隨即手撫著她的髮，溫和且輕柔。沈芷寧或許正好作到了什麼好夢，嘴角帶著甜笑，偏頭時還蹭了蹭他掌心。

一夜安寧。

天光透紙，灑滿了整間屋子，沈芷寧漸漸醒了過來，驚覺自己還在秦北霄的學舍內，一下抬頭，徑直撞進了秦北霄那雙幽深的眼眸中。

沈芷寧不知他看她多久了，眼下也不是在意這個的時候，愣愣地與秦北霄對視了一會兒，反應過來後立即起身高興道：「你醒啦！我去喊吳大夫，你等等！」

說著她就要轉身出屋，手腕卻被拉住，被秦北霄拉回了床榻。「等等。」

這下，比方才離得更近。沈芷寧耳尖有些泛紅，假裝咳嗽了一聲，掩飾尷尬，將手縮回道：「怎麼了？」

秦北霄沒有立即回她，反而是看了她許久，那眼神炙熱得沈芷寧都不敢抬頭，臉頰微微發燙，更是有些惱了。「不讓我喊大夫過來，還說要等等，你又不說等什麼，一句話都不說……」

「我以為昨夜作夢了，未料到是真的。」秦北霄悠悠的聲音傳了過來。

什麼是真的？沈芷寧一時不太明白這句話的意思。

又聽秦北霄道：「以後莫要陪夜了，夜裡涼，就不怕著了風寒。」

「誰說我陪夜了？我是今早來早了，一不小心睡著了而已。」沈芷寧嘀咕反駁道。

「是嗎？昨夜也不知是誰流口水流到床榻上了。」秦北霄淡聲道。

沈芷寧瞪大眼。「怎麼可能?!」

「我本是不想醒的，但那呼嚕聲實在是太響了。」

「秦北霄！」

「嗯？」秦北霄繼續悠悠道：「還磨牙夢遊，在這屋子裡轉來轉去，嚇到我了。」說是嚇到，他面上表情依舊無情無緒。

「你騙人，我才沒有呢！嬤嬤說過我睡覺很乖的，雲珠也說我睡相好，你定是胡說的！」說著，沈芷寧不禁委屈地盯著秦北霄。

秦北霄見她神色與表情，可愛又可憐，樣子委屈得要命，板著的臉忍不住現出了一絲笑意。「是，是胡說的。」

沈芷寧氣極，立即起身道：「我再也不理你了，再與你說話我就是府裡養的那條小狗。」說著，就跑出了屋子。

屋內還傳出秦北霄的笑聲。

沈芷寧狠狠跺了幾下腳。真是個惡劣的渾蛋啊！秦北霄受著傷還不忘戲弄她，早知道昨日就忍著不哭，為他流了那麼多的淚，還與他說了那麼多關於以後的事，現在還得去給他喊大夫。

她喊了吳大夫來，蕭燁澤也跟著來了。

他二人進去，沈芷寧在門口不進去，蕭燁澤好奇問：「妳不進去嗎？」

沈芷寧還氣著呢，立即搖頭。「我不進去，你們進去吧。」

蕭燁澤好笑地看了她一眼，隨後大步踏進屋子，大聲開口道：「秦北霄啊，我是越來越不懂女人的心思了，你說昨日這沈芷寧為留下來還被沈老夫人訓斥了一頓呢，現下倒好，連屋子都不進來了，你惹她了嗎？」

蕭燁澤也不是什麼好人！

吳大夫給秦北霄把了脈，再吩咐下人去煎藥，沈芷寧在屋外隱隱約約聽見他們三人說話，過了一會兒，吳大夫與蕭燁澤走出來了，蕭燁澤調笑道：「沈芷寧，那餵藥的事就交給妳了，本殿下還有事先走了。」

「我才不──」

「藥煎好了。」這時，下人已經端著托盤過來了，一股撲面而來的藥味。

「這藥味道，好生濃厚。」沈芷寧忍不住道，說完這話，又想到這藥聞著就如此味道大，不知喝起來苦不苦。念及此，沈芷寧舀了一勺嚐了一小口，整張臉都扭曲起來。「怎麼這麼苦啊？」

吳大夫在旁笑了。「藥本就是苦的，裡頭還加了好幾味苦的，黃柏、黃芩都在裡頭，待會兒秦大公子要喝的話，還是備些蜜餞吧。」

蜜餞？對，還是要備些來，但不能就這麼輕易給秦北霄了。

待蕭燁澤與吳大夫走了，沈芷寧正經地端藥進去，秦北霄已坐起身子，靠在床榻上，沈芷寧忍不住道：「為何不躺下……」說到一半，沈芷寧忍住關心，轉了另一句話。「喝藥了，這可是三殿下要我幫忙的，可不是我主動要餵的。」

隨後，沈芷寧也不去看秦北霄的眼神，用手舀著勺子，邊舀邊聽秦北霄淡聲一問。「苦嗎？」

沈芷寧立即抬頭，笑道：「不苦，一點兒都不苦，我剛嚐過了。」

這麼一說，她就來興致了，立刻將盛滿藥的勺子遞到秦北霄的唇邊，哄著他道：「不苦，你喝吧！」

秦北霄微微一皺眉，見沈芷寧一臉迫不及待要他喝的樣子，眉梢輕輕一挑，張開薄唇將勺子裡的藥喝了下去。

沈芷寧見秦北霄喝下去了，心底止不住的高興，想看他苦得出醜，可他臉上平靜依舊，甚至可以說是沒有任何情緒。

「再來一口，還有一大碗呢！」沈芷寧不信邪，又遞勺過去。

秦北霄喝了，還是與方才一樣，一臉平淡，還附和了沈芷寧的話。「確實不苦。」

確實不苦？沈芷寧疑惑了，可她剛剛明明嚐過是苦的呀！還是極苦的那種，怎的到他這裡就不行了？難不成真是自己嚐錯了？或是幻覺？

這般想著，沈芷寧舀了一勺，又抿了一小口。

誰說不苦的！苦死了！

沈芷寧皺著臉，一邊吐著舌頭，一邊忙拿了顆蜜餞塞進嘴裡，餘光瞥見秦北霄眼中沁著的一絲笑意，反應過來道：「你騙我！」

秦北霄收了笑容。「騙妳？怎的說我騙妳？我確實不覺得苦。好了，把藥碗拿來吧，這一勺一勺餵得餵到什麼時候。」

還嫌棄她餵得不好。

沈芷寧將藥碗遞了過去，秦北霄仰頭，一碗直接入肚。而喝完後，沈芷寧見他眉頭明顯一皺，心中暗喜：嘴上說不怕苦，還是嫌苦的吧！

又聽到秦北霄冷靜的聲音。「妳拿個蜜餞給我吧。」

「哎，我不給！」沈芷寧笑得燦爛，當著他的面將一顆完整飽滿的蜜餞塞進嘴裡，臉頰一鼓一鼓道：「你方才不是說不苦嗎？為何還要蜜餞啊，我才不給你。」

「真不給嗎？」

「不給。」

「妳說的，不後悔。」

「這有什麼好後悔的——唔。」

沈芷寧睜大眼，眼前是秦北霄放大的臉，她還可見他那垂下的眼睫投下的一片陰影，而她唇上覆著一片柔軟，不過一會兒，他已撬開自己的唇瓣，長驅直入，舌尖帶著一絲苦味與清冽，一點一點，勾走了她的蜜餞。

勾走之後，舌尖與她糾纏了一會兒，才緩緩離開，也並未離太遠，她似乎還能感覺到他那溫熱的呼吸。「這蜜餞好甜。」

聲音一出，沈芷寧才徹底回過神，整個人都處在緊張慌亂中。「秦北霄？」

他這是在做什麼……

他瘋了嗎？這回她可沒喝醉酒啊，裝也沒辦法裝了。接下來該怎麼辦？

無數個問題充斥在她腦海中，可她一句話都問不出來，不僅因為緊張，還因為那快跳到嗓子眼的心，連手心都滲出了汗。

她的手很快被秦北霄拉開，兩人十指相扣握住，他邊摩挲邊低聲道：「妳出汗了。」

哪裡會不出汗呢？他再這樣，她恐怕身上全是汗了。沈芷寧想掙脫他的緊握，可全然掙脫不掉，不僅掙脫不掉，他還握得更緊，緊到她都能感覺到他手上的黏膩。

看來他也並不冷靜，而是同她一樣緊張。

意識到這點後，沈芷寧緊張的心緒莫名舒緩了許多，抬頭看秦北霄，一撞進他那深不見底的眼眸中，她耳尖又紅了，下意識掙脫著他的手。「你今日太奇怪了，先放開我。」

秦北霄輕輕嗯了聲。

沈芷寧鬆了口氣，感受手上的力度稍微輕了些，稍稍抽手出來，然而抽到一半，又被他一握，聽得他那淡漠的聲音，可這淡漠中還藏了幾分沙啞。「放開之前，我想先問個問題，行嗎？」

沈芷寧不知道他要問什麼，但她隱約之間有種預感，會是關於他們二人的事。可就像那日酒樓後，她腦中一片混亂，也不知該如何回應，她想著之後再將事挑明，可到底因著膽子小，不知該如何說，今日他說問什麼，她也不知該回應他什麼。

「你今日先休息，反正也不急在這一時半刻，要不等你從京都回來，我再好好回答你——」

「那日在祈夢樓，妳喝醉酒了，後面的事妳真的完全忘了嗎？」

沈芷寧腦子轟然一聲，立刻用力抽回了手，偏過身子。「我不記得那日發生什麼了，你問我，我也是回答不出來的。」

秦北霄見她這般，便知自己先前的猜想是猜對了，她那時實則是清醒的，也親了他，但事後她卻當作什麼都未發生過。是對他無感？酒意醺人昏了頭便當無事發生？還是因著其他什麼原因。

他垂眸，藏著眼中情緒。「妳不記得了，我記得很清楚，我可以幫妳回憶回憶。」

沈芷寧臉上閃過驚訝與慌亂，臉上紅暈更濃，連連擺手。「不用、不用。」

可秦北霄沒有聽她的，聲音輕緩低沈。「那日妳喝了酒，說心裡不痛快，我問妳為何，妳說我對妳冷淡，妳不知道發生了什麼事，我便將我心裡話說予妳聽了。」

沈芷寧簡直要瘋了，她自然知道接下來他要說什麼，可她真的好緊張，她甚至有點不敢再聽一遍。

「我——」

「妳既然醉了，說不記得，想來把我那日說的話也忘了，我說過一遍，再說一遍也無妨。」秦北霄的眼眸比平日裡還要深邃，甚至像在拚命壓抑著什麼。「我說是我的錯，是我不喜妳與其他男子過於親密，是我嫉妒。」

這句話，秦北霄每一個字都放慢，到「我嫉妒」時，他已是一字一頓。

說完，四周空氣似乎黏在了一塊兒，沈芷寧感覺整個身子不知身在何處，飄飄忽忽，只有心口怦怦狂跳的聲音讓她稍稍清醒。

「後來，我抱了妳，親了妳額頭。」

沈芷寧頭皮發麻，耳尖紅得幾乎要滴出血來，欲哭無淚。

可不可以，不要接著往下說了，她整個人都快不對了！喜悅、不知所措、緊張等所有情緒糅雜，鋪天蓋地一陣一陣向她撲來，身上每一處都在發燙，血都在往上湧。

但秦北霄還在繼續說。

「我不知妳的心意到底如何，但我的心意……」秦北霄頓了頓，聲音略微發澀，還有連他自己都未注意到的緊張。「可以完完全全、毫無保留的告訴妳。

「那日在祈夢樓，樓外燈龍競渡，我抱妳上膝入懷，想的是何時帶妳去看看京都端午時節的千園百戲，我想妳一定會喜歡，而到那時，我希望我與妳並非是以同窗、親友這樣的關係出行，而是，結髮夫妻。」

秦北霄最後一個字吐完，沈芷寧立刻撲過去捂住他嘴巴，哀求道：「我知道了，我明白了，不、不要說了，再說下去我……秦北霄，別說了，我心跳真的好快……」她真的快控制不住了，她都不知道人可以這麼緊張與害羞。

最後那句話，沈芷寧的聲音輕得似乎都要被她吞進去了。

秦北霄還是聽見了，看了她好一會兒。

接著，慢慢撥開她的手，握在手心，放在他胸口，輕聲問：「像我一樣嗎？」

沈芷寧的手心貼在他心口，感受著他怦怦的心跳，又重又響，似乎要跳到她手心裡來。再抬頭看他，對上他的眼睛，與他平日裡睥睨無緒的神色不同，這是要將她藏進眼裡的溫柔。

少年凌厲似劍、鋒利如刀，是在黑寂荒野上那只會突然竄出來死咬獵物脖頸的孤狼，是雪山峰頂上那道最凜冽的寒風。而現在，像是斂下了所有的鋒芒，收了一身的銳氣，小心翼翼地捧著他一點一點用心呵護、澆灌出來的真心小花，問她收不收。

在這一刻，沈芷寧忽然覺得自己的緊張是多餘的。

她好像不需要緊張害怕面對這強烈的情愫，這些情愫她從未經歷過，極其誘人，卻又因著陌生與未知而讓她感到害怕，以至於她不知所措，甚至不敢面對。

但秦北霄不是陌生與未知的……不知何時開始，他是她心心念念想要見到的人，見到後，便再也移不開目光。

她似乎也不需要擔心該如何回應他。或者應該說是，不用怕緊張說錯了什麼話，又或是得如常人一般，該挑選個鄭重的時刻，用鄭重的話去回應。這都不需要，因為在他這裡，是縱著她一切的脾氣，是可以讓她「肆無忌憚」與「任意妄為」的。

沈芷寧整個人，逐漸放鬆了下來，手心還感受著他與自己那同步的心跳，不知不覺間，她還發現他的小秘密——鬢髮後那微微泛紅的耳朵。

「是像你一樣。」沈芷寧咬了下唇，輕輕回了他方才的問話，又睜大眼睛，鼓起勇氣去碰了下秦北霄的耳朵。「你的耳朵很紅。」

她停頓了一下，聲音軟糯，極其小聲。「也是和我一樣的紅嗎？」

秦北霄握住她的手突然用力，眸底越發深沈如墨，眼角微微泛紅，他本想好了許多話面對她的拒絕，而在聽到她沒有拒絕，甚至小心的試探話語時，腦子裡頓時一片空白。

沈芷寧又看了一眼秦北霄，卻不敢與他對視，似是下定了什麼決心，低頭繼續小聲道：「如果，我與你心跳一樣快，耳朵也是一樣紅的話，那麼我與你的心意，應該也是一樣——」

最後一個字未說完，便淹沒在二人唇瓣中。

因為激動得緊張，沈芷寧感覺少年的薄唇帶了絲輕微顫抖，沒有撬開她的唇，而是用唇慢慢摩挲著她的唇，抿著，親著。

沈芷寧血液上湧，臉色發燙，聽著他喚她。「阿寧。」

溫熱的呼吸氣息縈繞在二人中間，時間的流逝似乎都緩慢黏滯了，秦北霄又從她的嘴角開始吻，吻一下，便輕喊一聲。「阿寧。」

落在臉頰處、鼻尖，最後留在額頭。

他的每一聲「阿寧」，都藏著溫柔與無盡的繾綣，沈芷寧聽得心口都要被撐滿了，甜意都要溢出，袖中的小手都緊攥了起來。

這時，屋外突然有小廝敲門。「秦大公子，沈大人來了！」

第三十七章

沈芷寧嚇得立刻起身去端藥碗，正巧門剛好被推開，沈淵玄走了進來。「秦大公子，哎，芷寧也在呢。」

說著，看了眼沈芷寧。「照顧秦大公子呢？也是，秦大公子對我沈家有大恩，確實要好生照顧，不過妳昨夜也幫了大忙，大伯也要好好謝謝妳。」

「大伯客氣了，我們是一家人，幫沈家不就是在幫自己嗎？」沈芷寧還心有餘悸差點被大伯看到方才的事，偷瞄了一眼秦北霄，見他什麼表情都沒有，不禁感嘆他的定力。

沈淵玄嘆了口氣。「到如今，大伯才發現，家中就妳這丫頭最懂事。好了，芷寧，妳要不先出去？我好與秦大公子說幾句話。」

想來是要說裴家的事，沈芷寧應了聲便出了屋門，沒事幹，就將藥碗端回了小廚房，再親自盯著煎藥，過了好一會兒，有小廝來說沈大人走了，沈芷寧才過去。

沈芷寧望著屋門，探頭想看大伯到底走了沒，只聽得秦北霄的聲音。「進來吧，妳大伯已經走了。」

「走了？」沈芷寧立即進屋，坐在秦北霄的床榻上，呼了口氣。「也不知方才……伯父發現了沒，你方才也太像個沒事人了！」
秦北霄眼中沁著笑意。「我若表現得與妳一樣慌張，那他不是更要懷疑？」
沈芷寧抿唇，不接秦北霄的話，轉了另一個話題。「那他與你說什麼了？」
「自然是裴元翰的事。此次我與蕭燁澤要將案子上京稟告皇上，到時會有官員處理此案，妳大伯擔心會牽扯到裴延世與江檀，為他們說話罷了。」
「大伯對安陽侯還是存有善心的，說得也對，既然是通敵叛國，那裴延世與江檀定會受到牽扯吧？」沈芷寧擔心道。
「說不準，若有足夠證據證明二人確實不知情，妳大伯又實在要保下這二人，也是能保住的。」秦北霄淡聲道。
沈芷寧輕輕哦了一聲，又聽秦北霄道：「我與妳大伯還說了一件事，阿寧，妳想知道嗎？」
「什麼？」沈芷寧不知是何事，一臉懵懂問道。
「我與沈大人說了，此次回京，不僅為了案子，還有妳的婚事，我們……」秦北霄停頓一下，繼而道：「我會求聖上賜婚，再請長輩來沈家提親。」
少年情定的承諾帶著微微靦覥，但語氣是未曾有過的堅決與認真。
話說完，沈芷寧盯著他看了許久，沒有說話。

秦北霄猶豫道：「如果妳嫌太早，自然可以晚些辦親事，只是這親我覺得早點提得好，還是說妳不願意——」

「我願意。」沈芷寧輕啄了下秦北霄的唇，眼中燦爛無比。「我等你從京都回來。」

接下來的時日，等秦北霄的傷養好了些，蕭燁澤與秦北霄便離開吳州，前往京都。他們的動作極其迅速，未過一月，京都已派刑部侍郎楊建中一行人前來吳州。

安陽侯府通敵叛國之案在京都鬧得沸沸揚揚，各方勢力都想插手，自然也有人渾水摸魚想保下安陽侯府，但由於秦北霄將事情捅得太穿，皇帝立下決斷，抓準時機派一純臣楊建中下吳州。楊建中到吳州後，雷厲風行，將案情斷死，又追查出了多條線索，甚至還挖出了好幾個明國在吳州的據點，一點一點將安陽侯府這棵蒼天大樹連根拔起，連帶砍斷了周圍幾棵小樹。

這段時間，吳州大街小巷常有不少侍衛巡邏、走動，人人自危，無不感受到氣氛之肅然，事件之嚴重。

莫說普通老百姓，連不少江南名門都閉門謝客，想著避過這陣子，但他們也知道，此次大案了結，吳州是要變天了。或許，連京都也要因著這件案子大變天了。

隨著案子的收尾，該殺的殺，該流放的流放，吳州也不像之前那般氣氛緊張了。這日，楊建中大人還特地上西園拜訪李知甫。

「先生遣了書僮過來，讓小姐您過去一趟。」雲珠對書案前笑著看信的沈芷寧道：「小姐現在去嗎？」

沈芷寧的目光一直在手中的書信上，笑意極甜，聽見雲珠說話，抿了抿笑意，道：「知道了。」

說著收了信，想放在桌上，又捨不得，於是就藏在了袖子裡，被雲珠看見了，道：「秦大公子的信都來過好幾封了，小姐怎的還像是第一次收到一樣？」

提及秦北霄，沈芷寧眼中便有笑意。「每封信都是不一樣的，上回的信他與我說了蕭燁澤的糗事，這回的是說其他的。」

他的信中實際都是思念，但他向來不會表達露骨，只會暗暗的借物、借事，總要讓沈芷寧轉念一想才會明白他的意思。

基本上也都是報喜不報憂，比如今日這封，只偶然一句提及近日要將秦家的事徹底處理好。

沈芷寧細細一想，便知要處理什麼。秦北霄乃秦家嫡支，按理說秦家家主之位應由嫡支相承，但自秦擊死後，秦北霄羽翼未豐，不僅家主之位落於旁支之手，還被族中嫉恨他的人差點傷殘至死，這信中的處理，應當就是搶回家主之位。

這似乎也是聖上的意思，這是後來蕭燁澤來的那封信上說的，想著讓他拿回身分與地位，再賜婚求娶，給足沈家與她的面子。

可什麼沈家和她的面子，那都是虛的，賜婚或早或晚也都沒關係，反正她還未及笄，就怕秦北霄在京都情況不好，他剛回京，尚未站穩腳跟就去爭去搶，極容易成為他人的眼中釘。

等她從西園回來回信時，定要提醒他一下。

不過好在她知道後來秦北霄還是拿回了秦家家主之位，也當上了內閣首輔，這一切都是往好的方向走，念及此，沈芷寧的擔心也慢慢放下了。

沈芷寧先去了一趟祖母屋子，向祖母說了西園那邊來人說讓她過去。

「李先生向來看重妳，這回楊大人也在，想來是因著先生提及妳了，便想著見一見。」沈老夫人蓋上茶碗，慢慢道：「妳且去吧，記得謹言慎行，若真表現得好，回頭對老三的仕途是有助力的。」

聽見這話，沈芷寧自是高興，應著祖母的話，隨後退出屋子去西園。

一旁的許嬤嬤瞧著沈芷寧歡快的背影，笑著給沈老夫人添了茶。「方才老夫人的話說對了，這李先生真當極為看重我們五姑娘，什麼文會、詩集都想著帶咱們姑娘去，自從進西園後，五姑娘在吳州的名聲都大開了。老奴見過李先生，說話做事極為內斂，但誇起我們姑娘倒是不吝嗇。」

「李知甫這個人啊，是有大才的，被他瞧中的，自是不差。說到底，還是芷寧自個兒好，莫說吳州，偌大一個江南，就算到了京都，也難找出像她這般有天賦的。」沈老夫人慢慢道。

「老夫人說得是！」許嬤嬤回道，突然哎喲一聲，從袖中拿出一封信來。「糊塗了，這信差點都忘了給老夫人了，老夫人瞧瞧吧，是京都顧老夫人寄來的。」

顧老夫人與沈老夫人乃舊友，說來也是奇妙，二人不是一起長大，年少時關係也談不上多近，偏生嫁人後，感情卻是好得很，常常書信來往，甚至早些時候還有過要訂下娃娃親的戲言。

沈老夫人將信看了一遍，放至了一旁。「無非說的是家中瑣事與京內的一些雜事，她嘴碎得很，瞧瞧這紙，都能疊成一本書了。」

「老夫人誇張了，這也不能怪顧老夫人，平日裡礙著身分與規矩，多說多錯，藉著信來排解罷了，不過這信相比之前倒確實厚了不少。」

「她那嫡孫是該到訂親的時候了，眼下正物色呢。」沈老夫人撥弄著佛珠，一臉的平淡。

倒是許嬤嬤吃驚地哎喲了一聲。「是顧三公子啊，那京內恐是又要轟動一片了。」

沈老夫人嗯了一聲，就算是淡漠如她，也不得不說一聲。「顧三確實不錯。」

許嬤嬤聽罷，笑了。

這顧三是顧家嫡子顧熙載，排行第三，實乃京都世家門閥子弟中第一人。雖說近來明家一位少年狀元明昭棠露出了鋒芒，可或許是年紀太小，真與這位比起來，無論是氣度還是其他，都是有些不及的，而顧三也是京都名門閨秀芳心暗許的對象。但顧家從未談及顧熙載的親事，就算有人詢問，也是避之不談，沒想到現在，竟是要物色親事了。

不過老夫人向來不關心這等事，因為不關沈家的事。

畢竟說實在話，顧家訂親與沈家扯不上什麼關係，京都顧、趙、明、秦等幾大世家門閥中，顧家是位列第一，沈家就算再上幾個門檻，那也高攀不上顧家，倒是老夫人的母家齊家還可與之相較。但同是世家門閥，真要論起來，還是差上一些的，畢竟顧家所出的大儒實在太多，在文人中的地位甚高，江南等地的文人提及顧家，都是一臉推崇。

這等顯赫家世出身，又是那般驚才絕豔，氣度不凡，也不知最後會選定哪家。

沈芷寧這邊，正在去西園的路上，一路上，還想著如何給秦北霄回信，要將近日的趣事告訴他。到了深柳讀書堂，她才收回了心思，踏上臺階，打算進屋見先生。

方踏上臺階，未敲門，就聽見裡頭傳出爽朗笑聲。「知甫啊，你是不知那段時間京都鬧得有多凶，朝堂之上吵得是天翻地覆啊！一會兒說那秦北霄是罪臣之子，滿口胡言亂語；一會兒說那安陽侯府無罪，定是有人誣陷；還有其他心思的也跟著攪和，幸好證據夠清、夠明、夠足，眾人都沒得說了，才讓聖上派了我過來，不然哪是我過來，指不定是哪家的過來。這會兒我將案子收尾，等回京，也算是給聖上一個交代了。」

「那就好，那就好，事情牽扯數月，到今朝總算撥開雲霧見天明了。」先生的聲音依舊溫和。

「可不止是見天明這般簡單，單就這件事，吳州收尾之後，我還得趕回京都，也不知會牽扯多少人，聖上總歸可以藉此機會，拔出逆黨，這真得多虧秦北霄啊！說來當真是想不到，當年與明國交戰，連贏數場，秦擎和秦北霄何等風光，秦家那會兒可是水漲船高，連顧家都得避其鋒芒呢，結果一夕之間這嫡支就變成這樣，連他回京都是人人喊打喊殺，連秦家那些個旁支都極不待見他，哎呀呀，好在不是個池中物啊，就是不知道以後會如何。」

「他性情雖孤傲銳利，但有常人不可比擬的韌勁與能力，前途會一片坦蕩。」

沈芷寧聽著二人對話，聽到先生這句話，眼中的擔憂漸漸散開了，深呼吸後敲門。「先生。」

「芷寧來了？」李知甫抬頭看門口。

楊建中見來人一愣，拍了下腦袋哈哈大笑。「知甫啊知甫，我想著你口口聲聲誇你那學生，念著是你學生，以後入仕途多照顧著些，便想見一面，未料到竟是個女娃娃。」

李知甫手中的書卷略指了指書案前的墊子。「過來坐吧。」繼而對楊建中道：「她若進仕途，定也不差的。」

「是，自然，可惜了，是個女娃娃。」楊建中道。

李知甫看了一眼坐下來的沈芷寧，語氣溫和至極。「沒什麼可惜的，女孩很好，讀書不論男女。」說完這句，他又對沈芷寧道：「這位是楊大人。」

這位楊大人的名字這段時間在吳州可是如雷貫耳，如今見著真人了，他個子不算高，但勝在那精氣神十足，沈芷寧恭謹道：「芷寧見過楊大人。」

楊建中擺擺手。「無須多禮，今兒是我唐突了，竟把妳這女娃娃叫了過來，我記得沈家除了妳伯父，還有一個當年是進士出身吧？」

「是我父親沈淵況，還在任上呢。」沈芷寧回道。

楊建中又多問了幾句，沈芷寧一一回答。李知甫見沈芷寧這乖巧模樣，哪有平日裡見他那般機靈樣子，不由得覺得好笑，笑意剛起，楊建中已把話題轉到了他身上。「知甫啊，這回來吳州，其實聖上還交代了我一件事。」

楊建中沒有直說，李知甫卻猜到了，面色淡淡。「此事你不必多說，我自有打算。」

「你這打算都打算好幾年了，你真要窩在吳州了嗎？」楊建中一拍大腿。「你還是與我回京都得好，京都才是你大展宏圖的地方，到時你辦書院、舉文會，慕名而來的人恐要淹滿整個京都了，靖國有你這樣的大儒坐鎮，還怕無人來靖國嗎？」

聽了楊建中這番話，沈芷寧明白了，原來一直以來先生是不願出山，只想待在吳州。

楊大人的話其實說得也是對的，之後那幾年，靖國與明國兩國暗地裡爭鬥得更為激烈，雖有潭下之盟的制約，明面上自是不能動用武力，只能靠政治這等文鬥，可靖國在這方面一向是弱於明國，吃了不少暗虧，而先生若去京都意味著出山，自會有不少有才之人慕名而來，增強靖國實力。

沈芷寧想著，目光落在了先生身上，李知甫正巧也看過來，他沒有回楊建中的話，而是淡笑著問沈芷寧。「芷寧覺得呢？」

沈芷寧猶豫了一會兒，道：「去京都好。」

李知甫一直看著她，許久都沒有說話，最後慢慢道：「那聽妳的。」

「太好了！」旁邊的楊建中已是欣喜若狂。「知甫，你總算是想通了！」

沈芷寧則恍惚一愣，她再抬頭看李知甫時，他依舊那般儒風淡雅，彷彿剛才答應的人不是他，見她看過來，他溫和一笑。「放心，師父不會反悔。」

沈芷寧輕輕嗯了聲，之後就聽楊建中與先生繼續聊著，過了一會兒她才尋了個理由出了屋子。

方出屋子，就見庭院對面江檀正踏出屋子，他視線投了過來，沈芷寧招了招手，隨後提裙跑到了對面，圍著江檀轉了一圈。「你還好吧？」

楊建中到吳州後，就把安陽侯府一眾人等關押起來，前些日子才放了出來。

江檀瞧起來消瘦了不少，這身白袍穿起來顯得空盪盪的，與之氣質極為符合，遠遠看去，倒像是要登仙入境一般。

第三十八章

沈芷寧見江檀神情與平常一樣，他面上總是淡淡的，但見著人了總會帶上一絲笑，平日裡相處特別好說話、性子極好，儘管沈芷寧總會想到在得月樓見過他的那一次，總覺得那時才是真正的他，雖溫和，但那溫和中卻沁著分寸與距離。

不過那都是之前不熟時候的感覺了，現在這感覺已全然消失了。

「還好，有沈大人託了話，楊大人也未為難我與延世。」江檀聲音平緩，頓了一下道：「多謝關心。」

沈芷寧眉眼彎起。「你客氣什麼呀？我們是朋友啊！我瞧你瘦了許多，你可要好生養回來，若有什麼缺的可差人問我拿。」

說到這兒，沈芷寧將聲壓低了道：「沒錢也可問我借。」

江檀輕聲一笑，笑聲清冽，隨後回著。「好。」

沈芷寧臉上笑意更深。「那我先走了，回見。」

江檀嗯了聲，看沈芷寧轉身，她今日著了一身月白色六幅紗裙，轉身時裙襬飛揚，像是要飛走了，他忽然有種想觸碰她裙邊將她留下的衝動。

直看到她消失在轉角處，江檀才收回了目光。
夜晚，一輛馬車緩緩停在吳州的一座新宅門口。
馬車內的人下車、進府，下人井然有序，那氣氛甚至比一般的侯府都要肅然，可見規矩之森嚴。
正堂內各處都已擺上冰塊，室內清涼一片，江檀進來後，脫了身上黑色斗篷，身後丫鬟垂頭接過，他繼而走至主位，將那修長白皙的手浸於端上來的銅盆中，隨後用乾淨的白巾擦拭，邊擦邊輕掃了一眼堂內跪著請安的三個男人。
「都起來吧。」
這三個男人中，最中間那位還頗為眼熟，正是深柳讀書堂中的一位書僮。
「殿下，不能放李知甫去京都，此事我們得盡快解決，否則後患無窮。」左側的男人起身後，立即拱手道，臉上滿是焦急。
相比於安陽侯府的覆滅，李知甫要去京都這事對他們打擊更大。他們熟知李知甫，知此人存活於靖國，恐會影響靖國百年，甚至更久。靖國軍事本就強於明國，若在其餘方面靖國還要追趕上來，明國恐無反抗之力。
「是啊，殿下，李知甫要麼留在吳州，要麼，死，不能留他活口。」
底下三人一一說著，可見主位之人一直未開口說話，不免聲音低了下去，隨後聽到一陣輕笑，笑意頗冷。「倒教起我做事了？」

話音還未落，三人已跪地垂頭，恐懼爬上面龐。「屬下不敢。」

左側的男人大著膽子吐出了兩個字。「只是……」

「只是什麼？」

「只是……近些日子，殿下似乎有些猶豫。殿下猶豫不得，事關我明國將來，不得有絲毫鬆懈，這李知甫必須得殺，如若是因著他是那沈家小姐——」

男人的話未說完，已是圓目大睜，一臉恐慌，再看脖頸，是一道血痕，血液噴湧而出。人一下偏身倒地，血色一點一點暈開。

一旁的侍衛收了刀。

另外兩個男人將頭垂得更低，聽得腳步緩慢過來，白袍映入眼簾，頭頂傳來清冷聲音。「是要殺，且領了安陽侯府餘孽的名義去殺。」

「是。」

江檀還是想起了一件事，目光冷冷落在那兩個男人身上。「要是有人在旁，殺時還要說清楚，是那秦北霄將安陽侯府的事捅穿了，你們找人洩憤罷了。」

「可殿下，如今案子快要收尾，當時安陽侯府雖有侍衛逃跑，但這般情況怎的就突然出現，還因著洩憤殺李知甫？此事楊建中一想便知不對勁。」

「此局不是給楊建中看的。」江檀面色漠然。「是給李知甫那老母親設的，就算楊建中覺得不對勁又如何？失了子的老母親哪裡會聽進去，她只會覺得……」

導致一切事情發生的源頭——秦北霄，可恨、可氣，是天底下最可憎之人。

陳沉將腳下的小石子隨意地踢開，嘴裡叼著柳籤，走進一條昏暗的小巷子裡。眼下夕陽正好，還有些許光亮照進這條巷子中，若再晚些，恐是一點光亮都無了，而這條巷子每家每戶的燈籠都是破舊的，更別提點上那麼一根蠟燭。

陳沉抖擻了一下身子，翻著衣兜找鑰匙，邊找著，餘光邊懶散地看向自家門口，看到門口來人後，整張臉都沈了下去，轉身即走，一下袖子被拉住。「世子爺！」

「去你媽的世子爺！」陳沉怒火與戾氣上湧，一把甩開那人。「給老子滾遠點！」

那人是個中年男子，一看便知非普通人家出身，衣著還頗富貴，被陳沉推倒在地，也絲毫不在意，爬起來跪於陳沉面前。「世子爺，老奴求您了，回京見見國公爺吧！國公爺病了！」

「居然還沒死？」陳沉冷笑一聲。「等他死了再來跟老子說吧，大不了我給他燒點紙錢，行了，給老子滾開。」

那人不肯讓，繼續跪著，抱著陳沉的腳，哭喪道：「世子爺，就跟老奴回去吧，您看看您這兒，住得這般簡陋，哪像是個人住的？您可是定國公府的世子啊——」

話未說完，男子的脖頸就被狠狠掐住，臉頓時脹得通紅，對上的是陳沉放大的臉。「不是人住的，難道是狗住的？你膽子是真心大了，還敢罵我？」

男子連忙搖頭，可脖子被掐住，根本動彈不得。

「老子知道你們打著什麼算盤，無非就是我那病秧子弟弟死了，老東西下面那玩意兒又沒用了，國公府沒後怎麼了得？當初趕我們母子出府的時候，怎麼就沒想到有今日？現在倒想起我來了？」陳沉回想往事，眼中戾氣更甚，手中力氣加大。「給老子滾！聽見沒？」

男人被掐得實在是不行了，只能點頭。

陳沉面容陰沈，鬆了手，將人推開，一個人回了院子，大門被甩得震天響。

此時，天色已近暗沈，屋子裡也是一片昏暗，陳沉進了屋後就坐在榻上，吐著濁氣，消著心中積攢的怒火，待消得差不多了，剛要起身做點吃的，就聽見屋門被敲響。

心裡的怒火頓時再起，他一把拉開屋門。「你他媽還敢來——」

「好像，這是我第一次來吧？」門口站的是李知甫，環顧了一下四周，溫和道：「也沒什麼洪水猛獸，為何不敢來？」

陳沉抿著唇，略微尷尬地偏過頭，沒說一句話。

「我來是想問問你，怎麼不來書院上課了？」李知甫問道。

「不想去了。」陳沉別過臉，徑直回道：「沒什麼好去的，當時就是誤打誤撞上的，我對讀書一點都不感興趣，先生請走吧。」

說完這話，肚子發出咕嚕的響聲，陳沉的臉頓時黑了。

「不想去便罷了，念在你還叫我一聲先生，不如陪我一道去小東門街的食肆吃碗陽春麵吧？我正巧也餓了。」李知甫笑道。

「我不去。」陳沉一口回絕。

剛回絕，肚子又響了。

「媽的……」陳沉的臉更黑了。

「走吧。」李知甫搖頭笑道，轉身先走一步。

陳沉猶豫了一會兒，跟了上去，但始終與李知甫保持了一段距離。

走出了巷子，在街上走了一小段路，陳沉開口道：「先生，莫要再白費心機了，這書院我是不會再去了。」

「吃碗陽春麵怎麼就是心機了？倒顯得是我的不是了。」李知甫轉過身，面容依舊溫暖平和。「走吧，只是吃碗麵而已。」

陳沉被李知甫這話堵得心煩，可對著那張臉，他又發不出脾氣，只得用力踢著腳下，煩躁極了。

他真是搞不懂李知甫，他進不進學、讀不讀書跟他李知甫有什麼關係？為什麼一定要管著他？在書院時一直各種罰他也就罷了，現在居然還到他家裡來，說什麼吃陽春麵，擺明了就是要和他講大道理，他聽得耳朵都要磨出繭子了！他真是煩透了！

偏偏，他還自己跟出來了。

「先生為何不去找沈芷寧？我這等人可不像她那麼聽話，你就算跟我說破天了，」陳沉咬牙道：「我也不想繼續讀了。」

聽到這句話，李知甫停了下來，轉身道：「芷寧和你不一樣。」

「可不是？她就一馬屁精，專撿好聽的話說，你愛聽什麼，她就說什麼——」

「陳沉。」李知甫厲聲道：「注意言辭。」

陳沉一愣，見前方李知甫的神情，是從未有過的嚴肅。「芷寧與我說的話，從來不是一味的討好，而是她心之所想，言之所出。她對學問的理解，看似相承於我，實則有太多她自己的思考，你這般說實在太過偏頗。

「我說的不一樣，並非是指這些。芷寧說到底，是沈家出身，沈家就算比不得一些高門，好歹在江南也有威望，她再退也是有活路的。而你不一樣，你是寒門，再退下去，你難道真要靠偷、靠搶過日子嗎？讀書是你唯一的出路，陳沉，莫要荒廢了天賦。」

李知甫認真說道，眼中是無比的焦慮與擔憂。

陳沉看著那雙眼，卻不想聽李知甫再說下去了，一臉的不耐煩。

李知甫嘆了口氣，繼續往前走，而陳沉壓著滿心的暴躁，跟著李知甫從小巷前的甘泉街轉到了新橋東街。

這條街因是去往其他街巷的必經之路，平日裡這個點還有不少人走動，今兒倒是一個人都沒有，陳沉走得多了，這會兒感到幾分蹊蹺。

不知怎的，氣氛異常的凝重。

他低垂著頭走了幾步，實則用餘光偷看四周，果真在幾處暗巷口見到幾個鬼鬼祟祟的人影，而那些人影，明顯是衝著李知甫來的。他不知道李知甫怎麼就被人盯上了，但冷靜下來後，他以正常的速度走到李知甫身邊。

李知甫見他過來，卻什麼都未幹，只扯了扯自己的衣袖，疑惑道：「怎麼了？」

「沒什麼，那家陽春麵怎麼還沒到啊？」陳沉說完這話，又撓了撓頭，正巧用衣袖擋著，用口型說：快、跑！

李知甫一下就知道附近有危險。可他跑了，陳沉怎麼辦？

陳沉眼中一陣焦急，又比了一次口型：快！跑！

接著就猛地推李知甫後背一把，讓李知甫趕緊走。

「快跑！我自己可以走！」

李知甫剛跑出去，周遭六個人便以迅雷不及掩耳之勢齊齊衝了出來，二人立刻去追陳沉，四人則追向李知甫。

好在陳沉提醒得早，李知甫跑得也快，那群人未能馬上追上，即將要逃脫之時，李知甫聽到一聲慘叫——是陳沉。

他的腳步停頓了。

身後人喊道：「李知甫！你儘管逃！但那小子，可就沒活路了！」

李知甫停下來了。

陳沉被兩個黑衣人打得滿臉都是血，剛剛那一慘叫是手臂被折斷的聲音，手臂已經沒感覺了，但渾身的疼痛一陣接著一陣傳來，他沒有一點力氣，整個身子被踩在黑衣人腳底，呸了一口鮮血出來，張了一口血牙抬頭道：「怎麼？抓到想要的人了嗎？狗東西。」

黑衣人的腳直踹向陳沉的腦門，空中又是一陣血花揚灑。

陳沉大笑，笑到一半，餘光看到那個不該回來的人，目眥盡裂。「你回來幹麼？啊？你回來幹麼?!李知甫你瘋了嗎？快走啊！他媽的走啊！你耳朵聾了嗎？」

「你們放了他。」李知甫很冷靜。「你們要的不是我嗎？我跟你們走。」

「走！」陳沉拳頭緊握、狠敲地面，但他根本沒有力氣掙扎了，想向李知甫爬去，那桀驁不馴的眼中多了一絲懇求。「快走吧——」

陳沉背上又是狠狠一腳。

黑衣人中為首的笑道：「李先生，您知道就好，既然如此，此人我們也就不抓了。」說著，便將陳沉如扔破布般扔到一旁。

陳沉滿身狼狽，眼前已一片模糊，還是掙扎著爬起，爬起來剛轉身，就見他們衝向李知甫，李知甫雙手被擒。

而擒住的那一刻。

一支不知道從哪兒飛來的雕翎箭以破空之勢直射向李知甫。

陳沉的眼睛慢慢睜大，嘴裡喊著。「不——」

李知甫白袍被刺穿，箭直接沒入身體裡面，穿刺而過。

「不！」陳沉大喊出聲。

隨之，又是一箭。再一箭。

一共三箭，一箭比一箭深，一箭比一箭狠。

三箭直接要了李知甫的命。

黑衣人立刻放開了李知甫，任憑他那身子倒下。「這可怪不得我們！要怪就怪那秦北霄，害得安陽侯府到了這田地，害得我們沒了生計！他既是秦北霄的老師，想來是他教導無方！」

說罷，就逃了。

陳沉則瘋了，瘋狂撲過去，接住了李知甫倒下來的身體，剛接住的那一刻，手上已全是鮮血，他張大嘴巴，眼淚直直掉下來。「先生、先生……」

他幾乎說不出任何話來，只能張大嘴巴嗚咽，整張臉都扭曲在了一塊兒，手也不知放哪兒，卻突然感覺先生還有動靜。

李知甫的手微微抬起，唇角的笑還是那樣溫和，似是用盡了最後的力氣道：「好好讀書，過好你這一生，幫我告訴芷寧，師父兌現不了承諾了，讓她不要怪我。」

話盡，手落，人亡。

陳沉眼眶紅得要滴出血來，那猶如從地獄爬上來的目光盯著那六人消失的街道。

遠處高樓上。

江檀緩緩收了長弓，目光淡漠至極，清冷月光照耀之下，白袍散著銀光，輕風吹來，衣袂飛揚。

當夜亥時，沈府燈火通明，無人入眠，無數人都站至正堂之外。

沈芷寧進入正堂之時，血是冷的，感受不到身子的存在，看見正堂中央躺著的人蒙著白布，她不太敢相信這個人是先生。她上前，雲珠怕她摔倒，伸出手扶著，沈芷寧眼神空洞地推開她，走到屍體旁邊。
李知甫的老母親余氏正在撕心裂肺地哭著，沈芷寧在她的哭聲中掀開了白布的一角。下方是先生的臉，依舊有著溫和的笑，但面色是蒼白的，表情是凝固的，是永遠不會再變的凝固。
先生死了。
沈芷寧終於意識到了這是真的，隨之而來的是鋪天蓋地的悲慟，她不得不揪著心喘氣，才能緩解心口那陣陣襲來的疼痛。
「怎麼會這樣？怎麼會這樣？」
她一直問著，轉著四周問，正堂內沈家女眷都在，或嘆息、或哭泣，而她從剛開始的壓抑，到最後整個人似乎都有點不正常了。
「啪！」
早就跪在地上的陳沉，又打了自己一個巴掌，先前他已不知打了多少個巴掌，臉上已經腫得不成樣子，這會兒打的巴掌，直打得嘴角滲血。
陳沉接著又給了自己一巴掌，極為乾脆俐落。
「是我的錯，先生是救我而死！」陳沉緊咬後槽牙，眼睛紅得滴血，跪朝向沈芷寧。
「先生本來可以跑的，但我被抓住了，他為了救我回來，被人三箭射殺——」

第三十九章

「我的兒啊！」余氏哭喊著衝上前，死命打著陳沉。「你就為了這個東西，白白送了自己的命！」

陳沉任由余氏打著，低頭，連一聲悶哼都沒有發出。

「我的知甫啊，你這輩子從不讓為娘操心，自幼知道讀好聖賢書，好好做人，別說從不做傷人害己的事，你是寧願自己苦點、累點都為別人著想啊！那你為你這些學生著想，為什麼不替娘想想啊？你讓娘以後怎麼活啊！」余氏哭得幾乎都要暈厥過去。「娘就你這麼一個孩子啊，你走了，娘怎麼辦？怎麼辦啊?!」

陳沉跪趴在地上，泣不成聲。

余氏打得手上沒有力氣了，才停下，抓著陳沉的衣服，號哭著。

沈老夫人不忍再看，嘆著氣移開視線，徐氏更是默默擦著眼淚。

沈芷寧則感覺臉上有異物，一摸，滿手的淚水，看著淚水，腦子裡是陳沉的話。

先生是被三箭射殺而死。可前世，先生沒有死啊。前世，先生沒有死啊，先生是消失了，不是死了。為什麼這一世是死了？

沈芷寧天旋地轉，整個人踉蹌了一下，被雲珠扶住。「小姐，您小心點。」

雲珠扶沈芷寧的手突然死死被沈芷寧拽住了，對上的是沈芷寧痛苦至極的眼神。「雲珠，是我。」

「小姐，您在說什麼？什麼是您？」

是她，是她的重生改變了先生的結局，是她把先生害死了。

如果說這一世與前世有什麼改變，那就是前世先生沒有去京都的打算，而這一世，她勸了先生去京都，先生此次的死，定是那些不想他去京都的人幹的。

是她害了先生。是她。

如果方才的悲痛是外來的席捲，意識到這一點後，沈芷寧感覺自己的心都要炸裂了，渾身上下，連頭髮絲都是痛的。

「是我……」

是我害了先生。該死的人是她，不應該是先生啊！

陸氏見自己女兒已經開始胡言亂語，不太放心地將人摟在了懷裡，方才哭過，語氣還帶有哽咽。「冷靜點，芷寧，李先生、先生是被安陽侯府的賊人殺了，妳大伯父與楊大人已經親自去抓人了，定會找到真凶的。」

娘親的懷抱，是最溫暖的地方，可今日，沈芷寧全身上下都是冷的。

什麼安陽侯府的賊人，親自去抓人，就算抓到了，先生也是死了。

而罪魁禍首是她！

她卻無法說，她無法說整件事，無法說先生是因為她勸去京都才被人惦記，是因為她改變了現狀才導致這樣的結果。

是她殺了先生！是她殺了先生！是她殺了先生！

振聾發聵的聲音在她腦海裡回響，沈芷寧血液不斷地上湧，不斷喘氣，面目越來越痛苦，最終身子一軟、眼前一黑。

黑暗中暈暈沈沈，一切彷彿在霧中。

黑霧散開，她發現自己坐在藏書閣九格珍寶架下，手中捧著一本古籍，這是她第一次見先生翻閱的古籍，這也是她第一次見先生的場景。

果不其然，聽到了那聲輕笑。「這兒竟有人。」

珍寶架上的梅花瓷瓶如同記憶中掉了下來，先生依舊接住了那個梅花瓷瓶。「倒是我驚著妳了，妳是沈府的嗎？」

她忍著淚看著眼前的先生，青衣直裰，儒風淡雅，但就像將記憶中重演一樣，她還是說了那句話。「我當然是沈府的。」

先生淺笑著問她。「妳既是沈府的子女，我怎麼從未在書塾見過妳，妳叫什麼？」

她想說，她叫沈芷寧，想跟著他一道讀書識字，而不是不回答，一切都與記憶中一樣，她不答，他笑著揮手讓她走了。

場景再換是前一世的西園，她趴在先生的書案上，等到睡著了。再醒來時，她身上披著先生的一件外衣，屋外是黃昏夕陽，灑進屋內是一片祥和靜好，她聽見煮水的聲音，聽見先生翻書的聲音。

這是她前世詢問先生收她為關門弟子的場景。

如同記憶裡發生的一樣，她胡亂收了先生的外衣。「先生，我這是睡了多久啊？」安寧的氣氛讓她睡著，先生則坐在窗邊翻閱書籍，由於黃昏，身上彷彿散著柔光，他輕笑道：「差不多一個時辰吧。」

「這麼久嗎？哎呀！娘親肯定要等急了，」沈芷寧急得像熱鍋上的螞蟻。「我要先回去了。」

「我派人去文韻院說了，妳莫要著急，妳可是來問《西山讀書記》的？」先生偏過頭，溫和道：「妳看得倒快。」

「先生神了！」沈芷寧喜道：「先生怎麼知道？」

他手拿書卷點了點她手邊的宣紙，沈芷寧尷尬一笑，原來都已寫了，不過再拿起一看，發現她的不解之處都已被解答了。她自是高興萬分，跑到先生身邊又多說了好些話。

都是如記憶中一樣的，可她也注意到了以前未注意到的，是先生看向她眼中的柔和與笑意，是在她手舞足蹈、也不知自己到底在說什麼時，他放下手中的書籍，全心全意聽著她說話，並有來有往與她交流。

沈芷寧仔細回想起來，先生一直都是這樣的，只是她未注意到罷了。

那時她問：「先生，您有什麼想做的事嗎？」

李先生這回倒被她難住了，沈默了許久，笑著慢慢道：「想做的有許多，第一無非是海晏河清，第二……」

「第二是什麼？」

先生笑而不語。

記憶中她沒有接著問下去，卻笑著問了另一件事，問了先生能否收她為關門弟子。

這個時候的她很想不問了，為何要問呢？先生是被她害死了，她是先生的災星，可一切都無法改變，她如同記憶中一樣說了。「不如先生就收我做關門弟子吧？」

在先生笑著應下此事後，場景又換了。

她正坐在先生的書案前，楊大人在一側，正是那日她勸先生去京都的時候。

沈芷寧驚恐抬頭，對上先生看過來的目光，淡笑著問她。「芷寧覺得呢？」

不！不要去！

沈芷寧掙扎著，拚命掙扎想改變這個事實，可她還是依然說出了。「去京都好。」不好！

沈芷寧要瘋了，可她改變不了，一切就如那日，先生也如那日一直看著她，許久都沒有說話，最後慢慢道：「那聽妳的。」

求求您了先生，不要聽我的。不要聽我的，不要聽我的，不要去京都！不要去！

您會死的。您會死的……

沈芷寧在黑暗中瘋狂喊著，想掙脫一切的束縛，用盡了全身的力氣後，又是一陣昏昏沈沈，聽得娘親擔憂的聲音。「怎的還未醒？這都一天了。」

雲珠隱隱約約的聲音也傳了過來。「小姐還燒著，夫人守了一夜了，快去歇息吧。」

娘親嘆氣了。

沈芷寧又沒了意識，再有意識時，聽得雲珠驚喜道：「小姐手指動了！」

她張開沈重的眼皮，眼前先是白茫茫一片，再逐漸清晰，一偏頭，枕頭都是濕的，她看著坐在她床邊的陸氏，沙啞叫道：「娘，師父呢？」

陸氏本已忍住的眼淚一下子又流了出來。「身子好點了？去西園靈堂祭拜一下，娘和妳一道去。」

不是夢啊，原來。

沈芷寧掉下的眼淚落在手背上，燙得她心絞痛。

這會兒，屋外一陣吵鬧，似是陳沉的聲音傳來，雲珠出去了一趟後，欲言又止地回來。

沈芷寧看了她一眼，開口道：「扶我出去吧。」

「小姐您的燒還未退呢，去見他做什麼？這次先生的死與他脫不了關係，若不是他——」

「好了。」沈芷寧撐著身子起身。「我去聽聽他要說什麼。」

沈芷寧頂著慘白的面色，一步一步走到外面，只見陳沉跪在院中，見著她了，彷彿抓住了一根救命稻草，滿眼哀求。「沈芷寧，沈芷寧，西園出事了！」

沈芷寧眼皮一跳。「西園出事了，大伯父、楊大人他們都在吧？還有人來鬧事嗎？」

「是他們李氏的家內事，族裡人來祭拜後就要逼著李老夫人把先生留下的東西都留給族內，說先生沒有子嗣，李老夫人又是女子，東西自然都是族裡的。沈芷寧，妳也知道先生留下的都是什麼，都是他多年來記載的心血！他們知道那些東西的珍貴，拿去邀功還可換來前程，我想著妳是先生唯一的弟子，總有資格和他們說一說——」

沈芷寧沒有聽完，立刻跑向西園。

「方才我在西園，就見姓陳的那小子跑出去，是去找芷寧了？許嬤嬤，妳派個人去問問。」

永壽堂，沈老夫人一踏進屋子便道，手中還不停地轉動著佛珠，面色極為不好。

「老奴已經讓人去問了，不過老夫人先消消氣，大爺也是知道您的脾性，這才想著讓您回來休息，西園那邊還有得吵呢！若是您的身子氣壞了可不好，還是先將今日的藥喝了。」許嬤嬤扶著沈老夫人坐下，將藥碗遞到沈老夫人的案桌上。

隨之嘆了口氣。

李知甫先生的靈堂設在西園，擺滿七天七夜後再出殯。去世的消息傳開後，無數人前來吊唁，西園哭聲不絕。李氏宗族的人也來了，這李先生本就是李氏的旁支，父親李顧行早亡，由其母余氏帶大，從未受過族內什麼恩惠，也就沒什麼牽連，本以為李氏宗族們是本著善意來的，未想到吊唁完，那些人就將余母叫到了側屋，開始分割李先生的遺物了。

「欺人太甚！」沈老夫人串有佛珠的手拍著案桌，發出相碰的響聲。「當年李知甫父親去世，那余氏一人帶著孩子，過得淒慘，他們族內別說接濟，還挨個兒上門逼迫那余氏再嫁，好把留下的那點薄產給占了，好在老爺念著與李知甫父親同窗情誼，給了那母子倆一個住處，沒想到他們當年無恥，今日還是這般無恥！」

許嬤嬤想到方才那場面，李氏宗族來了好幾人，就坐在與靈堂相隔不遠的屋子裡，靈堂內還有人在哭喪，他們在這邊就逼迫著寡母交出東西。

「老奴也從未見過這麼不要臉的人，可老夫人，他們就是打著不要臉的名號說這是李家的家事，剛才那楊大人不就氣得臉都脹紅了，想訓斥那李老太爺，卻被人一句話就堵了回來。我們大爺更別說了，想將他們攆出去，可人就偏偏坐在堂上，毫不知恥啊！要老奴說啊，大爺平日裡糊塗，但這關鍵時刻還是能頂事的，這會兒老夫人您確實不能待在那裡。」

許嬤嬤繼續說道：「您待在那裡，那李家人恐還忌憚著齊家，您要是氣不過說上那麼一、兩句話，回頭他們轉頭就出去說我們沈家仗勢欺人，到時候這邊的事情沒解決完，那頭又起風浪，真是說都沒處說啊！畢竟老祖宗的規矩壓死人，李先生沒個孩子，余氏又是女子，繼承不了東西，按著規矩來，家裡沒個男丁只剩個寡母，確實會由親近的姪子或是族裡出個人來繼承，他們做得再不地道，情理上過不去，可規矩確實是這麼個規矩。」

「現在倒是說起規矩來了，當年剩他們寡母獨子時，可曾按照規矩接濟？」沈老夫人冷聲道：「派去的丫鬟還沒回來嗎？罷了，我想想那姓陳的小子就是去找芷寧了。」

沈老夫人說到這兒，停頓了一會兒，看向許嬤嬤道：「妳確定李先生收了芷寧為徒嗎？這師徒關係可不能隨便說，是要記上去的。若真是，那今日這事還有轉機。」

許嬤嬤點點頭確定道：「老奴聽五小姐提過一嘴，想來五小姐不會隨口說這事。老夫人說得對，若李先生之前真收了五小姐為弟子，那便可以繼承。古來這樣的事也不少，都是膝下無子的，便由徒弟來繼承，只要將東西拿到手，回頭再交給余氏。可五小姐也是女子，恐怕李家人還要拿此事做文章。」

「女子無妨，現在缺的就是那個名義，余氏沒有那名義在，老祖宗的規矩就是不能繼承，可芷寧是關門弟子的話，是有那個名義在的，畢竟老祖宗的規矩可沒說女弟子不能繼承。」沈老夫人慢慢道：「就是這樣，我怕那李家人還不肯放棄，畢竟李知甫的東西，真要派上用場，還可以為他們博個前程，除非他們不敢拿這來博前程。」

說到這兒，沈老夫人面色凝重，陷入了沈思。

「老夫人，老奴不太明白。」許嬤嬤面上出現疑惑。「什麼叫不敢拿這來博前程？他們這般不要臉，拿李先生的那些遺物與書籍去找個大儒拜師，靠著那大儒推舉進入官場也並非不可。」

「可若無大儒肯接受呢？若接受了便得唾棄呢？」沈老夫人凝眉道：「他們李家人怕的是沒前程，若他們知道今日硬要搶這東西，今後非但沒前程，恐還會連在江南的地位都不保，他們可還會爭？妳方才說得對，齊家與沈家的分量不夠、確實不夠，我得給芷寧找個有力的靠山。」

沈老夫人一說完這話，立即起身，語氣犀利堅定。「妳去拿紙筆來，我寫兩封信去京都。」

西園已是鬧得不可開交。

李家來了三人，李家族長李譽與其子李全濟，還有他那孫子李鴻業。

沈淵玄方罵完，李全濟道：「沈大人，我敬您叫您一聲沈大人！今日這事，一是我們李家族內的事，二都是祖宗規矩，我們可都是按著規矩來的，半點都沒逾矩啊！父親您說是不是？知甫他沒個兒子，理應他的一切財產與遺物都要給他最親的姪子鴻業來，這事向來都是這麼辦的，回頭出殯這牌位就由鴻業來抱了，也算是對你伯父盡了一片孝心。鴻業，知道了嗎？」

「父親說得是，以後我每到清明，也會給伯父祭奠。」李鴻業回。

屋內已是劍拔弩張，沈淵玄聽了這番話，當真是氣得說不出什麼話，楊建中更是一臉怒氣看著李家三人。

余氏哭得淒慘。「什麼一片孝心？我們母子倆當初差點餓死的時候，你們可曾在手縫中流出半個子兒給我們母子？現在我兒死了！你們倒要來爭他的財產了？狼心狗肺的東西，我兒靈堂就在一旁，你們今日就來吵他的安寧，你們給我滾！滾啊！」

余氏把茶碗往站著的李全濟摔去，茶水潑了他一身。

「妳這老東西——」

見李全濟要動手，楊建中立即拍桌。「你這孽畜今日敢動手，隨後就跟我回衙門！」

第四十章

李全濟訕訕看了一眼楊建中，又挺了挺腰背，冷哼一聲。「我也不跟你們多廢話，今日就一句話，知甫的財產、遺物我們拿定了，這本來就是明面上的規矩，我們也沒做錯。妳說妳都這麼大歲數了，用不了幾個錢，半隻腳都要踏進棺材了，還守著那些東西幹麼？難不成還要帶進棺材裡嗎？」

余氏被這尖酸刻薄的話氣得捂著胸口。「你們這是強盜啊！我告訴你們，今日你們要拿走，除非我死了！就算拿了又怎麼樣，出去照樣被戳脊梁骨，你們半夜可睡得著啊？」

坐著的李家族長李譽拿起枴杖狠狠敲了幾下地面，那渾濁的雙眼一直盯著余氏。「妳也是個貪的，妳說說妳一個女人，做妻子、做母親，哪一項做好了？當年我就勸顧行，把妳休了再娶一個，他不聽，年紀輕輕就被妳剋死。當時妳說我們誣衊妳，現在連顧行的獨子都被妳這女人給剋死了，就妳還活著，剋夫剋子，害了我們李家的男丁，妳怎麼還有臉說出那些話來？」

余氏睜大眼，不敢相信地看著李譽，眼淚直流。「大哥，你說的這些話，可要摸著良心說啊！我嫁入李家以來，是勤勤懇懇相夫教子……」

這世上，或許再也沒有比獨子死後還要被罵剋子更傷人的了。

「說什麼相夫教子？人都死了，又沒個兒子，繼承什麼啊？」李全濟一擺手，滿臉的不耐煩。「帶我們過去拿東西，否則今日你們誰都別想安生！」

此話方落，屋外的陳沉就衝過來，撲到李全濟身上，拳頭死命往他臉上揍。「你他媽再給老子說說看！」

李全濟被打得哀號，李譽一下站起身，還未說什麼，就見門口走進來一女孩，擋在了余氏前面，那雙眼眸平靜地看著他。「師父膝下是無子，可他還有我這個弟子。今日師父的財產與遺物，你們李家敢拿走一分一毫，衙門公堂上必有你們的位置，你們大可試一試。」

女孩身形嬌小，氣勢卻是撲面而來的凌厲。

李譽甚至都愣了一下，很快反應過來，先讓鴻業把人拉開，接著沈著臉問：「妳又是何人？」

「這是沈家的姑娘沈芷寧，是知甫生前收的關門弟子！」楊建中見有轉機，開口道：「知甫沒有孩子，但還有這弟子，對她視如親子！你們趕緊滾出沈家！再不滾我要請人了！」

「笑話！這不知道從哪兒來的黃毛丫頭就想糊弄我？我可從未聽說過知甫有收過什麼弟子，你們好啊，還想起招來了。」李譽冷笑著坐下。「今日不走了，全濟，明日讓其餘族人也過來，看看要耗到什麼時候！」

「你們敢來，我見一個、殺一個！」陳沉指著李譽道，眼神中滿是戾氣。

沈芷寧給陳沉遞了眼神，讓他不要再說話，她上前兩步，語氣冷靜至極。「這世上你沒聽過的事可多了去，更何況是你們早就沒有聯繫的先生。我是先生弟子這件事，西園玲瓏館和深柳讀書堂何人不知，你大可去詢問一番，大家都是江南名門出身，難道會騙你不成？除非，今日是就算我是先生弟子，你們也不想認。」

李全濟捂著被打的臉跳出來。「認又怎麼樣，不認又怎麼樣？就算妳是知甫弟子，但妳是個女的，以後遲早要嫁人，妳難道還要搶了李家的東西嫁到別家嗎？」

「如果她要嫁的是顧家呢？」

沈老夫人嚴厲的聲音從屋外傳來，眾人一下看了過去。

許嬤嬤攙扶著沈老夫人走進來，沈老夫人掃視了一圈全場，又重複了一遍道：「如果我這孫女嫁的是顧家呢？」

沈芷寧愣在原地，似乎不太明白祖母說的到底是何意。什麼嫁給顧家？祖母所說的顧家，難道是京都那顧家嗎？可她怎麼會嫁到顧家去？明明八竿子打不著的事！

「沈老夫人，有些事可不得隨意亂說，妳說妳母家齊家的女兒嫁到顧家老夫還信，可沈家的女兒？」李譽用枴杖敲了下地面，絲毫不信沈老夫人說的話，平靜道：「這說出去有誰會信？妳真當老夫是三歲小孩來哄啊？為著知甫這事可真是用盡了招啊。」

沈老夫人由許嬤嬤扶著，走到了李譽旁邊的太師椅，坐了下來。「李族長，多年前我與你就已見過面，這麼多年下來了，我的為人你還不清楚嗎？我說出來的話是隨意胡謅還是真有其事，你自己心裡有數，何必嘴硬？芷寧的親事就是顧家，待過幾日聘書下來，那聘書還能作假不成？」

沈老夫人的話極為堅定，根本容不得質疑。李譽聽了沈老夫人這番話，微微皺起了眉，流露出一絲焦躁，沈默了好一會兒。

沈芷寧一看這發展，就知祖母的這番話對這不要臉的三人有多大的打擊，高興之餘，還有著幾分不安與僥倖，或許祖母這次當真是說說，騙他們，而不是真有這麼一回事吧？

李全濟不知事情之嚴重，見自己父親沈默，一時著急道：「父親！什麼與顧家訂親，您還真信這老太婆不成？就算真訂親了——啊！」

李全濟的話未說完，就被李譽一枴杖打到了身上。「混帳！什麼都不懂！」

李譽陰沈著臉，老臉本就蒼老如樹皮，眼下更是瞧著讓人害怕，他看了一眼一旁的沈老夫人。

這老太婆確實從來不會撒謊，況且訂親這樣的大事也說不了謊，她就算是現下使計逼他們走，回頭知道了，還能擋住他們不成？

那就是真訂親了……

沈家不足為懼，這老太婆雖說母家是齊家，可到底沒那麼大的能耐管到江南，或是與那麼多的大儒有關係，但顧家不一樣，這黃毛丫頭是李知甫的弟子，還與顧家訂親了，那事情太棘手了。今日他們硬要拿走李知甫的財產與遺物，無非就是為鴻業博個前程，這前程從哪兒來？

無非在那些大儒與京都文官身上，就算當不了官，再不濟，憑藉著這些東西，也能開個書院與沈家書塾拚一拚，可若是與顧家作對上了，以顧家在文人中的勢力，他們李家豈不是條條路都走不下去？指不定連現在在江南的地位都不保，還談什麼前程？

李譽不說話許久，最後掃視全場，起身冷哼一聲，先一步走出了大門。「走吧，還在這兒幹麼？」

李全濟焦急追出去。「父親！就這麼走了嗎？」

見父親與祖父都走了，李鴻業也不敢待下去了，忙匆匆跟上出了大門。

人走了之後，楊建中的怒氣還未消。「從未見過如此無恥之人，偏生還找不到辦法治他們！這次多虧妳了，沈老夫人，總算是保住了知甫最後的那點東西。」

沈老夫人慢慢道：「好在知甫還收了芷寧這個弟子，有這個名義在，比什麼都好說，至於知甫的那些東西。」說到這裡，沈老夫人看向余氏道：「李老夫人，財產我們斷然不會拿的，至於那些書籍與文稿，您打算怎麼處理？」

「沈老夫人，此次多謝您幫助了，我兒向來清貧，也未留下幾個錢，而那些書籍、文稿，我這老婆子拿著也沒什麼用，不知該如何辦好。」

「不如留給芷寧吧。」楊建中在旁聽了。「芷寧是知甫的弟子，以後也可承師業。」這是個不錯的法子，在場眾人都點頭贊同，除了余氏，她不說一句話，見沈芷寧看過來，她抬頭，眼神極為偏執堅定。「留在沈家，留給其他孩子都可以，唯獨沈五小姐不行。」

此話讓沈芷寧心中一驚，師父的母親那眼神，讓她有些不知所措。

楊建中與沈淵玄相視一眼，很是疑惑地道：「芷寧是知甫的關門弟子，且很得知甫看重，她應該是最有資格繼承書籍與文稿之人——」

「我聽說過沈五小姐與秦北霄的傳言，二人頗為親密，在西園的人都差不多知曉吧？許是坊間都有傳聞了！」余氏突然道，眼中滿是恨意。「而那殺千刀的秦北霄可是害我知甫被殺死的罪魁禍首之一，我不知沈老夫人說的那什麼婚事是真是假，以後沈五小姐嫁到哪家我也不在乎，就怕沈五小姐以後會同殺了自己師父的凶手喜結連理，那我兒怎麼死得安寧？」

沈芷寧身形一顫，她沒想到師父的母親竟真恨上了秦北霄，可這事、這事，與他真是無關啊！

沈芷寧連忙開口道：「太師母，師父被射殺一事明面上雖是安陽侯府所為，可實際上還有待調查，安陽侯府之人早已伏法，又怎麼會突然跑出那些人去殺師父，那與秦北霄更是——」

「就是他！就是他！若不是他將安陽侯府的事捅破，就不會有今日的事，我的兒就不會死！」余氏提及這件事就滿目赤紅，只信那些凶手的話，只想著把那些無盡的怒氣與悲慟瘋狂釋放出來，她開始哭起來道：「活生生被射了三箭啊，得多疼啊？妳別叫我太師母！沈五小姐，知甫是妳的師父，妳還要替那秦北霄說話，妳要有點良心啊！」

沈芷寧想起了秦北霄，不知怎的，也紅了眼眶，狠狠咬了下唇道：「太師母，我不是沒良心，我也不是為了師父的遺物才反駁您，只是，不能冤枉秦北霄。」

她很想為秦北霄辯解，安陽侯府一事若不戳破，沈家面對的可是滅頂之災，此事眾人皆知。去除了私情，秦北霄之於沈家也是恩人，但看著余氏眼神彷彿將此股恨意當成了支撐自己的信念，這是師父唯一剩下的親人，她實在說不出口。

「什麼冤枉，這是那些畜生親口說的，難道他們殺了人還要撒謊不成？」余氏死死盯著沈芷寧道：「我如今知道妳的想法了，果然傳言不假，妳真對那秦北霄心心念念，那秦北霄可是殺了妳師父！就這樣妳還想當妳師父的弟子？反正還未記上冊吧？既然我兒死了，我就替他做主，這簿子也不用記上去了！就當知甫沒妳這個徒弟，我寧願把東西都讓給那李家，也莫叫妳這徒弟幫我搶回來！」

就當師父沒她這徒弟。

此話入耳，沈芷寧心口一抽痛，眼淚直直掉了下來，慢慢跪下來道：「太師母，我是師父的徒弟，生生世世都是師父的徒弟，您不能這麼做，也萬萬不能把那些遺物交給李家，那些都是師父大半輩子的心血啊！」

「不交給他們，難道交給妳嗎？」余氏痛心疾首道：「若妳真是知甫徒弟，妳還認妳師父，為何要替殺了妳師父的凶手說話？妳不應該與我一樣對他恨得要死嗎？是不是我今日不說，以後妳還要與那殺了妳師父的凶手更為親密，妳不該！」

沈老夫人嘆氣，開口。「李老夫人，我知您失獨子，有些事啊，轉不過彎來——」

「沈老夫人，若您失子，站在我如今這位置上，這明擺的凶手，您可能轉過彎來？更何況本就不是彎！」余母哽咽道：「今日多謝老夫人與兩位大人幫忙，只是以後莫再說沈五小姐是知甫的弟子了，我兒沒有這樣的弟子。」

沈芷寧聽罷，無盡酸澀與委屈上湧，可又不知怎麼同余氏說。

她是師父的徒弟不是嗎？可太師母現在不認她。她本想著，以後就將師父現在所做的事接著做下去，將他編纂成冊的書籍與文稿，一一傳揚開來，完成師父海晏河清之願。可現在，太師母不給，一切都不能了嗎？

沈芷寧擦去眼淚，跪在余氏腳下，扯著她的衣裙嗚咽道：「太師母，那我怎麼樣您才認？我一定改，一定改。」

師父是她害死的，她要完成師父的願望，她要做師父未做完的事，她要代替師父活在這個世上。

余氏看著腳下哭得淒慘的女孩，沈默許久，毫無情緒道：「那我要妳以後與那秦北霄斷絕聯繫，永不往來，在吳州為妳師父守孝三年。」

斷絕聯繫，永不往來。

沈芷寧從未覺得這些字合在一起會這麼傷人，單單聽在耳裡，都覺得心被刀割著，她的腦海裡全是秦北霄，想起那個時候他冷淡的樣子，可他不過對她冷淡幾句，她都受不了，更何況其他的呢？

余氏見她不說話，立刻就要走，被沈芷寧拽住，她壓著顫抖的聲音。「我答應。」

一直站在門口的陳沉，多年後，也從未忘記今日之場景。

天地在上，靈堂哭喪聲綿延不斷，單薄嬌小的女孩跪在屋子中央，對著壁上掛著的菩薩像豎起三指道：「信女在此起誓，此生與秦北霄之緣分，薪盡火滅。信女誠心為師父守孝三年，往後，繼師父之遺願、承師父之遠志，永不後悔。」

隨後，她深深一磕頭，陳沉看到了她微微顫抖的肩膀。

沈芷寧在靈堂給李知甫上了三炷香，就一直待在靈堂，晚間時，才回了永壽堂。

沈老夫人見沈芷寧魂不守舍，整個人如行屍走肉般走進來，而那雙眼睛像是哭多了，已經流不出淚來，不由得心疼，起身拉她坐於榻上，對一旁的許嬤嬤道：「妳去拿塊熱毛巾來。」

許嬤嬤一直心疼地看著沈芷寧，應了一聲。「老奴已經備好了，這會兒就讓她們拿來，五小姐一天未吃東西了吧？待會兒吃點墊墊肚子。」

沈芷寧一直低著頭，未說話，墨髮垂於脖間，也遮擋著她半邊臉。

「這才第一天守靈，還有六日，妳這般下去，身子怎麼吃得消。」沈老夫人拉過她的手，嘆了口氣道：「祖母知道，妳這傷心不只因著李先生，還有那秦北霄，我知我現在說這話，妳許是要更傷心，但有些話還是要說在前頭好。

「妳與秦北霄，就算李老夫人不阻撓，也難成事。」

沈芷寧手指微動。

沈老夫人繼續道：「那李家三人拿著老祖宗的規矩來搶遺物，偏生沒法子治他們。今日我知妳確為李知甫弟子，雖有了正當的名義，可還不足以讓他們退卻，唯有給妳找個有力的靠山。我今日寫了兩封信去京都，一封寄去齊家，一封寄去顧家，為的就是這件事。

「寄去顧家的那封，是給顧老夫人的。顧家正在相看顧家三公子的親事，我求顧老夫人幫忙，先與妳訂親，並非真正讓妳同他成親，而是解如今的燃眉之急，待事情過去後、或是等妳三年守孝期過後，妳再去京都，便可將親事解了，畢竟此事只是一個幫忙罷了，到那時，一切已成定局，那李家想拿遺物也沒法拿了。」

沈芷寧沒說話，攢緊了拳頭。

「寄去齊家的那封，是給妳舅祖母的，訂親是大事，如今我們沈家不在京都，只得靠齊家與顧家走動，再過些日子，婚書許是要下來了。」

第四十一章

聽到這裡，沈芷寧頭垂得更低，哽咽道：「祖母，真的沒有任何辦法了嗎？」

她想等秦北霄回來的，想等他回來提親。這一世分明脫離了抄家之災，可為什麼安陽侯府落網後一切都變了？先生死了，秦北霄也被困在京城出不來，這邊，她竟還要跟她從未見過面的人訂親。

雖說是假的，可秦北霄不會知道這是假的。她要與他斷絕關係了，她也絕不能說是假的，只能承認這是真的，即使是面對他也不能說。他要是知道了信誓旦旦說要等他回來的沈芷寧，轉眼之間就要與他人訂親，他會怎麼想啊？

沈芷寧想都不敢想秦北霄會怎麼想自己，搭在裙襬上的雙手緊攥著，感覺整個人在彷徨無助的黑暗中。

「有捨有得，妳選擇了師父，便好好放下這段感情吧。」沈老夫人一邊撥著佛珠，一邊慢慢道：「諸法因緣生，諸法因緣滅。妳與他或許本就無緣，當初妳一意孤行救下了他，與我說的是不能見死不救，救下他便好了，如今這不是已經達成了？那其他的就不要奢求了。」

沈芷寧身子一僵。

祖母說得不錯，她與他確實無緣，上一世，她與秦北霄不過那東門大街的一面之緣；這一世，開始也是她的一意孤行與他牽扯到了一起。如今恩報了，願望也達成了，當初想要的、想改變的都已得到了。

他走他的權傾朝野之路，她過她平靜安寧的一生，這應該是她原先想好的。甚至可說，有了師父的前車之鑑，她遠離他會對他更好。萬一她又說了什麼，讓他碰上了意外呢？此生兩人就此分離，是最好的。

可，一想到他，就是鋪天蓋地的悲傷吞噬著她，說話、走路，都得用盡力氣去掙扎。

沈芷寧垂眸，聽著自己蒼白的聲音道：「祖母，孫女明白了。」

出了祖母屋子，沈芷寧停在廊檐下。

今夜空中無月無星，這幾日，沈府的燈火似乎都比平日裡黯淡許多，她站了許久，隨後去往西園守夜。

到了第七日，先生遺體入棺，出殯。

從西園出發，去往墓地，一行隊伍浩浩蕩蕩，沈芷寧扶著哭得身子快撐不住的余氏走在最前面，一旁無數人撒著紙錢、拿著白幡，所經之路，滿眼的白茫茫。

從一個街巷走到另一個街巷，吳州的百姓皆在兩旁，也有隨著隊伍一道行走的，送殯隊伍越來越長，哭聲本是壓抑著，後有一子從兩旁衝出，哭著跪倒在棺材旁。「先生！」其聲撕心裂肺，聽得眾人更為動容，哭聲從壓抑變得釋放，連綿不斷，響徹上空。

沈芷寧回頭看著眾人，再落於棺材上，淚水直湧。

雲水蒼蒼，江水泱泱，先生之風，山高水長。

傍晚，京都秦家別院。

馬匹沿著大門口的大道飛馳而來，韁繩狠狠一勒，駿馬一陣嘶鳴，男子翻身下馬，早就站於一旁候著的小廝忙接住韁繩。

「今日可有來信？」秦北霄徑直大步走進門，問迎上來的小廝觀文。

「今日未有來信。」觀文立即回道：「不過吳大夫今日來了。」

到底身子傷著，吳大夫隔一段時間便來把脈一次。

秦北霄什麼話都未說，但臉色冷淡了些許。按理說，應當來信了才是，這般想著，往正堂走去，進了正堂後，讓吳大夫給他把脈。

「秦大公子心火躁啊！」吳大夫道：「這兩日刑部有何難事嗎？」

秦北霄眉頭微微一蹙，吳大夫繼續道：「身子比之前好上許多了，秦大公子也莫要操勞，好生休養才是。」

「你又不是不知我如今境況。」秦北霄收回了手，隨意理著袖釦，眼角微抬看著吳大夫。「這好生休養，也得有命休養。」

吳大夫無奈道：「是，秦大公子，老夫再給您多開幾副藥吧。」

「吳大夫請。」觀文引著吳大夫打算出屋門，未料剛出門就撞到了蕭燁澤，觀文被撞倒在地，蕭燁澤來得又急又快，根本顧不上他，直接進屋道：「秦北霄！你可知道吳州發生了什麼事？」

秦北霄一聽到吳州兩個字，面色一下凝重起來。

蕭燁澤甚至都未坐下來，看著秦北霄，想到方才聽來的消息，也是悲從中來，紅著眼眶道：「李先生去世了。」

秦北霄立即站起身來，沈聲問：「先生去世了？」

蕭燁澤撇開頭，用袖子隨意擦了下眼角。「是，楊建中的人快馬加鞭趕回京，進京就直奔父皇那兒報信，我一聽聞消息就趕來了，說是被人刺殺，安陽侯府逃出來的那些護衛幹的，被射中三箭而亡。」

說到後面那句，蕭燁澤已有些哽咽。

秦北霄整個人變得陰沈。「安陽侯府？楊建中好個庸人！說什麼便信什麼，安陽侯府早就被查抄得乾淨，相關人等不是被殺的殺、斬的斬，哪還有什麼流亡之人？他還敢報上來！定是他勸李知甫來京，許是說動了李知甫，此事被人知曉……不是安陽侯府，我親自去查！」

說著，就要出屋門，被蕭燁澤攔了下來。「你瘋了？你現在離不了京！整個京都都對你虎視眈眈，刑部和秦氏都盯著你，就等著你犯錯！你一離京就是一本參摺，到時候他們壓著父皇罰你入獄，誰救得了你！」

「難道就讓楊建中那廢人查？查不出來怎麼辦？先生就這麼白死了？」秦北霄冷聲道。

蕭燁澤突然間沒說話，看了秦北霄許久，慢慢道：「先生的事，楊建中定會盡全力去查的，我來，還有另外一件事告訴你。」

蕭燁澤對上秦北霄的眼神，突然不敢將話說出口，他竟害怕秦北霄知道這件事。可必須得讓他知道。

蕭燁澤輕聲道：「沈芷寧，與顧家訂親了，對象是顧三，顧熙載。」

這話說完，蕭燁澤等著秦北霄反應，他面色與平常無異，眼神幽深，像是沒聽到這句話一樣。而後，他慢慢道：「我不信。」

「我今日特地趕來，為的就是這兩件事，你應該知道我此刻所說並非假話，齊家的齊老夫人已上了顧家的門，將婚事決定了，過兩天整個京都就會傳遍了！」

「我說了，我不信。」秦北霄的眼神狠戾至極，死死盯著蕭燁澤道：「她說過會等我回去。」

「這訂親乃事實！就算你不信，事實便是如此，你改變不了！沈芷寧說等你回去，她改變心意了也說不定，這都是說不準的。」

話音剛落，蕭燁澤脖間就感受到一片冰涼，對上的是秦北霄凜冽的眼神。「三殿下，我警告你，此事莫要再胡說。」

蕭燁澤簡直要被氣笑了。

見蕭燁澤未再說話，秦北霄才收了袖刀，轉身就往外走。

蕭燁澤突然有種不好的預感，連忙跟了出去。「你去哪兒？」

秦北霄不說話，直往大門走。

「你不會要去吳州吧？」

聽到這句話，秦北霄停住腳步，沈著嗓子道：「我要去問個清楚，我只信她所說。」隨後，闊步走向門口。

「瘋子瘋子！你不能離開京都！你若是離開了，等你回來你就完了你知道嗎？」

蕭燁澤追到門口，只見秦北霄翻身上馬，手中馬鞭一揮，駿馬直奔碼頭方向。

這夜，沈芷寧放下了手中的筆，輕揉著手腕。

在旁伺候的雲珠見著，忙上前替沈芷寧揉著，邊捏邊揉道：「小姐歇會兒吧，近日來已抄了不少佛經，這些也夠用了。」

沈芷寧未說話，整個人有些木愣，轉過頭看向雲珠，視線掠過蠟燭時，卻不自覺用袖子遮擋了下眼睛，輕問道：「為何燭火還是這般亮？」

雲珠心中一陣苦澀，這段時日下來，姑娘的眼睛都快哭瞎了。姑娘每每在外都是一派和善堅強，可她們日夜在身旁伺候的，怎麼聽不到她半夜壓抑的哭聲。

這燭火的光亮與以前一樣，偏生姑娘哭了這大半個月，眼睛已見不得這亮光了。

雲珠壓下喉間的酸澀，扯著笑容道：「是太亮了些，奴婢換個燈罩來便好了。」說著，便出去拿了個燈罩，換好後，又將原燈罩拿了出去，過了一會兒進來，面容卻是一片焦急與慌張。「小姐，小姐。」

邊說，還邊往外瞧了幾眼。

沈芷寧抬頭見雲珠神色。「怎麼了？」

「是明瑟館的小廝過來了，是之前伺候過秦公子的，說……」雲珠猶豫著，卻見小姐聽到秦公子三字立即起身，便趕緊將話說了。「說有人在明瑟館等著姑娘，姑娘——」

雲珠的話未說完，沈芷寧已提裙跑了出去。

秦北霄站在明瑟館的槐樹下，此處雖昏暗，但今夜月朗風清，可見緩緩落下的槐樹葉，還有衣袂微起。

明瑟館中響起了急促的腳步聲，從遠及近，踩在鋪滿槐樹葉的地上，沙沙簌簌，秦北霄立即轉身，只見沈芷寧已站在不遠處，未再過來。

他有點看不清她的面容與神色。

從京都到吳州，他一路趕過來，在路上想好要問要說的許多話，突然之間感受到她與他這樣的生疏，所有的話似乎都堵在喉嚨間，一句也說不出口。

「阿寧。」秦北霄喚了她，又頓了頓，小心笨拙地道：「我聽蕭燁澤說，先生去世了。楊建中的人回京報信，說是安陽侯府的護衛做的，我覺得不是，定還有他人在謀劃。」

沈芷寧在陰影之中孤零零地站著，沈默，許久之後，帶著些許鼻音的聲音傳來。「我也這麼覺得。」

「妳生病了？」秦北霄聽她聲音的異樣，立即道。

「我未生病。」她沒有立即回答，過了會兒才回道，這回的聲音清晰了許多。

聊了這兩句，秦北霄雖不知道為何沈芷寧要離他這麼遠，但未感受到她對他的排斥，方才一直懸在空中的心緩緩放了下來，他上前兩步。「我會與楊建中說此事，人逝已成事實，妳莫要過於傷神傷身。」

他說完，見她在他上前那兩步時退了兩步，與他相距更遠了，秦北霄的眼底暗沈一片。

「你莫要再過來了。」她的聲音似乎又恢復到剛開始的那種鼻音。

秦北霄沈著氣，卻啞著嗓子道：「為何不過來？這才多久未見，妳與我怎麼生疏至此？」

她不說話，唯有風吹動樹葉的聲音。

秦北霄的嗓音更啞。「我過來之前，蕭燁澤還與我說了另一件事，他說，妳要與顧三訂親，妳說他是不是腦子糊塗了，這種事也拿來胡說——」

「他並非胡說。」沈芷寧這回的聲音很清晰。

秦北霄盯著陰影中熟悉的身形，心口那處隨著她接下來的話，一陣接著一陣抽痛，痛得他頭皮發麻。

「他並非胡說。」她又說了一遍。「我是要與顧熙載訂親了，這是沈家的想法，也是我的意願。之前與你定下承諾，是我太過幼稚，我向你道歉。秦北霄，我如今後悔了，以前我與你說過的話，就……就當不作數吧，以後我與你，也莫要再聯繫了。」

莫要再聯繫。

秦北霄腦子是嗡嗡的響，緩過那些疼痛，他慢慢道：「阿寧，我知妳是什麼樣的人。我與妳之間的承諾，就算妳再輕率，也不會像那日一樣回應承諾於我。李先生的去世，是不是給妳帶來什麼麻煩了？妳將事情說出來，我們一起解決，不要……不要與我說莫要再聯繫。」

沈芷寧沈默了，在秦北霄又想說什麼時，她開口道：「我與你相處未久，十年都未能見人心，你又怎知我到底怎麼想的？」

她停頓了一會兒，又繼續道：「你莫要將我想得太好，我當初救你，說什麼不能見死不救，那都是騙你的。我是聽了祖母與大伯說話，說你是京都秦家出身，那秦家又是世家門閥，可比我們沈家有氣派多了，我想著救你，以後你有身分地位了也能念著我，能給我帶來好處罷了。」

「我不在乎。」秦北霄直接接著沈芷寧的話，聲音堅定認真。「我不在乎妳接近我的真正目的是什麼，我更不在乎妳是不是看中我的家世，我的身分與地位，我什麼都無所謂。阿寧，妳要什麼好處，儘管來拿，我有的都給妳。」

只要妳別說那句話。千萬別說，阿寧。

「我不愛你。」沈芷寧冷漠道。

此話落於耳中，秦北霄感覺喉間一陣腥甜。

他竟不知，這幾個字會傷人至此。

她又重複了一遍，語速甚快。「我不愛你，我對你說的那些話，都是假的、都是謊言。我只是覺得你的家世好，適合我罷了。可現在我與顧家訂親了，這親事比起你來說，不是更好嗎？人往高處爬，我選擇更好的親事也正常。聽說顧熙載相貌堂堂，更是才華橫溢，以後便是顧家家主，而秦大公子你，無論哪個方面都及不上他吧？」

秦北霄輕笑出聲，抬手用指腹，一點一點，抹去嘴角流下的血跡。「沈芷寧，這就是妳的心裡話？」

槐樹底下一片沈寂。

最後，沈芷寧還是嗯了一聲。「是，我說的都是我的心裡話。」

「看來，我再糾纏沈五小姐，便是擋著沈五小姐的錦繡之路了？」秦北霄的臉浸於黑暗之中，聲音淡漠。「顧家挺好，顧熙載不錯，沈芷寧，妳比世上最好的刀刃都要厲害。遂沈五小姐的願，以後妳我形同陌路。」

說罷，秦北霄直接往明瑟館院門走，與沈芷寧擦肩而過時略停頓了一下，卻連看她也未看一眼。之後，再未停留。

待秦北霄走了，明瑟館恢復死寂。

沈芷寧呆站了一會兒，才癱軟在地，壓抑著哭聲，撕心裂肺。

至此，她與秦北霄，是再無可能了。

她說她不愛他，她說秦北霄什麼都及不上顧熙載，她將他們之間所有的感情都否定了，將她與他之間最真摯的愛毀了，甚至還死命貶低了他。

那麼高傲的他，竟被他喜歡的人貶低說不如另一個男子。

他會恨死她的……沒了，一切都沒了。

沈芷寧不知哭了多久，最後無力癱在了那片槐葉地上，隱隱約約間聽見雲珠叫她的聲音，她累得不想回應，她實在太累了。

只覺得所有東西都是輕飄飄的，而她的眼前是一片模糊。

她見到了雲珠的繡鞋，聽見雲珠喊著叫著。「快來人啊，五小姐暈倒了！」

混亂之中，她似乎被人抬回了永壽堂，抬回了熟悉的床榻之間。

聲音更嘈雜了，有祖母與許嬤嬤的聲音，還有娘親焦急的呼喚。她很想說，別擔心她了，她會沒事的，只要睡一覺就好了。

可她的喉嚨似被堵住了，就算用盡全力都說不出一句話來，只感覺眼角滾燙的淚水流下。

她突然間好想叫秦北霄回來。

若那些事都沒有發生，她今日應當會撲到他懷裡，開心地與他說近日來發生的事，還有指責他是不是沒有好好吃飯，為何瘦了？

他確實瘦了，她今日看到他瘦了許多。

她應當還會摟著他的腰撒嬌告訴他，她真的很想他，他的信她每日都要看上許多遍，連晚上作夢都會夢見他。

秦北霄肯定會很高興，她也會很高興，而不是像今日這樣。

沈芷寧想得越多，越是痛苦，最後嗚咽出聲，心火上湧，暈了過去。

第四十二章

京都秦家別院。

燈火通明，大門處站著無數刑部侍衛，為首之人姓秦名珩，乃秦家旁支子弟，腰別雁翎刀，聽得馬蹄聲從遠及近，隨即揮手轉身，那些侍衛一窩蜂往馬匹過來的方向湧過去，手上長刀還未近那疾馳而來的馬匹，就被馬上男子的長劍瞬間劈過——

刀劍相碰，刺耳的錚錚之音。長刀皆斷，落於一地。

眾侍衛大驚，身體不受控制地向旁散開，任由秦北霄騎馬直至別院大門。

韁繩狠一勒，駿馬抬腿嘶鳴，秦北霄手搭於馬鞭上，淡漠的眼神落在為首的秦珩身上。

「好大的架勢啊。」

「誰能有大公子的架勢大啊？這一過來，就砍斷了兄弟們的刀。」秦珩掃了一眼滿地的刀刃，陰沈說道：「大公子，你可知你不能離京？」

說到這裡，秦珩袖中滑出一道聖旨，甩手攤開，厲聲道：「秦北霄！你明知故犯，擅自離京，我等奉命捉你回刑部受刑！來人，給我拿下他！」

這道命令喊下，周遭的侍衛卻是猶猶豫豫，不敢上前。

秦北霄輕掃全場一眼，嘲諷出聲。「就這麼點膽子，狗的膽子都比你們大，一群廢物，還要老子自己歸罪。」說罷，翻身下馬。

下馬那一刻，秦珩不自覺後退，意識到這一點後，連忙穩住身形，再抬頭時見秦北霄瞥過來的諷刺眼神，怒火更甚。「還不拿下他！」

這下，眾侍衛上前將人拿下。

秦珩這才滿意地冷笑。「大公子，你就好生認罰吧。多虧我父親在聖上面前為你求情減免了一些罪行，回頭記得給我父親磕個頭。」

「叔父原來是為我求情啊！我還以為是火上澆油巴不得我死。秦珩，這麼會說話，怎麼沒去閻王面前給你那早死的娘說說情、添幾筆壽命？」

周圍的侍衛都未見識過秦北霄的毒舌，如今見識到了，當即臉色一白，餘光再看，果見小秦大人氣得臉色脹紅，抬手就要拔刀。

剛一拔刀，就被秦北霄一腳踹回了鞘中。「差點忘了，你哪會說什麼情，你娘，不就是被你氣死的嗎？」

秦珩簡直要被氣瘋了。「你等著！秦北霄，等進了刑部大牢，有你苦頭吃！押回去！」

烏壓壓的一群人將秦北霄押到了昏暗的刑部大牢，五花大綁地用鐵鏈捆於木柱上，使人動彈不得，秦珩拿著沾鹽水的長鞭後，臉色才稍微好些，慢慢道：「大公子，說了只罰三十鞭，那這三十鞭你就好好受著，但我控制不好力道，要是將你打死了，算不得我的過錯。」

說罷，秦珩牙根一咬就用盡全力揮臂。

長鞭飛舞空中，連帶著鹽水都灑了一片，狠狠落在了秦北霄的身上，衣服頓時被打裂，裡面的皮肉肉眼可見的綻開，血液一下濺了出來。

秦北霄連吭都未吭一聲。

秦珩眯了眯眼，下一鞭更是用力，嘴裡喊著。「讓你囂張！還以為是以前的秦家大公子？我呸！」

而秦北霄，根本沒聽秦珩到底在說什麼。

至於身上的鞭痛，疼嗎，或許是疼的，被打上的那一刻毫無感覺，隨後那一片是火辣辣的劇痛，連帶著皮肉，席捲著全身。

可這些疼，怎麼比得過沈芷寧的話？

秦北霄咬牙切齒，只想著那日見沈芷寧的場景，她站在陰影中，說出來的那些話。

秦珩揮舞長鞭，落在秦北霄胸膛之上，便是響徹牢房的啪一聲。

她說，莫要再聯繫。

落於左臂。

她說，我不愛你。

落於右肩。

不愛他……她說不愛他，還說他不如顧熙載。

沈芷寧，妳當真好心機、好手段啊！前腳與我承諾相守，後腳便因有了更好的親事就將我踹開。如此輕諾寡言，如此愛慕虛榮。

把我踐踏、踩我入泥，我心裡竟還惦記著妳。我恨不得將自己這顆心剜出來，只當是餵了狗。

秦珩狠狠打完了三十鞭，眼前秦北霄已成了血人，似乎還有一點動靜。秦珩湊上去，發現秦北霄嘴巴在動，他湊近聽，隱約聽到了三字。

我恨妳。

秋陰不散霜飛晚，留得枯荷聽雨聲。

沈芷寧發了幾日的高燒，昏昏沈沈躺了數日，好不容易有點意識起身，便聽見屋外秋雨打葉，僅披了件外衣都覺得冷——吳州入秋了。

雲珠端著藥從廊檐盡頭過來，見沈芷寧披著外衣伸出手要去接雨，忙道：「小姐，小姐快些進去吧！您身子方好轉，小心又染了寒氣。」

沈芷寧縮回了手，收手之前，指尖還是觸到了一點雨滴，極冷極冰。她轉身一眼便看到了雲珠手裡的藥，很是熟練地接過來，一飲而下後道：「我想去一趟西園。」

雲珠剛想說天氣涼，可見自家小姐那木然慘白的面容，又忍不下那個心來拒絕，只開口道：「那奴婢給小姐拿件衣物，陪小姐一塊兒去吧。」

沈芷寧嗯了一聲。

準備妥當，二人從永壽堂出發，到了西園與沈府那道拱門處，卻見到了一個人。

陳沉沒想到沈芷寧這個時候會從沈府出來，一愣後，隨後眼神焦急地上下打量了她一番，發現她披厚實了，才溫聲開口道：「妳身子還未好，怎麼出來了？妳缺什麼、少什麼府裡沒有的，讓雲珠和我說一聲，我都給妳弄來不就好了？還須妳自己跑一趟嗎？」

沈芷寧沒有立刻回答，過了一會兒，才慢慢道：「我想去一趟深柳讀書堂，去看一下先生的那書屋。」

陳沉哦了一聲，走到沈芷寧身邊，將自己撐的油紙傘替了雲珠撐的。「我陪妳一道去吧，正好有事與妳說。」

通往西園的白石道上，雲珠在後跟著，見前面二人並肩而走。一人著了一身月白色直裰，另一人則在白衣外套了一件竹紋淺青色披風，二人慢慢走了好一會兒。

「再過些時日，我要去京都了。」陳沉先開口道。

先生的死還有很多蹊蹺，楊建中查到一半線索卻斷得差不多了，定是有人故意切斷的，那安陽侯府早落網了，哪還有這麼大的能耐，背後一定還有人。可他現在什麼都沒有，怎麼去查？唯有回定國公府一條路。他想過了，定國公府爭權他定要爭到手，到時，還可去搏一搏。

再加上，沈芷寧三年之後要去顧家退親，要是背後只有一個沈府，顧家可能不會把她放在眼裡，那個時候，她至少還有他，他會代替先生好好對她，不會讓任何人欺負她。

「京都？」沈芷寧重複了這兩個字，疑惑的眼神落在他身上。

陳沉點頭。「我有個親戚在那裡，我要去投奔他。妳放心，我會好好過日子，我等妳三年後來京都，到時妳也好有個照應。」

「你在吳州沒有親人，如若京都有親人，那確實好一些。」沈芷寧輕聲道：「你既然決定好了，那就去吧，一路平安。」

陳沉沒有說話，送沈芷寧到了深柳讀書堂之後，才道：「我會平安，妳也要平安。」

沈芷寧給了他一個笑，陳沉才放心地離去。

陳沉走後，沈芷寧進了李知甫的屋子，這屋子這段時日都有人打掃，乾淨得就像主人從未離開過一樣。她走到書案前，發現案桌上還留著先生寫的字，眼眶不由得一熱。

她伸手觸摸，摸到的第一下，就感覺到了不對勁，宣紙底下似乎墊著東西，她掀開一看，發現是一封信，信上寫著：沈芷寧收。

過。

這字不是先生的字，先生的字溫潤雅婉，而這字綺麗頎長，筆鋒處暗藏利芒，她從未見想到的人。

打開後，是寫得滿滿當當的一張紙。她看了第一行字，就知寫信之人是何人，也是她沒

這封信是江檀寫與她的，他與裴延世要去京都了。他未像其他人一般，問她安好，而是寫了之後她繼承了先生在深柳讀書堂的位置，該如何走接下來的路。

他寫了江南名門貴胄、文人派別，可拉攏的、要排除的，寫人情往來與世間的七情六慾，可利用的、要斬斷的。一一都寫在這張輕飄飄的紙上，每一句似乎都是用他經歷的人生來書寫。

沈芷寧知道，接下來她要在吳州走的路，定是極為艱辛的，她沒有師父的聲望，也未達到師父那樣的能力，更何況，眾人眼中她還是個女子。

而江檀的這封信，沈芷寧下意識覺得，如若她真的按照他所寫的一切做了，或許接下來在吳州走的路，不會有那麼多阻難，更不會那麼辛苦。但——

她的手指捏著信紙，最後，一點一點將信撕成了碎片。

但，終歸不是她與師父想要的。

「主子……」

屋外的人看到了沈芷寧撕了那封信，臉色煞白地看向前側的男子。

江檀面色不變，眼眸微動，看了屋子裡的女子許久才轉身離去，那小廝忙跟著，待出了深柳讀書堂，才聽見自家主子淡淡的聲音。「護好她的安危即可，其餘的什麼都別管。」

「可主子……她……」

撕了您的信。小廝不敢說出這句話，生怕激怒了眼前人。

「我從未指望她會按照我信中所寫，要的不過是她看過這封信。她看過了，以後心中也有數，自當知道哪些要避開，少走些歪路。」

江檀說完這句話，徑直走了。

屋內的沈芷寧不知怎的，似乎感覺屋外有人，但看向屋外時，廊檐下空無一人，唯有飄散的落葉。

她枕著自己的手臂，腦海裡想著許多人，有方才的陳沉、寫信的江檀、屋中的師父，與她想念的秦北霄。最後，她腦中只剩下這個西園書塾。

三年後，京都。

正值春闈放榜之際，風恬日暖蕩春光，有著鮮花著錦、烈火烹油之景。街巷上，紅妝春騎、竿旗穿市，更有寶馬雕車香滿路。城闕處，無數人馬與車輛來往不絕，有不少來自各地落榜的學子，也有不少身著儒衣的儒生進城為了新一年京都各大書院的招生。

周慕之在城門口等了好些時候了，也未在擁擠的進城人群中見到熟悉的身影，焦急地繞著馬車轉悠了好幾圈，無意中一瞥，眼睛頓時發亮。「遠深！」

他邊大喊著，邊從人群中將一身著白袍的俊秀少年拉了出來。「這兒呢！遠深，怎麼還往那兒看呢？」

那俊秀少年一愣，看清人後摸著頭笑了笑。「表哥。」

「是你周表哥！讓我瞧瞧，這麼多年沒見，小夥子長大了啊，當年見你個子還未到我腰，現在都與我差不多了！」周慕之上下打量了一下徐遠深，又拍了拍其肩膀。「我可聽說你讀書厲害！好！這才有出息，咱們家世代經商，總算出了個會讀書的，算是揚眉吐氣了！這次來京都還未定好去哪家書院吧？表哥回頭替你打聽打聽啊，一定不出差錯！」

徐遠深唇角微抿，尷尬地撓了撓頭。「表哥……」

「好了好了，有什麼事咱們先吃飯再說。」周慕之拉著徐遠深上馬車。「還未用飯吧？趕路是吃不上什麼好東西的，今日表哥就帶你去見見世面。」

徐遠深接下來的話被周慕之的熱情堵住了，其實他想說，他不會選京都的書院，而是想等他在吳州的先生來了之後再做定奪。但這話一直未出口，接下來他也被京都的繁華給吸引了。

與吳州的清麗婉約截然不同，京都是開放包容的盛世之狀，馬車所經之道，無不寬敞熱鬧，除卻靖國之人，還有不少他國之人來往，叫賣聲、吆喝聲連綿不絕，此起彼伏，販賣的物件都是他聞所未聞、見所未見的新奇之物。

周慕之在一旁一一給他指著，那是什麼地方，那是什麼東西，如今京內又流行著什麼。

越說馬車行駛得越慢，周慕之大手一揮。「下車吧！近些日子春闈放榜，如今東華門街處的大酒樓都是宴請的場子，街巷都是人擠人。」

下車後，周慕之笑著對徐遠深道：「不過你莫擔心，你表哥有先見之明，算準了你今日來，特地在御鸞樓先訂位了。」

徐遠深聽了這酒樓名，不免詫異道：「竟有人敢以鸞字取樓名。」

「又不是普通的酒樓，能在京都開得風生水起的酒樓，背後哪能沒半點背景關係？這御鸞樓，說是有好幾家世家門閥在背後撐著。」

周慕之提及世家門閥四字就多了幾分唏噓，也不多說什麼，拉著徐遠深走進了御鸞樓。

與徐遠深以往進的酒樓不同，與他一路上看過來那些嘈雜的酒樓也有很大的差異，此處十分雅致悠遠，一進來，迎接的兩位侍女先向周慕之要了訂位的牌子，接過牌子後，引著二人來到了一樓大堂內。

說是大堂，但身處其中，倒像是仙境，假山湖石、流水輕音，高臺處還有梨園戲曲，婉轉悠揚，唱得臺下人如癡如醉。

「大手筆，大手筆！竟還請了于家班的當紅小花旦來唱戲呢！」周慕之坐了下來，目光在臺上停留了好一兒，繼而掃視了一圈，道：「不過如果說是今日，那也正常。」

徐遠深不知這話何意，疑惑的目光不自覺地看向周慕之。

周慕之一副了然於心的模樣，目光往二、三樓處掃過，接著壓低了聲對徐遠深道：「今日，聽說是明家那最為得寵的小女兒生辰，特地在此處宴請了幾名閨中好友。」

這明家，徐遠深就算是那兩耳不聞窗外事，平日裡一心只讀聖賢書之人，也是聽聞過的。

第四十三章

「想來你自幼生長在江南，不知這明家小女兒是何人，但我只說一人，你就知曉了。你可知前幾年那三元及第的少年狀元明昭棠？這明家小女兒與明昭棠就是同胞所出，不僅聰明靈慧，長得也是花容月色，如此顯赫家世，又是這般才學與樣貌，在京都是一等一的閨秀啊！」周慕之說起這些八卦來似是很興奮，極為起勁。「可惜了，偏生對一男子求而不得。」

徐遠深未說話，但見自己表哥那巴不得繼續說下去的表情，於是便順著表哥的意問了一聲。「照表哥這麼說，這女子如此，應當沒有看不上她的男子，何來求而不得呢？」

周慕之立刻接了話。「表弟，你有所不知，這京內啊都知道，這明家小女兒對顧家那位是一見鍾情，不過倒也不稀奇，哪個女子見了那顧三能不心動的？」

聽了顧三二字，徐遠深一下反應過來。「可是今年春闈會試第一顧熙載？」

「就是他！」周慕之嘿嘿笑道：「果然，提及此人你便知了。如今雖還未至殿試，但新科狀元基本便是他了。其人當真是謙謙公子、玉樹臨風，常人與他相較真是比不得，那些個出身世家門閥的子弟大多都是靠舉薦入朝，他與那明昭棠可都是從科舉殺出來的。還有那顧熙載是家中父兄勸其再韜光養晦幾年，莫要過於鋒芒畢露，這才讓那明昭棠有了三元及第的機會，不然？」

徐遠深忙道：「倒也不能這般說，我曾看過明小公子的文章，寫得確實不錯……」

「知道知道，我也不過隨口一說。不過這顧熙載以後可是前途無量，京中那些閨秀眼光自是極好的，可惜了，他早就訂親了，但以後說不準，要我說，退親是必然的。」周慕之喝了一口酒，繼而拎起酒壺好生一瞧。「好酒！」

事關顧熙載，徐遠深還是好奇地多問了一句。「為何說退親是必然的？」

「你說這事啊，我也覺得極為蹊蹺。當年顧家才放出消息說要相看，沒過一陣子就定下來了，既不是什麼皇親國戚，更不是那些世家門閥，而是名不見經傳的小門小戶，鬧得全京轟動至極，大街小巷都傳遍了，而且啊……」周慕之壓低了聲道：「這門對顧家、對顧三毫無益處的婚事，都讓顧三親娘在家中鬧起來了，他們這等人家，都頗要面子，連當家主母都不要面子地撒潑，可算是熱鬧極了。

「可這婚事還是板上釘釘，連婚書都下了。問題是，到現在都不知到底是哪家，好像不是京都的，是江南那處的，你說竟連個京官都不是，也怪不得那顧三親娘要鬧了。」

江南那處，徐遠深不由想到了吳州，吳州不就在江南嗎？

周慕之又喝了一口酒，笑道：「反正照你表哥我說啊！這親事，成不了。先不說顧家家世這般龐大，那顧熙載今年四月之後又是新科狀元，你說要一個低門小戶的女兒？我聽著都玄，莫說顧家人要使絆子，那盯準顧熙載的人家不也得使絆子？沒得說、沒得說，配不上啊！」

徐遠深沒有接這話，只看了一會兒眼前新式的菜樣，周慕之喊他吃，他便又挾了。這一路上粗茶淡飯，這會兒吃到這些精細食物，一時之間也吃不下太多，吃了幾筷子後，便擱下筷子抬頭瞧了瞧。

一眼就看到了二樓，有三名男子正準備上三樓。

為首的那位，玄衣金帶，氣勢一派桀驁。

次之那位，徐遠深一怔，腦海裡當下浮現一句：積石如玉，列松如翠，郎豔獨絕，世無其二，當真是光映照人之公子。

第三位看起來則比前二位年紀小得多，但也是一身風度。

這三名男子，不過簡單的舉手投足就知不是普通人家出身，不過一眼，徐遠深便收回了目光，周慕之未注意，也未往那個方向瞧去。

若他瞧見了，或許能認出來，這三人不就是趙肅、明昭棠與顧熙載嗎？

三樓雅間內傳出陣陣女子的輕笑聲，趙肅本負著手，隨後那隻修長、骨節分明的手從金繡雲紋緯絲的長袖中伸出，敲了敲門。

明黛嬌俏的聲音傳出。「誰啊？」

話音剛落，就有丫鬟前來開門，門一打開，屋內的眾閨秀看見來人，不由一愣，繼而紛紛用羅扇輕掩微紅的面龐，明黛先起身，驚喜地跑到了門口。「趙肅哥哥，你怎麼來了？」

趙肅一向冷臉，但見著這妹妹，眼中不免帶了一絲柔意，從背後拿出了一錦盒。「趕在妳生辰之前回的京都，今日與昭棠、熙載在此處一聚，聽聞妳在這兒，便將禮物給妳，瞧瞧喜不喜歡？」

明黛聽著，餘光看了一眼不遠處的顧熙載，俏臉一紅。「哪有什麼喜不喜歡？是特地給黛兒的禮物，黛兒都是喜歡的。」

說完這話，明黛轉向明昭棠，嬌哼一聲道：「我的禮物呢？哥哥，你好歹是我的親哥哥，都不如趙肅哥哥用心！」

明昭棠哭笑不得。「在家裡給妳擺著呢，是妳自個兒不用心瞧罷了。行了，陪趙肅哥哥送禮也送到了，我們便先走了。」

這就要走？明黛不自覺又看向顧熙載，連忙道：「要不進來坐會兒？今兒訂的雅間大，還有屏風隔開了一桌。」

這會兒，顧熙載的妹妹顧婉婷從裡頭出來，上前拉了顧熙載，笑道：「哥哥，一道進來坐坐吧！御鸞樓今日來了個江南的點心師傅，那一手點心做得絕。」

顧熙載微皺眉，又聽趙肅淡聲道：「今日黛兒生辰，坐坐也無妨。」

聽了這話，顧熙載看向明黛，最後終於嗯了一聲。

得了這一聲應，明黛嬌俏的面龐泛起一絲薄紅，眸中帶著喜悅道：「先進來吧。」

於是就由幾名丫鬟、侍女將他們引到了泥金松竹梅圍屏另一側的長桌旁，趙肅三人一一落坐後，明黛去往隔壁向那些閨秀解釋緣由。

「黛兒，妳與我們客氣什麼？且過去吧，我們也差不多結束了。」

「以後有得是時間聚。」有一閨秀掩著羅扇湊在明黛耳畔笑道：「但今日之事難得，妳可得好好把握機會。」

明黛輕拍了下她扇子，羞惱道：「胡說些什麼？」

一直坐著的齊家四小姐齊沅君今兒早睏了，頂著泛紅的眼角，撐著下巴看著明黛與眼前幾人鬧了一番，在這群閨秀準備要走時，她也打算回府了，卻被明黛叫住了。「沅君，妳不與我們一塊兒再坐坐嗎？」

說到底，雖是一同宴請了，但論關係遠近，還是齊、明、顧三家近些，畢竟父兄長輩之間常來往，並且地位更接近，小輩之間自然也更親密些。

齊沅君明白這個道理，自家母親也常叫她與哥哥要與明黛他們保持好關係，但說實在話，明黛平日與顧婉婷玩得更好些，而齊家在這幾家中實則算是末流的，總會有些排擠的話語。

最主要的是，她懶散慣了，平日裡這些事是能推則推，今日沒辦法，生辰總不能不來吧？現在好不容易找到機會可以提前走了，竟還得留下來？

齊沅君下意識哎呀了一聲，撓頭道：「想起哥哥那新打的扇子柄還未拿回府，趁天色還早，我就先替他拿了，你們先——」

話未說完，就聽到屏風一側明昭棠的輕笑。「哎，你們說齊沅君這滿口渾話是跟誰學的？幫齊祁拿扇子柄？她哪裡這麼勤快，無非就是不想坐下來聊聊唄。」

齊沅君睜大眼睛，很快便看到了明黛那哀怨的小眼神。

明昭棠真的是——

她一下衝到了屏風另一頭，一眼就看到了明昭棠衝著她笑，齊沅君瞪了他一眼，坐在他身邊低聲道：「好好的人，可惜就是多了張嘴，你不說話，會死？」

明昭棠笑得更厲害了，扇子一展，憋笑不語。

見齊沅君坐下來了，明黛也是呼了口氣，讓侍女再上了好幾樣菜與點心，隨後，眾人聊了起來，畢竟都是從小一塊兒長大的，外加明昭棠向來是會說話、調節氣氛的高手，場子極快便熱了。

顧婉婷笑倒在明黛身上。「是是是，上回去金山寺，可不就是我哥哥弄錯了殿宇，偏生妳娘就是不信，以為我哥哥是替昭棠瞞下了，弄得我哥哥尷尬極了，還去找昭棠賠罪。」

明昭棠又是不在乎的個性，於是便有了二人互相鞠躬的場景。

明黛一想起也是笑個不停，一旁的趙肅那修長的手指轉著白瓷酒杯，白釉清亮透美，映著明黛的笑靨，他輕掃了一眼，自也注意到了明黛那有意無意看向顧熙載的目光。

而顧熙載，清冷如松，不知是刻意迴避，還是真不關注，齊沅君與他說話，他還回了幾句，可就是從未看過黛兒。

自己從小看到大、捧在手心呵護的妹妹，被這小子這麼冷待，又想起外面的那些個流言蜚語，趙肅眼神慢慢陰沈了下來，藏著幾分怒，微靠著椅子，慢慢道：「顧熙載，待殿試後，你的婚事應當也要提上日程了吧？」

此話一出，場子就像一銅盆的冰水一下澆向那燃得正旺的火堆，躍動的火焰被打散在灰燼上，留下滋滋聲響。

顧熙載對上趙肅那略有敵意的眼神，淡淡嗯了聲。「是要提上日程了。」

明黛的臉色明顯白得徹底，眼眶都有些微微泛紅，顧婉婷焦心地看了一眼明黛，又對顧熙載道：「哥哥！這事未有下文，哪來的提上日程？那女子就是一小門小戶出身，母親一直不同意，她哪配得上我們顧家？」

「無論如何，婚書已下，待殿試過後，成家也是遲早的事。」

「我可不覺得你顧熙載是個如此聽家中安排之人，不然為何還去那科舉試水？你家中父兄可是一直反對此事。」趙肅冷冷的目光落在顧熙載身上。「你不想做的事，有誰能逼你去做？那女子一個低賤之人，你從未見過面，更談不上情愛，怎會因一紙婚書就此妥協？我看你不是因著父母之命，而是不想讓人惦記。」

這句話，趙肅說得極為直白了，這不想讓人惦記，無非就是指明黛。

明黛見顧熙載沈默，那雙眸子更是泛著紅，忍著淚道：「熙載哥哥，真的像趙肅哥哥所說的那般嗎？」

明昭棠看著自己妹妹這般，嘆了口氣。黛兒向來被家中保護得極好，今日趙肅也是想著讓她死心，才將此事挑明，可哪想到黛兒會接受不了，許是這事真板上釘釘了，回家不知要哭成什麼樣，病倒了也不妥，還是慢慢來吧。

於是未等顧熙載開口，明昭棠便道：「妳可別亂想了啊，妳趙肅哥哥也是隨口一說，至於熙載說的什麼成家、什麼婚書，那訂親的女子三年了人影都不見，哪有什麼提上日程一事？」

顧熙載輕皺其眉，看向明昭棠，明昭棠對上他的眼神，向其表示哀求。

顧熙載嘆了口氣。

趙肅冷哼一聲，沒再說話，顧婉婷聽了明昭棠的話，立刻點了點頭。「昭棠說得對。說真的，我也不知祖母到底怎麼想的，怎麼就決定了沈家。你們可曾聽說過這人家？連個京官都不是，那女子甚至還不是嫡系，父親不過是個七品小官，當真是奇怪極了，這樣出身的女子，怎麼配得上我哥哥？」

齊沅君在旁聽著，一直沒說話。

明昭棠知道沈家與齊家的關係，掃了一眼齊沅君道：「妳也不能這麼說，出身、家世倒是次要，主要還是看人如何。」

趙肅聽了則笑了，略帶諷刺道：「我這好表弟啊！像我們這等人家，說什麼出身、家世不重要，這話你回去與你母親說一說，恐是要狠狠訓斥你一頓了。」

「就算有不錯的出身和家世，那女子也不是個好東西。」顧婉婷冷笑道：「我母親可是去查過了，那女子在吳州書院讀書時與一男子還頗為親密，這是個什麼事？我看就是個水性楊花的——」

「顧婉婷。」顧熙載打斷了她的話。「妳怎可說得如此難聽，皆是傳言，未見其真，怎可胡言？」

「就算是捕風捉影之言，那也定有風有影。」趙肅慢慢道：「顧熙載，你家倒是給你安排了個好親事，被你們說的，我是真想見見你這未婚妻了。」

雖說這話，卻是滿含惡意。

齊沅君聽完這話，看著趙肅道：「再過些時日，趙家哥哥恐怕要如願了。」

在場所有人一下看向齊沅君，齊沅君繼續平靜道：「我那在吳州的沈家表姊，過些時日，就要來京了。」

這事，她也是聽母親昨日提過一嘴，本不想說出來，但聽到趙肅等人的惡意，心裡就是不太舒服，這些人都未見過她的表姊，就因著明黛喜歡顧熙載，便隨意肆意羞辱她。

「當真？」明昭棠立刻問。

齊沅君挾了點心塞進嘴裡。「這還能假？」

「她來正好，我倒要看看能不能進我們顧家的門。」顧婉婷冷哼一聲。

接下來，桌上的幾人面色各異，各有心思地聊了一會兒，便準備回府，明昭棠第一個出了雅間，出去的那一刻，似乎看到了什麼，身子一頓，有些僵硬。

「你堵在那兒做什麼？」齊沅君立刻道，上前幾步順著明昭棠的目光看過去，不再說話了。

「怎麼了？」趙肅皺眉問。

明昭棠穩了下情緒，繼而慢慢道：「是大哥。」

大哥？顧婉婷一下未反應過來，明昭棠有大哥嗎？隨即一想，眼睛緩緩睜大，明昭棠要叫大哥的人，只有那位了吧？

「是北霄哥哥嗎？」明黛似乎很高興，撥開人群，走到走廊處向遠處招手，嬌俏的聲音喊道：「北霄哥哥！」

齊沅君唏噓了一聲，也就只有明黛敢這麼喊他了，到底是同個母親生出來的。說來，她見到那位時都不敢與其對視。

秦家的這位當真是傳奇人物，當年回京不過一年半載，就與秦家那些豺狼虎豹的旁支爭權奪勢，鬥得是天翻地覆。都說秦家那些人是豺狼虎豹，偏被他硬生生給拔了尖牙、砍了利爪，成了匍匐於他腳底下的一群狗。

他以凌厲之勢奪了秦家的權勢，這個年紀就成了秦家家主，與他們這些人的父輩平起平坐，近來，更是拿了都指揮使的權柄，京都兵權一半皆在他手裡。

他正負手站於對面的雅間前，著了身玄色暗紋長袍，外罩一襲玄色織金雲氣紋氅衣，身形高大挺拔，宛若高山巍峨，在他周圍與他交談的人，似乎都是朝中的官員。

第四十四章

聽見明黛的這一聲叫喚。

秦北霄略偏過頭，那雙狹長的眼眸掃了過來，不過簡單一眼，明黛一行人只感覺直擊心底的凌厲與侵略感撲面而來。隨後他收回目光，繼續與那些官員又聊了一會兒。

趙肅與明昭棠等人想走，卻不敢走，直等著秦北霄那群人慢慢走過來，那些官員看了一眼，便拱手道：「秦大人先聊，我等先走了。」

秦北霄步履緩慢，站定在了明昭棠眾人面前，聽見那些官員這句話，淡漠地嗯了聲以示回應。

待那群官員走後，明昭棠先喊了一聲。「大哥。」

趙肅自然也是隨著喊，而齊沅君隨著顧婉婷喊秦家哥哥，畢竟一點都不熟，且還怕他得很，總不能像明黛叫得那麼親密。

不過這位，氣場當真是強啊。

「北霄哥哥。」明黛笑臉盈盈道：「你今日怎麼也在這裡？娘親上回喊你來家中用飯，你是有事所以沒來嗎？」

「不想去。」秦北霄那無情無緒的目光甚至未看明黛一眼，掃視全場後，就定在了人群中的顧熙載身上。

明昭棠以為秦北霄不認識顧熙載，連忙介紹道：「大哥，他是顧熙載，是顧家伯父的——」

「知道。」秦北霄薄唇微啟，眼眸暗沈。「熟得很。」

熟得很？

趙肅、明昭棠等人轉頭看向同樣極其疑惑不解的顧熙載。

顧熙載自己都不知道什麼時候和秦北霄熟得很了，仔細尋思，他們好似一句話都沒說過吧？

眾人疑惑之間，秦北霄不再多說一句話，徑直走人，然路過顧熙載時，那雙暗沈的眼眸明顯從他身上掠過，隨後才穩步離開。

待人走後，那股威壓總算是散了，顧婉婷呼了口氣，拍了拍胸膛，問顧熙載。「哥哥，秦家哥哥為何說與你熟得很？你們以前認識嗎？怎麼沒聽你說起過？」

騙人的，根本不認識。

顧熙載垂眸，腦海裡還想著秦北霄看他的眼神，那平靜下的冷冽根本忽視不得，這哪是看陌生人的目光，倒像是……看仇人。

齊沅君回府時，已近黃昏，先回閨房換了衣物，再去母親那兒請安。

方一進屋，就見兩名丫鬟站在屋中，齊三夫人鄭氏見齊沅君來了，對那兩名丫鬟揮了揮手。「沅君回來了？好了，妳們先下去吧。」

齊沅君只當娘親在調教新丫鬟，未多問，徑直坐在了一側的椅子上，捧著茶就開始喝。

「哎喲這是，去一趟生辰會還沒給妳水喝啊？像八百年沒喝過水一樣。」鄭氏擰著帕子的手指了指齊沅君一旁的嬤嬤道：「妳瞧瞧她，一點都不像樣，說是我們齊家的女兒誰會信？」

「小姐就是在家裡不注重些，在外比其他閨秀那都是不輸的。」

鄭氏聽了這話算是寬心了，招呼齊沅君過來。「別喝了，來娘這邊，與娘說說今日明黛生辰，都有哪些人來了？」

鄭氏自是最關心與誰交際了。

「能有誰啊，無非就是那些人。不過今日趙家哥哥帶著明昭棠與顧家哥哥來了。」齊沅君才不想坐到鄭氏身邊，動也不動，否則聊起來都沒完了。

鄭氏眼睛一亮。「哦？趙肅與明家小少爺也來了啊！也是，畢竟是明黛的哥哥，過來一趟也正常。顧家三公子的名字近些日子我耳朵快聽膩了，好像是今年拿了個會元，他前途當真了不得，怪不得明家惦記呢。」

「明家惦記？」

「可不是，上回宴會就聽出來了，明黛與明昭棠的母親，就是明二夫人，不多話，卻對顧三讚不絕口，自是看中了。」

齊沅君更是疑惑，開口道：「娘親，您難道忘了嗎？顧家哥哥是訂親了的，對象還是沈家表姊呢。」

鄭氏似是毫不在意這句話，這會兒丫鬟正拿了一錦盒過來，鄭氏邊接過邊道：「我知道，我哪裡不知道。可妳覺得這婚事能成嗎？我雖向著自家人，但事實還是得講，這親事，成不了。沈家與我們齊家差距都大著，更何況與他們顧家？這會兒明二夫人放出那些話，要是與顧三的母親沒商量她會說嗎？明家與顧家，才配。」

聽自家娘親這樣說，齊沅君一股氣像是洩了。

她明白的，娘親說得沒錯。畢竟誰都不看好這門親事，可如今親事都沒斷，沈表姊就是顧熙載的未婚妻，他們在她還是他未婚妻的時候就開始想著破壞這門親事，實在讓人不舒服。

「沅君回來了？」齊祁的聲音從遠及近傳來，最後一個字落下時，人已經坐到了齊沅君旁邊。「妳怎麼了？臉臭成這樣。」

「誰臭臉了！」齊沅君心情不好，不想理他，起身就想走。

齊祁拉住了她。「與哥說說，誰欺負妳了？」

齊沅君見他一臉誠意，於是便開起了玩笑。「明黛。」

齊祁的臉憋紅了，竟一時不知說什麼話，看見齊沅君眼中的笑意，才發覺妹妹在逗他，羞惱道：「妳以後少拿她開玩笑！」

哎喲，自己這傻哥哥，純情得跟個什麼似的，可人家已經心有所屬了呀！

齊沅君聳肩，不再與齊祁多說什麼，本想著回房，但見娘親還在挑選錦盒裡的物件，走上前想幫她挑一挑。「娘，這是挑來做什麼的？」

鄭氏拿出一翡翠玉鐲於齊沅君手上比了比，道：「這個成色好，就是不知道妳表姊喜不喜歡翡翠。哦，妳說挑來做什麼，自然是給妳表姊的見面禮，後日她應該就到京都了吧。」

齊沅君睜大眼睛。「見面禮？後日？」

齊祁聽見也站了起來。「沈家表姊嗎？後日就來了？」說這話時，他表情微異。

鄭氏還在挑著物件，見兩個兒女這麼吃驚，隨意道：「是啊，你們這麼吃驚做什麼？前幾日不就與你們說了她要來了嗎？今日你們祖父母還特意問起了呢！我自然得上心，方才出去的兩個丫鬟就是給她挑的。哎，看來看去，還是這翡翠最好，要不還是選三樣，讓她自個兒選好呢？」

雖是前幾日就說了，但娘親您可沒說這麼快啊。

沒想到後日就要來了。

齊沅君不知怎的，竟有些期待，她雖從未與這表姊見過，但聽祖父母提過，說個子嬌小，樣子不錯，她想肯定就是印象中的那種江南美人。

「那我也回屋子給表姊準備見面禮！」齊沅君說完馬上跑回了房。

「哎，這孩子，毛毛躁躁！」鄭氏啞然失笑，又看了坐在一旁若有所思的兒子，繼而收回目光，落在手心的翡翠上，嘆了口氣。

芷寧這孩子，這回來京，恐怕是要受好些委屈了。罷了，反正到時能幫自要幫著點。

天邊微暗，碼頭處有一輛華貴至極的馬車停著，周圍侍衛個個腰間佩刀，一看就知非普通人家。

直至晨曦灑於水面，遠處船隻一一到來，這輛馬車的車簾邊緣從內伸出了一隻骨節分明的手，隨著車簾緩緩拉起，覆在手腕處的袖邊也露出，壓著精緻刺繡，煦光照射下，浮光微動。

再可見，男子身著一襲鴉青底如意紋長袍，髮束以金冠，面容俊朗，掀簾後，便下了馬車，身旁小廝似勸了幾句，可他未聽，也未再上車，目光只看往遠處船隻。

不知等了多久，等得連小廝都覺得腿腳痠麻，自家主子還是那般等著，直到看到了一艘船上有幾人出來後，主子立刻迎了上去。

小廝愣了一下才反應過來，跟了上去。

說來，他伺候主子那麼久，從未見主子有這麼隆重過，甚至可以說失態，這竟、竟是來接一名女子。

小廝定睛一瞧，那女子，還未從船上下來，水面就在她身後，宛若流動的玉鏡，銀樓裡最瑰麗華美的簪環寶釵散落在鏡面上，一片粼粼，可都及不上她一笑的眸光漣漪。

小廝不敢再看。

「你怎的來了？」沈芷寧未想到下船後，竟見到了陳沉，儘管與之前大變了樣，但她還是能認得出來。「我信中雖說是今日到，可算不準時候，你倒來得早。」

陳沉好生打量了她一番，見雲珠要攙扶沈芷寧下船，他平和道：「還是我來吧。」說著，向沈芷寧伸出了一隻手，讓她攙扶著自己的手下來，又道：「想妳信中與我所說之話，應當也是這般與齊家說，妳方來京都，怕妳人生地不熟，還是我親自來接好些。」

沈芷寧未說什麼，輕輕一笑。

自從陳沉說他要來京，她便有三年未見他了，他信雖來得頻繁，但信中都在問她，他自己的事一概不提，如今一見，她在他身上像是看到了另一個人的影子。

他變了，不像是以前那個混子陳沉了。
「可曾吃了？還是直接送妳去齊家？」上了馬車，陳沉溫和問道：「從碼頭過去也要些時候，妳若還睏，便在馬車上睡會兒。」
「你倒是比我家嬤嬤還煩人了。」沈芷寧失笑回道：「我在船上墊過肚子了，如今回京自是要先去齊家拜見的，畢竟父親還未至京，我得借住舅祖父家，禮數得盡全。」
陳沉嗯了一聲。「說得是。」
隨後，馬車從碼頭一路駛向東南方。

齊府。
齊沅君方起，正接過丫鬟遞來的臉巾準備擦臉，就有院中的小丫鬟在門口道：「小姐，小姐，夫人讓您去正堂呢。」
「這時候去正堂做什麼？」齊沅君輕抹面龐，邊說著這話，突然意識到了什麼，將臉巾扔進了銅盆內，道：「是沈表姊來了？」
那小丫鬟點點頭。「是表小姐來了，夫人才叫小姐過去呢。」
齊沅君連忙出屋，那小丫鬟跟在身邊繼續道：「聽說……」
「聽說什麼？」

「聽說表小姐來後不久，就有定國公府的帖子送來，說明日定國公世子要前來拜訪，不僅如此，今日定國公府還送來了幾大箱子的東西，全是、全是給表小姐的。」

齊沅君停下了腳步，一臉吃驚。「定國公府？」

如今靖國公府侯爵越來越少，但還留下的，那必然是龐然大物，這定國公府就是一個，那定國公世子自從三年前回京，就備受關注，畢竟待老國公去世後，他便要襲爵了。

年紀輕輕就有如此身分，俊朗非凡，才情更是不錯，不少人甚至將他與顧熙載並列比較。

可聽聞那位世子，性子雖溫和，但也是個矜貴的主，不常出來。如今竟然為了沈表姊，要來齊家拜訪？甚至還送了幾大箱子的東西，可見其關切。

齊沅君突然意識到。

或許，她的這位表姊、顧熙載那從未露過面的未婚妻，恐怕與顧婉婷和明黛她們猜想的不太一樣。

於是齊沅君幾乎迫不及待地趕到了正堂。

還未進堂內，就聽見一道女聲。「回舅祖父的話，祖母一切安好，每日焚香禮佛，吃睡皆香。多謝舅祖父、舅祖母掛念。」

其聲雖溫和緩慢，但嗓音獨特，猶如林籟泉韻，春日枝頭一點鳴。

齊沅君立即進了堂內。「祖父，祖母，娘親，我來了。」

進入堂內的剎那，不由自主地就看向站在堂中央的女子，她已轉身，齊沅君見其面容，與其眼神對視，當下一愣，手腳竟有些不知所措起來。

眼前人，肌如素瓷、面若芙蓉，雙眼粲粲似星火落世，綴於其眸中。

而那身段與氣度看來竟比男子還要儒雅，一襲月白色竹紋長袍，外覆著層天青色縐紗，卻如江南煙波中走出來的人，可她所經之處，則如煦陽初曙，明燦光華皆縈繞。

她的沈表姊，是女子，可好看得讓她都不敢直視。

顧家哥哥啊！你這門親事確實有點危險啊……

齊沅君穩定心緒，輕咳了一聲，向沈芷寧輕聲道：「沅君見過表姊。」說罷，就走到了鄭氏身邊。

「前兩日吵著鬧著要見表姊，如今表姊來了，妳倒害羞起來了。」鄭氏笑道：「芷寧啊，妳別介意，這孩子平日好相處得很，熟些便好了。」

鄭氏不奇怪女兒這反應，她今日見到自己這外甥女也是暗自吃驚，竟是生得這等樣貌，而比之樣貌，其身段與氣度是更上一層。

沈芷寧輕笑道：「舅母客氣了，接下來這些時日要在府上叨擾一陣子，還望表妹不要介意才是。」

懂禮數、長得好看的姑娘誰都喜歡，鄭氏立刻笑道：「妳就住著，缺什麼、少什麼儘管與舅母說，要是覺得抹不開臉……」鄭氏推了一把齊沅君。「就與沅君說，莫要客氣，當成自己家便好。」

沈芷寧自是聽著，來之前，祖母就與她說過，齊家眾人都是好相處的。來京之後，一切確如祖母所說，一直有的不安情緒也慢慢散了。

接下來，就要去顧家，將親事退了。

聊到差不多的時候，沈芷寧看向齊老夫人，齊老夫人由身邊的嬤嬤攙扶起身。「好了，我與芷寧還有事要說，芷寧，妳隨我來。」

沈芷寧乖巧地跟著齊老夫人來到了另一間屋子，身邊丫鬟、婆子將門帶上，只留下她二人。

待齊老夫人坐下。

沈芷寧已屈膝跪地，向齊老夫人磕了一頭，誠摯認真道：「多謝舅祖母三年前為芷寧奔波，此事定讓齊家受到了一些非議，芷寧感激不盡。」

「哎，妳這孩子，我們是一家人，說什麼兩家話？」齊老夫人嘆了口氣，心疼道：「我早就聽妳祖母說了，妳也是命苦，如今妳來京了，先等顧熙載過了殿試，莫擾了他心神，這親事我再尋顧老夫人商議後就退了，此事也算了了。」

沈芷寧低頭垂眸。「是，此事顧家也幫了我沈家大忙，我明日再去顧家拜訪顧老夫人。」

「是要去的，到底是幫了忙的，且妳明面上還是顧家未過門的兒媳婦，來了京確實要去拜訪一下長輩。不過幫忙的事，當年就怕他人多嘴說了出去，那顧大夫人嘴向來不嚴，顧老夫人就未同她說，她到如今還以為妳與顧熙載是真訂親，是千萬般不情願、不甘心，妳去顧家若遇見她了，且避著她些，她說什麼妳且聽著，莫要起什麼衝突。唉！恐是要受些委屈了。」

「顧家幫了我們沈家的忙，我受些委屈也是應當的，舅祖母放心，我都知曉。」她什麼都知道，此次來京她也是做足準備的。

第四十五章

沈芷寧與齊老夫人談完，正準備回沈家給她安排的院子，齊老夫人忽然想起了什麼事，叫住了沈芷寧。「芷寧，那定國公府世子今日怎的送帖子過來了？明日妳要去顧府，他明日又要來……」

沈芷寧哭笑不得。「舅祖母，無礙的，您就推了他的帖子，回頭我與他解釋一番。」怕齊老夫人誤會，她又道：「定國公世子之前在吳州時，我與他在同個書院讀書，算半個同窗。」

不過當時是真沒想到，混子陳沉竟然是定國公府的世子，他信中說這事時，她也被嚇了一大跳。

齊老夫人明白了似地點點頭，擺了擺手，讓沈芷寧離開。

沈芷寧出了屋，由一個婆子領著，到了她住的院子。方進院子，就見齊沅君坐在院中的鞦韆上搖搖晃晃，一見她來了，連忙站了起來，猶豫了一會兒，走過來道：「表姊妳要坐鞦韆嗎？我特地讓娘親給妳換了個有鞦韆的院子，還離我院子特別近，妳以後若有什麼事，都可以來找我。」

沈芷寧笑眼一彎。「我先不玩了，等會兒進去整理一下行李。方才聽舅母叫妳沅君，是哪個字？是單一個『元』，還是『傳道仙星媛，年年會水隅』的『媛』？」

齊沅君搖頭。「都不是。」

「莫不是『沅有芷兮澧有蘭』的『沅』？」沈芷寧又思索了一番，見齊沅君聽到這句話眼睛一亮，她輕笑道：「這字起名少見。沅芷澧蘭，妳與我倒有緣。」

齊沅君立刻道：「就是這個意思，取其高潔之意，表姊學識淵博，上回讓那明昭棠猜，他還猜了半天呢！顧熙載倒是猜出來了。」

「顧熙載？」

「是他，就是……表姊妳的未婚夫。」齊沅君說到後面，聲音越來越小。

沈芷寧一聽到「未婚夫」三字，唇角多了一絲笑意，齊沅君以為她是提到顧熙載心情愉悅，心裡暗道：不好，果然沒有人可以躲過顧熙載，若之後這門親事沒了，表姊豈不是要哭死了。

讓這麼好看的表姊哭，她實在不忍，以後還是少提顧熙載吧。

沈芷寧唇角的笑意一直未消，聽齊沅君說了「未婚夫」三字，眼前女孩的神情與態度很是認真，但眼神又有些躲閃，就怕傷害到她一樣。

她懂得，許是外人都說她配不上顧熙載，而自己這表妹以為自己也想嫁到顧家，然這門親事在自己這表妹看來都是不成的，不提只是不想讓她失望罷了。不過這有什麼能傷害到她的，這門親事，於她本就猶如燙手山芋，當年燙得她半條命都沒了。

但沈芷寧沒有多說，只溫和道：「一切都是未知的。不過說到這個，我明日要去顧家拜訪，不知顧家長輩的喜好與忌口——」

「我知道，我與妳說，表姊，走走走！」說著，齊沅君就拉著她進屋。

聊到晌午，齊沅君才走，雲珠將人送了出去，回來道：「齊四小姐真熱情，好像很喜歡小姐似的。小姐？」雲珠叫了盯著包裹發愣的沈芷寧。

沈芷寧沒有說話，垂眸看著指尖觸碰到的信。

信封上的字跡有些黯淡了，邊緣都被她摩挲得泛白。

本不應帶上的，可見著它了，她就不由自主地放進了行李中。

這三年來，她刻意不去接觸有關他的事、有關他的消息，也不去主動打聽，可他是秦北霄，就如前世一樣，他回到了本該在的高位上，就算不想聽，總會有鋪天蓋地的飯後閒語傳至耳畔。

聽說，他奪了秦家家主之位，升了都指揮使，掌控大半個京都的軍權，比他父親當年都要厲害。

以後，也會如她所說，他會入主內閣、位極人臣，府邸建於離大內最近的宣德樓旁，在府內高樓眺望全京，盡觀上元節燈會盛景。

天上人間。她自是願他一切都好。

次日，沈芷寧準備妥當前往顧家，沅君說，齊家與顧家不遠，乘馬車半個時辰便到了。差不多半個時辰的時候，馬車忽然停了，沈芷寧以為顧府到了，剛想撩起轎簾，未料到雲珠先撩了起來，她看出去好似還未到顧府。

但雲珠面容焦急。「小姐……」

「怎麼了？」沈芷寧見她神色慌張，以為出了什麼事。「發生什麼事了？我出去看看。」

雲珠攔住了她，猶猶豫豫，最後一咬牙道：「小姐，馬車還未到正門，正門那邊……今日秦大公子似乎也來顧府了。」

秦大公子。

沈芷寧頓時一陣恍惚，她有多久沒從雲珠嘴裡聽到這四個字了，恍惚後便是身子僵硬，待回過神來，人已下了馬車，再抬眸。

只見遠處顧府正門前，不少侍衛排列整齊、氣勢肅然地站於兩側，中道則是一名中年男子上前迎著一人，那人方從轎中下來。

三年未見，她記憶中一直有兩個秦北霄的身影。

一個在前世，他高騎駿馬，位眾鐵騎之首、凌厲疾馳而來，睥睨且侵略感十足；另一個在吳州，樓外燈龍競渡，他輕柔抱她入懷，學舍安寧寂靜，聽他少年心事，是青澀與懵懵懂懂。

而眼下的秦北霄，自然是前者的他。曾經在吳州的少年，似乎已經不見了。

沈芷寧一直站在馬車旁，未上前，也未說話，看著中年男子與秦北霄交談幾句後進府。她腳步微動，正要轉身之際，卻見秦北霄那雙淡漠的眼眸輕掃過來，不過一眼，又收了回去，就像是沒看到她一般。

「小姐，秦大公子應當是沒看到我們吧？」

雲珠也看到了秦北霄那一瞥，但不知道他到底有沒有見著，想秦大公子與小姐之前在吳州那般要好，就算真因什麼事鬧翻了，那麼久沒見，二人也該打個招呼，既然沒有打招呼，那就是沒看到。

「他看到了。」沈芷寧聽見自己的聲音道。

他怎麼會沒看到呢？那可是秦北霄，當年隨手一箭就穿透箭柄射到靶心的人，那如鷹隼的眼神，怎麼會看不到她們？

他看到了，卻當沒看到。

沈芷寧不可否認，那一刻她的心在慢慢下沈。

其實就算不該去想，但這三年內，她也想了無數次與秦北霄重逢的場景。

那是無數個不眠夜，盯著窗外的春雨與冬雪到天明。

可如今見到面，她才明白，那些日日夜夜的心緒起伏都不及與他真實相見的那一瞬，她幾乎要用盡全力才能克制身體的顫抖。

他做到了，形同陌路，正如她當年所說。

那接下來，她就應該不打擾，若她像兩人曾經認識那般打招呼，想來他也會極其厭煩，她已經做了足夠多讓他討厭的事，就不要再多這一件了。況且她可是個災星，莫要做多餘的事才好。

沈芷寧呼了口氣，壓下心口處隱隱的抽疼，笑道：「好了，他們走了，我們過去吧。」

昨日她與舅祖母說完話，齊家就幫她下了帖子，今日顧家應當知曉她要過來，果不其然，走到大門口處，就見一婆子在大門處等著。

婆子是顧大夫人身邊的婆子，姓周，她這回出來迎接沈芷寧，是極不情願的，但顧家有顧家的規矩，客人過來，怎能不出來迎接？

可這客人，實在讓人不喜了些。

想三公子是何等人中翹楚，樣貌、才學與家世，哪樣不是一等一？這京中多少閨秀上趕著，連明家那小小姐都芳心暗許，竟配了個父親連京官都不是的沈家女兒，誰能甘心？
如今這女子就要登門了，周嬤嬤都不知自己是以什麼心情站在大門口，迎了那麼多年的客人，都沒有像今日這般對客人厭惡過。
「嬤嬤，嬤嬤，人好像來了。」一直跟著的小丫鬟小桃扯了扯周嬤嬤的衣袖，讓她往左邊看。
「來就來了，妳急什麼？」周嬤嬤輕皺眉。「一點規矩也沒有，妳這樣子，可莫要讓夫人瞧見了。」
「可是……」小桃的餘光又瞥了一眼左側。
可那個女子，跟府裡人說的都不一樣，她實在、實在是好看極了！
周嬤嬤訓斥完了小桃，順著小桃的眼神看過去，對上沈芷寧的面容，不知怎的，早就準備好的客套話卻不知怎麼說出口了，一愣後，反射性地端起見到貴客的笑容。「可是沈家小姐？老奴是顧府的周嬤嬤，特地接小姐進府。」
沈芷寧溫和點頭。「是我，煩勞周嬤嬤出來接人了。」
「是老奴分內的事，沈家小姐隨老奴來吧，我們老夫人與夫人已經等您一會兒了。」周嬤嬤迎著沈芷寧進大門，不禁用餘光上上下下打量了一下，心裡到底還是吃驚。
這小門小戶，竟養出了這般身段、氣度的女子，見過長得好的，可未見過氣質如此之絕的……

周嬤嬤帶沈芷寧進了大門，不過方走了一步。

顧府門口又停了一輛馬車，停的是府裡的馬車，駕馬車的小廝是顧熙載的小廝，到了之後就掀開了車簾。「公子，到了。」

男子已從馬車下來，周嬤嬤忙迎上去。「三公子，您回來了。」

三公子，是顧熙載。

「今日秦大人來我是知曉的，還有其他客人？」顧熙載目光落到了朱門裡女子窈窕朦朧的背影上，隨後收回目光隨口問道。

周嬤嬤猶猶豫豫，應了一聲。「是，是還有客人。」

說到這兒，周嬤嬤停頓了，顧熙載等著她把話說完。

可周嬤嬤為難上了。這該怎麼說？她記得夫人還未跟三公子說這沈家小姐來家裡了，這會兒說夫人會不會怪罪她，但三公子還等著……罷了罷了，就算她不說，回頭也會有人告訴三公子的。

於是周嬤嬤端起笑容道：「三公子原來不知道啊，這是沈家小姐，昨日來京，今日來顧府拜訪老夫人與夫人的。」

沈家小姐，顧熙載一愣，雙眼又看向那女子。

沈芷寧自然也聽到了周嬤嬤的這番話，這下想躲都不能，心中略感荒謬之際，轉過身子，微微向她那傳說中的未婚夫顧熙載行了禮。「芷寧見過三公子。」

女子身著月白六幅裙，情態瑰姿，盡現風流，於大門那側欠身行禮，顧熙載將此景、此人收入眼中，喉間不自覺輕微發癢，表面與平時無異，慢慢回了禮。

這就是，他訂親三年的未婚妻啊。

原來叫芷寧。沈芷寧。

三人進府後，沈芷寧隨著周嬤嬤往顧家正堂走去，顧熙載的院子在同一個方向，便一道走著。

沈芷寧走了幾步，覺得顧府府邸的莊正風格融入了幾分江南園林的特色，且比她見過的吳州許多園林多了不少底蘊，就如不遠處的一片碑林。

她多看了幾眼，收回目光之後，聽一旁顧熙載道：「曾祖父喜書法，蒐集了不少藏於府中，妳若喜歡，我那裡還有拓本。」

其聲如玉器相碰，山風吹竹。

沈芷寧聽罷，抬頭看了他一眼，比之前看得更清楚了，低頭淡淡一笑，笑中略藏苦澀。

怪不得，當真怪不得，回想當年祖母提及秦北霄之時，字字句句讓她莫要接觸，且要當心，而後來提及顧熙載則是滿口的稱讚，欣賞之意溢於言表，能讓祖母那樣性子的人那般稱讚，有多難得？

如今見了顧熙載，她才明白，顧熙載就是世人眼中的貴公子，是濯濯如春月柳，是朗朗如月入懷，是溫和內斂外加幾分松竹之高潔清冷。

她的秦北霄，則全然是反過來的，凌厲得讓人害怕，唯一相似的或許是生人勿近，但秦北霄是孤傲，這位顧三公子是清高。

沈芷寧思緒快轉後，剛想開口回絕。

「顧三公子的拓本，聽說收藏頗多，不知可否也能借我觀閱一番？」

熟悉的聲音入了沈芷寧的耳，她的身子頓時一僵，順著聲看向前方，正是秦北霄負手站在那處，面容看不出任何情緒，在他旁邊的還是那位中年男子。

沈芷寧緊張得不敢抬頭，只低頭垂眸，不知怎的，心跳也越來越快。

「見過秦大人，見過父親。」她聽見顧熙載道：「秦大人瞧得上眼的話，自然可以借去觀閱。」

顧熙載這句說完，沈芷寧就聽到了秦北霄的一聲輕笑，袖中的手不由自主攥了下，她熟悉這個笑聲，是秦北霄的輕笑，又輕、又淡，隱約還帶了點不以為然。

他笑完，語氣平靜。「哦？若我瞧不上眼，顧三公子可否替我找一找我想要的？」

一點都沒變，還是一樣惡劣。

可就因為如此，沈芷寧的身子一直都沒有放鬆過，甚至連手心都在出汗，她總覺得秦北霄的那句「我瞧不上眼」一說出口，氣氛就有些變了。

顧熙載輕皺了眉。

這話聽著，總歸是不舒服的，這位似乎不想給他留什麼面子，相比上一次御鸞樓，現在的敵意更銳、更刺，更讓人無所適從。但他與父親是平起平坐之人，是長輩，他必須受下，還得硬著頭皮回他的話。

顧熙載壓下心緒，慢慢道：「秦大人想要誰的拓本？」

秦北霄收回目光，修長白皙的左手隨興地摩挲著右手的玄鐵手套，尖銳的鐵指尖在他的掌心輕輕劃過，留下輕微刺痛，用來刺激他的專注，不要分心。

他似笑非笑地轉向顧承光，道：「顧大人，顧三公子還挺熱心。」

不回他的話，反而跟他的父親說起了話，顧熙載長袍中的手緩緩握了起來。

旁人看起來似乎沒什麼，但這其實讓人很不舒服，特別是還經歷了幾次，明知道對方就是故意的情況下，讓他心裡實在堵得慌。他覺得，這秦北霄，根本不把他放在眼裡，連基本的尊重都沒有，卻不知為何總要來招惹自己。

而顧承光不知這背後微妙的洶湧，只當是隨意閒聊，他也是沒想到秦北霄與他說著話，聽見後面的人對話就插話說什麼拓本，很是突然，他只想快點與秦北霄把近日朝中的事商量了，也算了結，自然就附和了幾句。

顧承光附和完，就與顧熙載道：「行了，先回房好好唸書，莫要在外面轉悠了。」又看向沈芷寧。「這位是沈家小姐吧？」

沈芷寧本來希望大家不要注意到她，特別是在秦北霄的面前。

但這位顧大人還是問了，她行禮道：「是，見過伯父。」

顧承光打量了幾眼。「般配的，母親眼光不錯。」

沈芷寧一聽這話，忽然就感覺到一道目光看過來了，看得她渾身血液發冷。

隨後，就是秦北霄冷淡、甚至可以說毫無感情的聲音。「這就是你們給顧三定下的那個未婚妻？」

「就是她，雖說他娘一直不同意，但我瞧著倒像是天造地設的一對。」

秦北霄瞬間眼眸暗沈，宛若惡鬼附身。

顧熙載是什麼東西？天造地設？憑他也配！

第四十六章

沈芷寧聽到顧承光的這句話，不由自主心頭一顫，下意識看向秦北霄，只見他面無表情，好似只當聽到了旁人的一句閒語，剛才那一道令她發冷的目光也消失了，似乎從未存在過。

或許是察覺到了她的視線，秦北霄偏過頭，黑沈沈的眼眸中沒有任何波瀾起伏，也未看她一眼，而是徑直略過，轉向顧熙載，道：「既滿意，親事不就得早日辦下，免得夜長夢多。那秦某祝願兩位新人以後事事得償所願。」

得償所願四字，特意放慢，真像是祝福。

沈芷寧臉色瞬間一白，低著頭，袖中的手扣緊了手心，疼痛陣陣傳來以刺其清醒。

清醒點，沈芷寧，這不就是妳想要的嗎？不再干擾他的人生。他將過往風輕雲淡抹去，重新開始新的生活，一派輕鬆地祝福妳與他人，這才是放下，他放下了，妳也該放下了。

隨後，秦北霄就與顧承光走了。

顧熙載嘆了口氣，轉身將目光落在沈芷寧身上，落在了她手指垂落時，那處衣裙的幾道褶縐上，以為她被秦北霄嚇到了，想了會兒，道：「妳莫怕，秦大人說話一向如此。」

她沒怕。她怎麼會怕秦北霄？即使所有人都怕他，她也不會怕。

她是不知該怎麼面對，面對這想了三年的人，面對這被她違背諾言，可以說是拋棄的人，以他的性子，應當是恨極了她。

來京都前，想得是不知該怎麼面對他的怒火與恨意，當初她連他的輕微冷淡都接受不了，如今又該怎麼接受？可來了京都後，她發覺，比怒火、恨意更難接受的，原來是他的放下。但她應該要接受的，她要時時刻刻警醒，不能打擾，不能逾越，不能再想了。

眼下，沈芷寧只是笑著嗯了聲。「明白的，逗留夠久了，我先去拜訪顧老夫人與顧夫人了。」

由周嬤嬤引路，顧熙載與沈芷寧一道走著，過了這片碑林，二人道別。

沈芷寧再繞過幾道抄手遊廊，就到了主院，院門口早有丫鬟、婆子等著，一看見周嬤嬤的身影，便對裡頭的人道：「去稟告一聲，沈家小姐來了。」

消息傳至堂屋，顧婉婷替顧老夫人倒茶的手一頓，壓下眼中情緒，嘀咕了一聲。「等了這般久，現在才來，一點規矩都沒有。」

在一旁的顧大夫人寧氏聽罷，心中早有怨言，此時更是煩躁，眉頭微皺。

她是真不知老夫人是怎麼想的，那可是挑給熙載的妻子，多少家閨秀不選，連明家都明裡暗裡提出聯姻的意思，結果偏偏挑中了這沈家的女兒，什麼身分、什麼地位都沒有，以後在官場上幫不上熙載半分，指不定還得他們顧家幫襯，哪比得上那明家小姐？老夫人是當真糊塗了！

本以為就算身分、地位低，好歹是個知禮的，沒想到這會兒才來，讓長輩等了她這麼久。

既然來了，那就瞧瞧吧。這般想著，雖皺著眉，卻也端正了身子，眼神投向大門處，只見周嬤嬤先進屋，其後的女子隨後進來。

進屋的那一剎那，本還有些細微響聲的屋內是一片靜寂，眾丫鬟、婆子眼中全是驚豔閃過。

沈芷寧不知眾人所思所想，按著規矩請安。「芷寧見過顧老夫人與顧大夫人。」未經允許，沈芷寧沒有起身，直到顧老夫人開口道：「起來吧，好孩子，先坐。」沈芷寧聽罷，這才坐在了一旁，也看到了站在顧老夫人身邊用視線毫無顧忌打量她的一名女子。

想來是顧家的嫡小姐顧婉婷。

沈芷寧忽視了這道讓她極為不舒服的視線，認真聽顧老夫人說話。「昨日剛來京都，今日就來拜訪，妳有心了。」

沈芷寧還未開口說話，就被顧婉婷截了話頭。「祖母，親事在這兒，沈家姊姊能不用心嗎？」

這話說的，滿是惡意。

顧老夫人沈下臉。「胡鬧！說這什麼話？隨口亂說的話，沒半點規矩，去跟沈小姐賠不是！」

顧婉婷被呵斥得頓時紅了眼眶，看向寧氏撒嬌。「娘親……」

寧氏也是心疼極了，女兒說的話哪裡不對了？只不過是將心裡話說出來罷了，老夫人怎的只知道偏向外人。

「喊妳娘有什麼用，是妳自個兒說錯了話、做錯了事，不認錯，還任由妳錯下去釀成大禍嗎？」顧老夫人拍著案桌道。

顧婉婷哪見祖母對她這般凶過，淚珠一串串掉下來，帶著氣走到沈芷寧身邊。「給沈家姊姊賠不是了！」

哽咽著說完，就衝出了屋子。

寧氏心疼嘆氣，再看向沈芷寧，眼中已極是厭煩。

「婉婷年紀還小，口無遮攔，我以後會好生管教。」顧老夫人緩和了語氣對沈芷寧道：「我常與妳祖母通信，說妳是個好孩子，如今見了，確實如此，妳祖母近來身子怎麼樣？」

「祖母身子一向好著……」

沈芷寧與顧老夫人就著祖母的話題聊了下去，而全程寧氏都未給沈芷寧一點好臉色，要麼黑著臉，要麼不說話，直到沈芷寧要走了，寧氏也未正眼瞧過她。

「那顧大夫人，怕是厭極了小姐，來了此處，偏生一句話都未與小姐說，就連小姐與她請安、告退，她也不曾搭理一句……」待出了屋子，雲珠替沈芷寧抱不平，壓著聲音道。

話還未說完，就被沈芷寧打斷了。「口無遮攔，這裡是顧府，說這什麼話！顧大夫人是長輩，我們沈家又是欠顧家的，顧家這樣的人家，嫡子的親事對其毫無幫助，作母親的心裡本就不好受，她今日這般，也是正常。」

沈芷寧嘆了口氣，今日是因為顧老夫人在場，其他人收斂了不少，以後若沒有老夫人，不知道會怎樣。

她也不多想了，由婆子領著她們出顧府。

然而，走到快出大門的白石小道上，未走幾步，沈芷寧感覺到腳底踩到了什麼東西，一滑，整個身子往一旁倒去——

雲珠趕忙去扶。「小姐！」

沈芷寧的身子失重，雖被雲珠扶住了，但腳踝處卻是一陣陣疼痛傳來，不禁倒抽了一口氣。

那領路的婆子一驚，想上前幫忙，但看清了白石小道上散落的幾顆珠子後，臉色一變，連忙趁沈芷寧主僕不注意之時將珠子撿了起來才上前哎喲一聲道：「沈家小姐小心，這春露濃重，府裡不知多少人在此處摔著了，可傷著了？不如先回屋子，老奴去請大夫人與府裡的大夫來瞧瞧。」

沈芷寧搖頭。「無礙，就快到門口了，上了馬車回齊府便可，今日已很是叨擾了，怎的再去打攪。」

那婆子佯裝嘆了口氣。「沈家小姐倒不必如此，罷了罷了，那老奴先去回了夫人這事，回頭定重罰打掃此處的丫鬟。」

大門已近，無須這婆子引路，沈芷寧點點頭就放人走了。

然而，被雲珠攙扶到門口，就見齊府送她過來的小廝在車旁來回轉著，面露焦急，這會兒見她出來，連忙上前道：「表小姐……不知怎的，馬車的車軸好像壞了。」

雲珠急了。「怎麼就壞了呢？小姐的腳受傷了，這怎麼回去！」

「小的、小的也不知道啊。」

沈芷寧輕皺眉，垂眸看了一眼自己的腳。

方才的摔倒她還可讓那婆子矇混過關，騙自己只是意外，可如今馬車壞了，兩件事撞在了一塊兒，她實在是不得不承認就是別人故意使壞。

那婆子鬼鬼祟祟、遮遮掩掩，恐怕是顧府的主子幹的，替主子瞞著事罷了，如此想來，應當是那位顧府嫡小姐了。罷了，到底是欠他們顧家的，就當還一點人情了。

沈芷寧開口道：「好了，你們二人也別吵了。反正齊家與顧家離得近，先走著吧，你再去看看能不能租一輛馬車來。」

那小廝應了一聲，跑開去租車了，雲珠猶猶豫豫，看了一眼顧家的大門。「小姐，我們不能借用一下顧家的馬車嗎？」

沈芷寧搖頭。「借不了。」

那顧家小姐這會兒弄壞了她的馬車，又怎麼會找不出理由來說借不了。

雲珠也明白了沈芷寧意思，氣極地壓著嗓子道：「以後再也不來了！」說著，扶著沈芷寧下了臺階。

腳踝處剛受傷，雖由雲珠扶著，可走了幾步後，還是痛得她額頭冒汗。

沈芷寧呼了口氣，咬唇忍著痛，打算繼續走，專注著腳下。

突然，一輛馬車停在了主僕的身邊，沈芷寧意外抬頭，只見車簾一把掀開，秦北霄冷漠的臉出現。「上來。」

沈芷寧一愣，下意識道：「不麻煩了，小廝已經去租馬車了。」

「怎麼，沈五小姐到京第二日就巴巴來拜訪顧家，連顧家周圍街巷沒有租馬車的鋪子都沒有打探清楚嗎？」秦北霄眉眼微挑，唇角沁著幾分冷嘲。「上車，我不想說第三遍。」

沈芷寧眼眸黯淡。「真不必了——」

話未說完，秦北霄已下馬車。

「是秦大人！」

「小姐，那馬車是秦大人的！」躲在暗處看著那邊的小丫鬟，連忙對身旁的主子顧婉婷道：「秦大人怎麼會和她說話？」

顧婉婷心裡早已掀起驚天駭浪，她怎麼也沒想到秦家那位竟與沈家那低賤的女子認識，她忍著看了下去。

遠處的二人，似乎又說了幾句話。

顧婉婷突然間瞳孔一縮，身旁的小丫鬟更是驚呼出聲。「小姐……」

只見遠處，秦北霄將人一把扯到懷裡，強硬地拉到了馬車上。

馬車遠去。

沈芷寧根本敵不過秦北霄的力氣，他狠狠捏著她的手腕將她拽上車，沈芷寧感覺手腕都快被他捏碎了。

「痛啊……秦北霄。」沈芷寧忍不住出聲。

秦北霄的動作一頓，視線立刻落到了她被他捏得泛紅的皓腕上，他面色微沈，鬆開了她的手腕，什麼話都未再說，坐了下來，對簾外駕車的車伕道：「臨街找家醫館。」

齊老夫人還等著她回話，沈芷寧道：「我想回齊府。」

秦北霄的眼神立刻刺了過來，從上至下，掃過她的腳踝，冷笑道：「怎麼？沈五小姐是擔心在顧府附近，寧願腳傷著也不想被人瞧見與男人在一起，壞了自己攀上高枝的事？」

沈芷寧緊抿著唇，許久之後，才垂眸輕聲道：「回齊府是因為老夫人還在等我，再說府中也有大夫，不過你若是讓我上車是為了洩恨，那隨你。」

「洩恨？」秦北霄像是聽到了什麼可笑的詞，語氣無情無緒到極點。「以前年少不懂事，什麼愛不愛，恨不恨的，誰有那腦子、有那心情去記？早忘了。我不過是看不得顧家被妳纏上，顧熙載這大好男兒娶了個愛慕虛榮的女子罷了。」

沈芷寧臉色煞白，狠咬下唇道：「你這麼討厭我，為何還……」

為何還讓她上車？還要救她？

「為何還要救妳？」秦北霄左手摩挲著右手的玄鐵手套，眼神冰冷地瞥了沈芷寧一眼。「我還欠妳一命，送妳一程不過舉手之勞，順便問問妳，還想要什麼。銀子？還是護妳父親仕途亨通？」

秦北霄冷漠、近乎無情的話就如冬日的一盆水狠狠澆在她頭上。

沈芷寧眨了眨眼，冷靜道：「你沒有欠我什麼，我也沒有什麼——」

「沈五小姐。」秦北霄打斷了她的話，暗沈的眼眸對上她，聲音漠然。「我不喜歡欠人情，妳想要什麼我儘量滿足，我不想以後還與妳有什麼牽扯。」

不想以後與她有什麼牽扯。

也是，沈芷寧想，遠離她是最好的，她可是個災星。

沈芷寧沈默許久。「那麻煩帶我去醫館吧，今日也算秦……大人救了我，就當人情還了，以後便不欠我什麼了。」

秦北霄冷冷看了她一眼，隨後收回目光，閉上眼睛嗯了聲。

沈芷寧從醫館包紮出來，就被秦北霄送回了齊府。

齊沅君沒想到表姊去了一趟顧家，竟會受傷回來，受的還是腳傷，接下來幾日想帶著表姊在京都各處逛逛的想法只能打消了。

沈芷寧在府內休養了幾日，也不知陳沉從哪兒得來的消息知道她受傷了，登門送了好些補品來，是由舅祖父與舅父親自接待的，除了陳沉，還有個沈芷寧意料不到的人也上了齊家的門。

這個意料不到的人就是江檀。

因為之前寫信，只說在京中相見，其餘並未細說，所以沈芷寧聽到他送拜帖上門時頗為吃驚。

更為吃驚的是齊家人，齊沅君聽此消息，甚至都不敢相信自己的耳朵，剛喝下去的茶水都快噴了出來，趕忙拿了塊帕子擦了擦，問來通報的丫鬟。「妳說江太傅？來齊家？來看望表妹？我的那位沈家表妹？」

那丫鬟頻頻點頭。「沒錯，是江太傅，親自上門來了，奴婢方才在前堂聽得很清楚，太傅大人與我們老爺說的是聽說表小姐腳受傷了，前來看望。」

齊沅君說不出話來，在屋子裡轉了幾圈。

這江太傅與常人不同，是橫空出世，三年前進京，後被薛首輔收為學生，舉薦入朝，其人有大才，更有不輸於才學的能力，所辦之事皆辦得完美至極，見過他的人無不稱讚，無不說他有錦繡前途，後被陛下點為九皇子的老師，有了太傅之稱。

此人在京，很得聲望，連明昭棠都是他的推崇者，甚至以其為榜樣，用了許多次明家或是顧家的名義請他來參與文會，他都推拒了。沒想到，極少接拜帖的這位江太傅，今日竟是親自遞上拜帖，來看望她那沈家表妹了！

「讓我緩緩。」齊沅君轉了幾圈後坐下來，喝了口涼茶，緩過勁繼續問道：「那妳是見到江太傅了，他與傳言中……」齊沅君比劃著才找到詞彙。「他與傳言說的差不多嗎？」

那丫鬟點頭、又搖頭，隨後道：「江太傅他……」

丫鬟回想著方才見到那位江太傅的背影，那宛若謫仙下凡的身影，當真是讓人不敢上前褻瀆，連接近他都不敢。

「罷了罷了。」齊沅君知道這丫鬟讀書不多，形容不出來也正常。「以後我應當也能見到，畢竟表姊現在可是住在我們齊家，江太傅都親自上門了，難不成我以後還見不到嗎？若是那明昭棠知道了，下巴肯定都要掉在地上，恐會求著我讓我跟他說說江太傅的事，想想便開心。」

第四十七章

齊沅君越說越開心，越說越覺得自己這沈家表姊深不可測。

之前來了個定國公世子，隔三差五就來送補品，現在又來了個江太傅親自登門。以後還會有誰呀？

「妳說，我這表姊還有什麼我不知道的？」齊沅君瞇著眼道：「我尋思著，明家與顧家定是不知道這事，這要是被顧婉婷與明黛還有趙家哥哥知道了，他們又會怎麼想？他們本就瞧不起我表姊……」

「這樣也好。」那丫鬟笑道：「這樣總歸有人能給表小姐撐腰了。」

齊沅君點頭。「妳說得對。」說完這話，她想起什麼似的，趕忙起身。「我與妳們說了這麼久幹麼，這江太傅說要去看表姊，這會兒肯定過去了，我過去看看。」

齊沅君趕到沈芷寧的院子。

沈芷寧見齊沅君氣喘吁吁地跑進來，疑惑道：「怎麼了？什麼事這般著急？」

齊沅君視線在屋子裡轉了一圈。

沈芷寧立刻明白了她在找誰，笑道：「妳在找江檀？他已經走了，就過來看了一眼罷了，還是舅父陪同來的，畢竟是我的院子，男女有別，不能多待。」

齊沅君哎了一聲，一臉失望地坐了下來。「還以為趕得及呢。」

話音剛落，她抓住了表姊方才的字眼……江檀，表姊是直呼江太傅的大名嗎？他們二人竟熟到這般地步？

齊沅君更感興趣了。「表姊，妳方才是喊江太傅江檀嗎？妳與他是怎麼認識的？」

沈芷寧雖很吃驚江檀如今在京中地位這般高，但陳沉之前在信中以及江檀的信中都曾有意無意提及，她還是有了心理準備，再想到在吳州時，江檀的能力本就不俗，便很快接受了。

聽到齊沅君的問話，沈芷寧道：「也沒什麼特別，就是同窗而已，以前大家都在沈家書塾進學。」

「表姊之前說，那定國公世子是同窗，看來這定國公世子與江太傅也是同窗了？」齊沅君一下子想到了沈芷寧之前說的話。

沈芷寧嗯了一聲。

齊沅君笑道：「沈家書塾還真不錯，出了不少人才啊！表姊，還有誰是我認識的嗎？」

還有妳怕得連名字都不敢提的秦北霄。與當今三殿下，蕭燁澤。

沈芷寧猶豫了一會兒，還是沒有說。

在齊家休養了一段時間，沈芷寧的腳傷也好得差不多了，齊沅君便提議去逛一逛京都的夜市。正值春闈結束，還有花朝節的餘韻，眼下京都夜市正是熱鬧的時候。逛累了還可到各大酒樓中喝茶聽戲，指不定會碰見什麼新奇的活動，很是有趣。

沈芷寧來京都的這幾日，除了上門拜訪顧家，其餘時候未曾出門過，聽到齊沅君的提議也心動了，笑著應下來，齊沅君自然是高興地差人先去訂酒樓位置。

到時就由她與哥哥齊祁好好帶表姊在京都玩一玩。

這事次日被陳沉派上門送東西的小廝聽見了丫鬟們的閒話，於是晚間就送來了陳沉的傳話。

「我家主子說，這幾年雖在京都，但出門的時候甚少，玩樂更是不曾，小姐若是有意要出門遊市，不知能否帶上他一道？人多些，也更安全些，畢竟除卻過年的那段時間，就屬春日夜市最熱鬧了。」

定國公府的小廝站在沈芷寧的屋門廊檐處這般說道。

齊沅君正在沈芷寧的屋子裡，聽到這番話，即將要遞到嘴邊的茶一抖，被燙得倒抽了一口氣。

沈芷寧忙道：「燙到沒？怎麼喝熱茶都這麼不小心呢？幸好沒灑出來。」

「沒事沒事。」齊沅君趕緊道，將茶放在一旁。「表姊，妳不用管我，那小廝還等著回話呢，妳先與他說。」

來表姊屋子裡一趟，就看到了這麼精彩的場面。

這小廝說得對，定國公世子確實極少出門。這京內身分地位高的子弟、閨秀，大家心裡都有數，除了世家門閥，也就公府侯爵與皇親國戚的那幾個人，其實是數得出來的，這定國公世子定能算上一位。

可這位神秘啊！見過他的人都少得很，如今，這位神秘的定國公世子上午派了小廝過來送東西，知道了她表姊要出門遊市，下午又巴巴地讓人來傳話。聽聽這傳的什麼話。

第一句先賣了可憐，說自己來京幾年，出門甚少、玩樂不曾；第二句就是認真詢問，用的詞還是如此謙遜；第三句還加了理由，人多更安全些；第四句對應開頭，說春日夜市熱鬧，可他未曾看過，可憐之意頓時現出。

齊沅君細細一分析，差點就要拍手叫絕了。

好個定國公世子，這句話若不是他細細斟酌之後再叫這小廝來說的，她的名字倒過來寫！簡簡單單的出去遊玩，小廝來過一趟又來了一趟，傳的話還是他親自想的，就怕表姊不同意。

嘖嘖。回想自己是怎麼與表姊提議要去遊市的，還是一道用飯的時候隨口提的。

齊沅君佯裝握拳咳嗽了一聲，沒再說話，但抬頭見表姊看了過來。「我沒什麼要說的，妳呢？」

她？這關她什麼事？

齊沅君疑惑極了。「我？」

只見表姊認真地點了下頭。「對呀，是妳要帶我去遊市，多加一個人不是要問妳嗎？沅君願意的話，我自然可以。」

竟然是問她！所以是讓她來做決定了嗎？決定定國公世子能不能與他們一起遊市？

齊沅君坐直了身子，掩著得意認真道：「當然可以！」

沈芷寧見到齊沅君想掩住的那幾分小得意，不由得會心笑著對小廝道：「你回去與陳沉說，明日一道吧，我們許是要先去酒樓聽個戲、喝口茶，到時候可在酒樓會合。」

那小廝立刻應了一聲，但沒有離開，還站在原地。

沈芷寧知道他還有事要說，道：「還有什麼事，一道說了吧。」

那小廝接著道：「主子今日碰到江太傅了，江太傅也知曉此事，也讓小人幫著問一句，他能不能一道前去，定不會給小姐添麻煩。聽說夜市還有不少猜詩作詞的活動，他還能幫上小姐一把。」

齊沅君聽完這段話，都快要暈厥了。

她聽到了什麼啊？江太傅？那明昭棠請了多少次都請不來的江太傅，現在竟然也巴巴地來問表姊，能不能一道前去？

而且說得那些話啊。

不會添麻煩？你可是江太傅啊！怎麼會添麻煩？不，就算你添再多的麻煩，那又怎麼樣啊，明昭棠肯定巴不得你給他添麻煩！還有那句什麼，他還可以幫忙猜詩作詞？

老天爺，這殺雞用牛刀真的不浪費嗎？

堂堂的太傅大人，為了和她表姊出遊，竟說出了這種話來，不知道的還以為她與表姊是要去做什麼驚天動地的大事，且還是件成功後就有大筆分贓的好事。

見表姊又要看過來，齊沅君立刻開口道：「可以，當然可以去！」

開什麼玩笑，這她怎麼拒絕？感覺這日子是越過越刺激了，她還能決定江太傅的事了。

沈芷寧聽了齊沅君的滿口答應，笑了下，對小廝道：「你聽到了，回去回話吧。」

小廝這才走了。

小廝走了之後，齊沅君呼了口氣，對沈芷寧道：「表姊，那這樣，明日我們去遊市，一、二、三……有好多人了。」

沈芷寧點頭嗯了一聲。「妳不覺得不舒服就好。」

「我哪會覺得不舒服——」齊沅君立刻回道，說到一半又頓了頓，往自個兒身上看了一眼笑道：「表姊，那我回去準備，明日我再來找妳啊！」

說罷，齊沅君便歡快地走了。

沈芷寧還坐在位置上，看著她消失的背影陷入了沈思。

當年在吳州，大家也是一塊兒去遊香市、逛燈會，那時她與秦北霄天天黏在一塊兒，時時刻刻在一起，總覺得做什麼事，他都是陪著自己的。

要麼在身旁，手一抬就碰到了他的肩膀，還因著這事跟他拌了幾句嘴。她說他離得太近了，他說她動作太大，他雖嘴毒得很，可她喜耍賴，他無奈被她逼著承認確實離得太近了，可到頭來也沒改這個習慣。不過逼他承認這件事，最後他也報復回來了，一向就是這樣，反正倒楣的還是她。

除了身旁，就是身後，她一回頭，就能看見他，看見他的那一刻，心裡總是脹得滿滿的。

而這三年，她無數次習慣性看身旁、身後。

是空盪盪。是無盡的孤寂與不安。

次日，黃昏時分，沈芷寧與齊家兄妹二人準備出發了，馬車上齊沅君一直纏著沈芷寧說話，齊祁倒是沒怎麼開口，只是隔幾句話就會看一眼沈芷寧。

齊家的這兩兄妹，哥哥對她是有敵意的。雖不知是什麼原因，但沈芷寧還是能感覺得出來，於是她的注意力從那沈默不語的少年放到了坐在她身旁的齊沅君身上。

好在妹妹是極為可愛的。

沈芷寧笑著摸了摸齊沅君的墨髮。

馬車大概駛了大半個時辰，到了熱鬧地段時，天已暗沈了，雖暗沈，但大街小巷皆是張燈結綵，燈火照亮了半邊天。

下了馬車後，三人前往齊沅君讓下人訂好位的如意樓。

今日如意樓也是一如既往的熱鬧非凡，大門處客人進出不斷，小二歡迎的聲此起彼伏，三人就著歡迎聲進了酒樓，一進門就有小二上前。「三位客官真不好意思，今兒沒位了。」

「我們可是訂位了的。」齊沅君從袖中拿出了一個牌子給小二。「天字三號雅間，你拿著，不用引路，這兒我熟得很。表姊，妳跟我來吧。」

齊沅君動作很快，立刻拉著沈芷寧上了二樓，齊祁隨後跟上。

「哎……」小二先接了牌子，仔細看了一眼，當真是天字三號雅間，面露難色，連忙追了上去。

天字雅間都在三樓，齊沅君與沈芷寧道：「這酒樓的點心雖比不上其他幾家有特色，可這兒的茶水卻是極好的——哎，我們到了。」

三人走到天字三號雅間前，剛想推門而進，卻聽見裡頭有歡聲笑語。

齊沅君眉頭一皺，齊祁也是沈了臉。「豈有此理！如意樓現在真是不像話，訂好的雅間竟另給了他人！」說罷，一腳就踹開門。

齊沅君沒有攔著，她雖然性子隨和，可到底是世家門閥出身，該有的脾氣與傲氣還是有的。

門被一腳踹開，裡頭的聲音立刻停了。

齊祁看清裡頭的人時，面色一僵，接著臉脹得通紅。

「沅君，齊祁哥哥？你們怎麼來了？」雅間內的明黛先看到了他們，驚喜道，又轉頭對一旁的趙肅道：「趙肅哥哥，是沅君與齊祁哥哥。」

「我看到了。」雅間內的趙肅掃了一眼被踹開的門，先走了出來，很是不悅地道：「怎麼回事？踹門做什麼？」

齊沅君掃了一眼雅間，除了趙肅、明黛，明昭棠與顧婉婷也在，許是今日也約好來遊市的，可這雅間不是她訂的嗎？為何是他們在裡面？

齊沅君指了指雅間頂上的木牌道：「這好像是我訂的雅間。」

「原來是沅君妳訂的啊，我們還在想是誰訂的，想著到時那人來多給些銀兩，讓他讓讓我們。都怪我，本約好今日出門，卻忘了訂位。」明黛這會兒與顧婉婷走了出來，拉著齊沅君的手道：「是妳訂的就太好了，那大家正好一起吧！」

說罷，明黛又看向齊祁。「你覺得呢，齊祁哥哥？」

齊祁臉上薄紅微起，輕輕嗯了聲。

裡屋的明昭棠也傳來了聲音。「是啊，正好一起，齊沅君，快些進來吧。」

齊沅君輕皺眉，看向一旁。

趙肅與明黛等人不知道她在看誰，因那人被門擋著，這會兒輕碰了門，順著齊沅君的視線看過去，才發現是一名女子。

顧婉婷臉色微變。

明黛看其面容，一愣後，笑道：「沅君，這位是誰啊？」

齊沅君頂著眾人好奇的眼神，慢慢道：「她是我的表妹，沈芷寧。」

竟是她？顧熙載那傳說中的未婚妻？

眾人臉色皆變。特別是明黛，本還帶著笑容，頓時慢慢消失了，而趙肅看到明黛這般，臉色陰沈起來，顧婉婷轉過身子，輕撫明黛的背，瞥過沈芷寧時的眼神，明顯帶著厭惡。

明昭棠已從雅間內出來，面露尷尬。

齊沅君自是將他們的神情盡收眼中，緊抿著唇。他們哪一個不是世家門閥出身，自幼最看重的就是規矩二字，如今見到人了，卻也不打一聲招呼，反而是這般對待。

齊沅君抬頭看著雅間的木牌。

想說的話還未說出來，這時候，跟上來的小二著急忙慌過來。「哎呀！客官客官，真是抱歉，確是你們訂的位，但方才這幾位說來了之後再與你們商量讓位的事，就先進來了，不知你們商議好了沒？」

趙肅皺眉開口道：「商議好了，我們都是認識的，就一道了，哪還有什麼讓不讓位的事。」說到這兒，趙肅頓了一下，目光落在沈芷寧身上，慢慢道：「但，這位就不要進來了吧。」

沈芷寧面容平靜至極。

但齊沅君湧上來了一股怒氣，立刻道：「趙家哥哥，你說這是什麼話？我帶表姊出來遊玩，特意訂的雅間，什麼叫她不能進？」

「沅君，妳明知道黛兒在這裡，妳還要讓她進來，妳是存心讓黛兒不高興嗎？」顧婉婷冷聲道：「我看妳是被她迷了心竅，現在讓妳帶她硬擠進我們的圈子，就以為與我們是同類人，回頭便覺得自己配得上我哥哥。真不知道妳帶她出來做什麼，竟還與我們一個雅間，把大家的好心情都破壞了！」

「硬擠進我們圈子？還不想同一個雅間？」齊沅君火冒三丈。「我們怎麼知道你們今日出來，又怎麼知道你們在此處，所以哪來的硬擠進圈子。根本都不知道今日會碰到你們！還有，這間雅間，是我訂的，我是為了表姊才訂下這間雅間，你們先搶了我們的雅間不說，現在還口口聲聲說是你們的雅間，要趕我的表姊出去，到底是誰壞了誰的好心情！」

顧婉婷瞪大眼，根本沒想到平日裡隨和的齊沅君竟會說出這番劃清界線的話來。

明黛立刻扯了下齊沅君的袖子，軟下口氣道：「沅君，妳別生氣，這件事是我的錯，本是我約了趙肅哥哥與婉婷來此處，但我卻忘了訂位，想著這間雅間還未來人，我們先用著，回頭再商量。看見妳時我還很高興呢，這樣大家便可以一起玩了，這自然是妳的雅間，沈小姐也不需要出去，可以與我們一道，妳不要氣了，好不好？」

第四十八章

齊沅君被明黛的這番話堵得是那口氣上不來，又下不去，袖子還被她輕扯，又見她小鹿似的雙眼看著自己，齊沅君滿是無奈，轉身看表姊，表姊面色不改，還是那般溫和地看著自己。

齊沅君一股煩悶蔓延全身。

她今日是想著讓表姊開心的呀！是想著帶表姊見識一下京都的繁華，感受一下與江南不同的風土人情，是想讓她開開心心地來遊市，再開開心心地回府。誰想到，遊市還未開始，就讓她經歷了這樣的事。

表姊儘管什麼都未表現出來，可碰到了這麼多嫌棄她、厭惡她的人心情哪還會好得起來？聽到了那些難聽的話，又怎麼玩得盡興呢？恐怕她其實心裡傷心著，不想被人知道罷了。

可明黛說的又是什麼話，什麼不需要出去，可以與我們一道，這本就是為表姊訂的雅間，為什麼說得讓表姊進來好像受了很大委屈、做了很大讓步一樣？

齊沅君想到這兒，甩開了明黛的手，語氣冷硬。「你們做事本就不地道，就算不是我，哪有搶占別人雅間的道理，就怕別人來了，也要用金錢與權勢壓人，逼得別人放棄。我來了，雖說要一道用，可偏生要把我請來的表姊趕出去，她根本不需要出去，也不需要徵得你們的同意，該出去的是你們。」

「沅君……」明黛被說得臉色煞白，眼睛紅了一圈。

齊祁見明黛這般，看不下去了，拉了一下齊沅君，大聲道：「齊沅君！妳瘋了？我們幾個都是從小一塊兒長大的，分什麼妳的雅間、我的雅間，誰差訂雅間的錢了？就是沒訂到罷了，妳倒擺上譜了，絲毫不顧念情分說的什麼難聽話！」

「哥哥，你……」齊沅君被齊祁扯得胳膊一陣疼痛。

齊祁聽著明黛微微的啜泣聲，掃了一眼沈芷寧後又對齊沅君道：「顧婉婷說得對，她來了大家就是不開心，壞了所有人的心情，那還讓她進雅間做什麼？妳如果非要護著她，鬧得大家不安生，昨日訂雅間用的是我的名義，按妳剛才的話既要分得那麼清楚，那這雅間是我的，妳與她都別進了。」

難道不是為了方便記帳才掛你的名嗎？訂是我訂的呀！

齊沅君氣得渾身顫抖。

齊祁繼續道：「有她在，根本沒什麼好事，攪得一團糟——」

然而，話還未說完，就有酒壺從隔壁雅間以破空之勢擲來，狠狠砸中了齊祁的腦袋，砸得酒壺瞬間四分五裂，齊祁額頭血流一片。

「是齊家沒地讓你吠了？回頭我找你老子商量商量，給你的地盤圈大點！一群廢物！」

狠戾的聲音從隔壁雅間傳出。

齊祁不敢說話了，臉色微變，甚至都不敢去擦額頭上的血跡，其餘等人互相看了看，這聲音，是他們怎麼都忘不了的，就是秦家那位。

那位今日竟然也在這兒！

沈芷寧也聽出來了，眼睛一亮，是秦北霄……不過眼神又漸漸黯淡了下來。是他，可見到了他又能怎麼樣呢？照上次所說，送她去醫館後就當是還了人情了，接下來就是兩不相欠、互不牽扯了。

如今又見著他，就是在生生折磨自己。

方才這幾人話裡飽含的惡意都未讓她的心情波動半分，秦北霄的聲音卻讓她心中起了大波瀾，沈芷寧嘆了口氣，拉回了自己的思緒。

隔壁雅間沒動靜了，見人未出來，趙肅等人鬆了一口氣，那位恐怕在等人，被他們擾著了。

齊祁皺眉不再說話，明黛眼神則頻頻看向隔壁雅間，輕聲道：「我要不要找北霄哥哥打聲招呼？他方才也太凶了些吧！他向來對我是性子極好的。」

北霄哥哥。

沈芷寧抬眸看了明黛一眼，嬌俏可愛，聽方才他們叫她的名字，這位應該是明家的小姐？明昭棠的同胞妹妹，也是秦北霄同母異父的妹妹。

原來這樣便算太凶了？那平日裡對妹妹確實極好，反正比他對自己那凶神惡煞的態度好多了。

沈芷寧呼了口氣。

這時，三樓走道迎面走來了一人，是陳沉。

陳沉走得快，未看其他人一眼，穿過眾人，徑直走到了沈芷寧面前開口道：「等久了吧？昨日疏忽了，忘了問是哪間，還尋了一番。」說到一半，他輕皺眉。「妳今日怎的穿這般少？晚間不比白日，夜深露重。」

「我不冷，是嫌熱才未穿披風，我心裡有數的。」沈芷寧阻了他要脫披風的動作，餘光看到了江檀也慢慢走過來，隨後就在不遠處，停了下來。

旁有紅柱與欄杆，透過雕花可看見如意樓人群湧動，嘈雜紛擾更是不斷，他在這塵世霧靄中，偏如謫仙入凡塵，單就駐足那處，她曾經認為沁著三分疏遠與分寸的眼眸，此刻似乎多了幾分溫柔。

二人對視，江檀道：「這兒倒比樓下還熱鬧。」

聲音獨特，又是這般形象，很難讓人忽視。

明昭棠轉身，一下認出了他，有些語無倫次起來。「江……江太傅？」

江太傅？江太傅怎麼會來這兒？

趙肅與明黛等人以為明昭棠是請不到人，想人想瘋了。江太傅多少文會請他都不去，怎麼可能會來這裡？可順著明昭棠的視線看過去，眾人愣了。

確實，好像是江太傅。這樣的仙人氣質，整個靖國找不出第二個人來。

「婉婷見過江太傅，您今日怎麼在此處呀？」顧婉婷見過江檀一回，這會兒第一個上前道：「是在這兒約了人嗎？」

思來想去，也唯有這個最為合理，不然這位為何會來這個地方，想來是與人約好了在這裡相見。

果不其然，江檀嗯了一聲。

顧婉婷與明昭棠等人不知江太傅約了誰，也不見江太傅穿過人群離開，難不成約的人就在現場？

這般想著，就聽江太傅道：「樓內悶熱，不披便不披了，出去後還是披件好，陳沉的不願穿，待會兒遊市時再買一件可好？」

江太傅在和誰說話？

眾人順著視線看去，他看的，可不就是沈芷寧嗎？

難不成江太傅約好的人是她？怎麼會是她？她怎麼會與江太傅認識？

顧婉婷滿心的複雜，還抱有一絲的希望，可接下來就見江太傅走到了沈芷寧身邊，顧婉婷的心漸漸下沈……竟真是她！

江檀就這麼走到沈芷寧身旁，與陳沉對視了一眼後，再掃向全場後緩緩收回目光。

二人哪裡不明白眼前情況是怎麼回事。

沈芷寧來京都之前，他們把該查的都查了，查到與沈芷寧訂親之人是顧熙載，對沈芷寧有敵意之人可不少啊！想來現在就是因著這事起的風波。

或許在他們未來之前，就已經對沈芷寧出言不遜，擺盡臉色了。

陳沉一想到此處，臉色都沈了下去，江檀眼底泛起一絲暗沈後又轉而帶了一絲笑意，偏過身似是好奇問道：「怎麼了諸位，不回雅間？是出什麼事了，方才過來我就奇怪，怎麼這麼多人聚在此處。」

齊沅君壓著氣嘀咕道：「哪還有什麼雅間回啊，雅間都被搶了，明明是我們訂的雅間，他們還讓表姊出去呢。」

齊沅君這麼直白的把事情說出來，趙肅與明黛等人一下臉色變得不太好看。

「雅間被搶了？還讓妳出去？」陳沉聽到這句話臉沈得徹底，沒想到自己晚來了這麼一會兒，就出了這事，他偏過身子，擋在了沈芷寧身前。
他本就是混子出身，這些年來好不容易改掉了一些習性，平日收斂了一身的氣息，可動怒起來，比過往還要暴戾。「你們做事好生猖狂囂張，我定國公府的人也敢動，哪家的？待會兒我連夜送帖子上門問你們父兄討個說法！」
定國公府？這男子是定國公府的？
他們真沒想到此人是定國公府的，方才一見確實不凡，可誰都未往這方向猜去，畢竟這個年歲的，定國公府也唯有那個世子了吧？誰能想到那個極少出府的定國公世子會出現在此處，還與沈芷寧這小門小戶的認識呢？
沈芷寧聽到陳沉的這句話，皺眉輕扯了下他袖子。「你說這什麼話。」
這話過了啊！哪有上門討說法的？都是小輩們的事，還扯到長輩了。
「陳世子說得沒錯。」江檀順著陳沉的話，認真地看了沈芷寧一眼後，轉向眼前眾人道：「方才我與陳沉來得晚，不知實情到底如何，如若是我們芷寧做錯了事，我與陳沉代替她向你們賠罪，如若是諸位刻意刁難，那我們自然不能讓她受了欺負。」
齊沅君聽完這番話在旁邊都驚呆了。
她哪見過這架勢、這些說辭。
先是定國公世子站出來，將表妹整個人護在身後，明顯是極為動怒地說那話：我定國公府的人也敢動——表姊哪裡是你定國公府的人了？這還不是你就護成這樣了？

定國公府世子太激動了，而江太傅的話是高明多了，卻也不遑多讓。

開口附和陳世子，先道歉，再表明態度，那態度自然是不肯退讓的，而說的那些話：我們芷寧、我與陳沉代替她、不能受了欺負……

這哪裡是表姊說的普普通通的同窗關係，這兩位是把人圈在自己地盤了吧！如若之前派人上門、上門探望算有所收斂的話，眼下便是明晃晃地對眾人說，這是我們護著的人，你們想欺負她先跨過我們再說。

最值得一提的是，這兩個人，一個人是定國公世子，一個是江太傅啊！

趙肅等人被江太傅的這番話給說愣了，臉上一陣紅、一陣白，不知該說什麼好。

他們是怎麼都沒想到這個沈芷寧會與江太傅認識，看起來似乎還關係不淺。不，確實不淺，否則江太傅哪裡會說出這些話來。還有這定國公世子，也是如此。

明昭棠其實心裡更著急些，不想自個兒在江太傅面前壞了形象，想說實際上並非如此，可仔細想想，方才趙肅確實說了讓沈芷寧出去，而他也沒有開口阻止，實在無可辯解，只得嘆了口氣。

明黛則輕咬下唇，唇瓣處傳來的刺痛與心口那奇怪的感覺讓她很不舒服，這種不舒服，就如同當時知道熙載哥哥訂親了，而訂親對象不是她的時候。

也如同方才見到這位傳說中的沈小姐時。

不過許多時候，她是放下了的，因為她知道，熙載哥哥不會與沈家小姐真的成親，雖有了名義，可他們哪裡是一個世界的人？母親也與她說過，他們遲早會解除親事的。

可現在見到定國公世子與江太傅都與這位沈家小姐很是熟絡，她心裡說不出地堵得慌。她應該是比他們地位低的。就算長得好看又如何？就算性子討人喜歡又如何？總之，她是及不上他們、也趕不上他們，自然也配不上她與熙載哥哥，不配與他們站在一塊兒。

如今，她曾經內心深處最瞧不起的人，竟然要與他們平起平坐了。

明黛咬著下唇的貝齒又用了下力，留了一道齒印，隨後衝江檀輕笑了一下，笑容還帶了一絲委屈。「江太傅，你恐怕是誤會了，沅君也誤會了，我們哪會欺負沈家姊姊。只是今日這如意樓確實鬧得很，我們本也認識，從小一塊兒長大，同用一個雅間想著也沒關係；至於趕沈家姊姊出去，那更是沒有的事，只是因為之前確實對沈家姊姊有些誤會，趙家哥哥與婉婷還有誤會未解開，說話不客氣了些，說到底都是黛兒的錯，要是我今日訂到了位，也就沒今日什麼事了。」

明黛說著，走到沈芷寧面前，微微欠身。「黛兒替趙家哥哥與婉婷向沈家姊姊賠不是了，絕對沒有趕姊姊出去的意思，還請姊姊原諒。」

說到原諒二字，還帶了一絲哽咽。

明黛高門出身，一向得眾人喜愛，捧在手心裡嬌寵長大，如今竟為了這種小事向這小門小戶的下賤女人低頭賠罪，這女人就算真被江太傅與陳世子護著，趙肅也忍不了了。

一把將明黛拉了回來。「黛兒，妳與她道歉什麼？妳又沒錯！」

這一把被趙肅扯回來，明黛忍不住紅著眼眶，開始憋著淚哽咽道：「我不知道怎麼就成這樣了？大家既然都認識，共用一個雅間也是無妨的，就是對沈家姊姊有誤會，誤會解開了就好了，大家怎麼就吵成這樣了。害得江太傅與陳世子心裡恐怕都有想法了。」

齊沅君其實極少見到明黛哭，她向來得眾人喜歡，長得好、說話甜，大家都喜歡她，她這會兒哭成這樣，連她心裡也有點不舒服，可理智又告訴她，這件事本就是他們的錯，明黛說的這些話倒像是將事情攪和起來了。

齊祁見明黛的哭容，心裡極為心疼，一時之間也不知如何安慰好，只聽趙肅沈著聲安慰明黛。「妳別哭，黛兒，這事確實是我先開的口，要道歉也是我去道歉。」

齊祁也順著道：「是，不關妳的事，既然江太傅與陳世子覺得是我們欺負人了，那就我們道歉。」

二人眼神不善地看向沈芷寧。

江檀挑眉，陳沉將人護在了身後，剛想說什麼，就聽到一道慢悠悠的聲音。「那你們準備怎麼道歉啊？」

眾人連帶著沈芷寧立刻看向出聲的方向，不知何人，秦北霄已出了隔壁雅間的門，微靠在紅柱旁，戴著玄鐵手套的手隨意地搭在欄杆上。

指尖一下、一下敲在木欄上，如同叩在趙肅與齊祁的心口。

被這位盯著的感覺極其不好受，就如黑夜中即將被暗處不知名的怪物撕咬的前一瞬間，恐懼得讓人發慌，趙肅與齊祁頓時回答不出一句話來。

秦北霄的敲打停了。

停的那一刻，趙肅與齊祁二人心頭一緊。

眼前這位語氣漠然。「聽不見？是耳朵聾了，要我再問一遍嗎？」

趙肅背後發涼，澀聲回道：「聽見了，秦大人。」

齊祁的聲音則有些發抖。「聽見了，秦大人。」

秦北霄唇角沁著一抹冷笑，目光落在陳沉身上，似乎也想透過他，去看他身後的那個人，但不過一瞬，他便移開了目光，隨後站直了身子，站直後，那股威壓的氣勢更為令人懼怕。

他一步一步走到沈芷寧面前。

如若是旁人，陳沉或許不會讓，但這個人是秦北霄。當年沈芷寧與秦北霄的事，整個西園誰不知道？尤其他還是目睹沈芷寧痛哭發誓的人。

第四十九章

陳沉轉頭看了沈芷寧一眼，讓開了。

沈芷寧見秦北霄過來時微微一怔，未反應過來，他站在她的身旁，就如當年的距離，聽見他冷漠至極的聲音。「那說說看，怎麼道歉？」

齊祁與趙肅上前，掩飾不好的臉色向沈芷寧道：「是我們說錯話了，還請沈小姐大人不記小人過。」

那語氣中，自然也含有幾分屈辱之意。

沈芷寧抬頭看向秦北霄，他那凌厲的下頜線都透著幾分冷意，她似乎有點不太明白他的意思了，明明前兩日還說不想與她有任何牽扯的。可今日……

沈芷寧沒說話。

秦北霄繼續漠然道：「哦，這就是你們的道歉啊。」

未等眾人反應過來，秦北霄抬腳就踢了過去，掃過二人的面龐，一片血珠灑天，明黛、顧婉婷等人尖叫起來，誰都沒想到秦北霄會當場動手。

踢完，就是大步上前，像死人一般拖著兩個人的衣領到沈芷寧面前，聲音如惡鬼。「再給老子道歉。」

明黛哪見過這樣的場面，儘管害怕，可心裡想著這到底是自己的哥哥，挪步上前哭著求饒道：「北霄哥哥，趙家哥哥與齊祁哥哥已經道過歉了呀！你別動手了，黛兒求求你了。」

她是他的妹妹啊！平日裡對她比對旁人態度似乎也好上許多，總歸會聽她一句勸吧？

秦北霄卻抬眸，眸光冷冽，一字一頓道：「妳算什麼東西！」

明黛臉色煞白。

齊祁與趙肅都被打傻了，一時都未反應過來。他們這輩子沒挨過這樣的打，臉上、嘴裡的疼痛陣陣傳來，提醒他們秦北霄那些荒唐囂張的過去，告訴他們再不道歉，或許今天真的要被他打得沒了半條命。

於是二人便開始向沈芷寧求饒道歉，比起之前，真誠了不少。

但秦北霄沒有放過他們，聽著他們一遍又一遍嘶啞的聲音，作為當事人的沈芷寧都有些不忍了，趁眾人被齊祁與趙肅吸引了視線，她輕輕拉了拉秦北霄的袖子。

這是多久沒有過的感覺，她一向喜歡做這樣的小動作，用的力度也恰到好處，撓得他心癢、卻又抓不住。

他甚至都不用等她開口說，就知道她的意思。

與以前根本沒變啊，沈小菩薩……

秦北霄冷聲開口道：「行了。」
這聲「行了」一出來，在場緔緊的氣氛一下鬆了。
明黛暗地呼了一口氣。
北霄哥哥剛才應該是氣得厲害，所以對她的態度才那般惡劣，畢竟她可是他的妹妹，那句話怎麼可能會是真心的？眼下北霄哥哥明顯沒消氣，卻還是說行了，許是因著她方才的勸說。
想到此處，方才被嚇白的臉色慢慢恢復血色，想上前多謝北霄哥哥的高抬貴手，但剛走過去一步，就見北霄哥哥往他身旁的沈芷寧看了一眼。
明黛心裡一咯噔。她本以為是他們吵到了北霄哥哥，北霄哥哥藉此出來洩氣的，難不成也是為了這個沈芷寧出頭的？
只見北霄哥哥看了一眼後，什麼話都未說，徑直走了，似乎就是隨意掃過的一道目光。
明黛放下了心。
她想，這二人怎麼會認識？就算認識，北霄哥哥哪裡會這般替她出頭？
秦北霄走了，場面又已經鬧成了這個樣子，在場所有人哪還有什麼心情繼續待下去，趙肅與齊祁等人走了，沈芷寧猶豫了一會兒，目光順著秦北霄的背影，慢慢道：「我也想走了。」

江檀掃了一眼沈芷寧的面容，臉上雖帶著笑，但眼底意味不明，陳沉以為沈芷寧是想回府，叮囑了幾句，便不擾著她了。

秦北霄徑直下樓，出樓時碰到了趕來的蕭燁澤。

「不是吧你，你現在脾性是越來越臭了，我可未遲到啊！」蕭燁澤瞪大眼睛。「你自己先到了，等久了卻耐不住先走？」

今日本來約好和秦北霄來此處談事情，平日裡怎麼約都不出門，如今是好上許多，可未想到雖是約出來了，不過等了會兒人就拉長了那麼一張臉。

秦北霄根本不搭理蕭燁澤的話，略過他直接走了，蕭燁澤察覺到了不對勁。

這不像是因為等他的事啊。這倒像是因為……

蕭燁澤追上去。「你碰到沈芷寧了？」

秦北霄腳步一頓，眉頭微皺，大跨步走了。

「你還真碰到了，果然京都說小不小，但說大也不大啊。」蕭燁澤跟著他。「還是說你知道她今日來此處，故意挑在了如意樓？我想想也是，自從她來了京，你整個人狀態就不對了，以前死氣沈沈，現在是……」

「三殿下。」秦北霄打斷了他的話，語氣冰冷，含盡諷意。「之前似乎就說過，我不想聽到她的名字。」

是是是。之前是說過，不僅說過，還因為這個跟他動怒，那可怕的啊！

蕭燁澤回想起來都忍不住雙肩一抖，聽說他現在府上知道以前內情的人都是守口如瓶，以前還曾打死了個多嘴的。

不過現在人都來京了，蕭燁澤決定還是把心裡話與秦北霄說一說。「我真看不懂你，你之前不知，可後來不還是偷偷讓人去調查到底發生了何事，竟讓沈芷寧違背與你承諾了嗎？你信她的為人，不會真是那種人，所以才派人去查的不是嗎？查出來了，是先生死了，那余氏恨極了你，又怎麼肯點頭同意先生唯一的弟子與你糾纏在一起？」

秦北霄別過臉，蕭燁澤不依不饒湊了上去。

「那些話她是騙你的，你也知曉，至於與顧家訂親什麼的，許也有隱情，你一向想得透澈明白，怎麼就在這件事上繞不過彎來？」

秦北霄黑沈沈的眸底滲著意味不明的暗色。

是的。他一向想得透澈明白，一切都想明白了，就只因為如此，才轉不過彎來。他知道她是為了與他斷絕關係說的狠心話，知道她不是她說的那樣，但他就是繞不過來。

為何不與他說？為何就這麼不信任他？甚至，為何與他斷了承諾後，轉頭就與顧家訂親！她的速度如此之快，快得讓他又不得不信，她確實有著那樣的想法，而之前所有的溫存，似乎都帶了幾分虛假偽裝。

她還說，不愛他。

他不想信這句話，日日夜夜躺著睜眼到天明，想從那些帶有虛假意味的細節溫存中汲取她是愛過他的證明，好讓自己喘氣活過來。

可真汲取到了那些點滴，喜悅過後又是撕心裂肺的疼，因為當下的自己就是一個事實——

他就是被她沈芷寧放棄的那一個！可有可無的、隨時拋棄的那個人！

他要面對這個事實，可又控制不住地去念著她、想著她讓他感受到自己還活著，如此反反覆覆、顛覆往來，快把他折磨瘋了。

或許他早已經瘋了。

「我何必要轉過彎來？」秦北霄面色漠然。「再在她手裡死一次嗎？現在很好，就當給愚蠢的自己一個警醒。」

「警醒？是，沒錯，你說是警醒，可這警醒對你沒用啊，秦北霄。」蕭燁澤這回倒看得清楚。「你就算警醒著自己，可你不還是控制不住嗎？你別當本皇子什麼都不知道，沈芷寧守孝三年後，她父親怎麼就這麼巧升了京官？我覺得蹊蹺，看了父皇的卷宗，上回戶部出了問題不關你的事，你會這麼好心出手幫那韓延，之後就順水推舟讓人推了沈芷寧的父親上來。她這回來京是打著來看親戚的名號，而你，是根本不想讓她回去。」

蕭燁澤說到此處，感受到了秦北霄刺過來的目光。

「我猜你不僅不想讓她回去，你甚至還打算壞了她與顧家的親事。」蕭燁澤今日是不管不顧了，不管他的臉色繼續道：「你瞧瞧你現在，不就是被我戳破了心思嗎？說著不想與沈芷寧有什麼瓜葛，不想提到她，連你府裡的人對這三個字都成了禁詞了，可你自個兒呢？明明警醒自己不該、不能，這要是沈芷寧真站在那兒，喊你過去，你會不去——」

說到這兒，蕭燁澤突然停了。

「怎麼，話沒說完？」秦北霄被蕭燁澤氣得臉色黑沈如水，聲音都透著股寒意。「你他媽說夠了？」

蕭燁澤沒說話，先是衝秦北霄身後擺了擺手，隨後指了指。

秦北霄轉過身子，見沈芷寧與她那個什麼表妹，就站在遠處，看著他們，秦北霄偏過身子，剛想走人，卻聽見沈芷寧的一聲叫。「秦北霄。」

秦北霄身子一頓，冷著臉，到底還是走了過去。

蕭燁澤聳肩。他就知道，他們這秦大人，哪裡過得了沈芷寧那一關。

而沈芷寧身旁的齊沅君方才站在這裡，見自己表姊停頓不動時就心存懼怕了，表姊怎麼一直盯著秦家那位看呢？

她拉了表姊一下，表姊還不走。

表姊膽子真大。

但這一切都沒有表姊的那一聲給她帶來的衝擊大，居然直接喊了秦家那位的名字？表姊是瘋了嗎！

齊沅君心裡還有剛剛在如意樓的恐懼，怕得要死，見到那位真過來了，腿都要軟了，拉著表姊的衣袖道：「表姊……表姊，妳怎麼直呼他大名？秦大人過來了……怎麼辦、怎麼辦？真的過來了……表姊，待會兒妳就好好認個錯，說自己是無心的。」

而表姊似乎很平靜，還拍了拍她的手，輕聲道：「無事的，他不可怕，妳可能對他有誤解。」

現在齊沅君可以確定，表姊真的瘋了。

表姊覺得秦家這位不可怕？還說她對他有誤解？這哪裡是什麼誤解！這是活生生感受出來的！難不成剛剛秦大人幫表姊解了圍，表姊就覺得他人是極好的？這要不得啊！表姊！

大夥兒都知道他被打擾了才找人撒氣的不是嗎？

眼見人就要走到面前了，齊沅君就算被嚇得腿有些軟，還是想護在表姊面前，但秦家這位走過來，眼神都未落到她身上半分，徑直落在表姊身上。「有事指教？」

齊沅君愣了一下。

這口氣，好奇怪。是不太好的口氣，甚至有幾分諷意，極讓人不舒服，可這不是該對她表姊說話的口氣，這裡面有太重的情緒了，甚至都快溢出來了，連她都能感受到，這是對陌生人的情緒嗎？

而且這言辭也很奇怪。

秦家這位，就算真是諷刺，哪裡會對人用指教二字？

沈芷寧自然也聽出了秦北霄的話中情緒，看了旁邊的齊沅君一眼，有些不好意思，覺得還是該避開她與秦北霄說話，於是開口道：「去邊上聊可以嗎？秦北霄。」

這話出口，沈芷寧怕秦北霄拒絕，反正他現在是怎麼讓她不順心就怎麼來，也不知道會說出什麼拒絕諷刺她的話來，於是一咬牙、大著膽子拽著他的衣袖往旁邊走。

秦北霄身子一僵，隨後，雖皺著眉，但也順著她的意過去了。

「沅君，妳先回馬車，我待會兒就回去。」沈芷寧又轉身對齊沅君說。

齊沅君都驚呆了。

她看到了什麼啊？她居然看到了自己表姊就這麼拽著秦家那位的衣袖走了！先不說表姊怎麼敢的，最大的問題是，秦家那位根本沒有反抗，就這麼被表姊給拉走了啊！一個大男人，被一個女人生生拽走，那是不可能的，尤其是惡名昭彰的秦家這位，除非他是情願的！

而且，剛才表姊回頭與她說話時，那位雖面色不太好看，可還是一直看著表姊，目光是一刻都沒轉移過。

難不成……

齊沅君感覺這個世界，好像不是她認識的那個世界了。

沈芷寧將秦北霄拉到一處暗巷。

臨近各大酒樓，雖看似安靜沈寂，但總有遙遙傳來的喧譁熱鬧聲，昏暗中也夾雜著幾分光亮，那是近處酒樓華燈通明。

停下來後，那攥緊秦北霄衣袖的手一鬆，轉身看見他的面容淡漠，似是毫無感情的目光掃過她還抓著衣袖的手，再與她對視。

這神情、這眼神。他應該很不高興了。

也是，見都不想見到她，以後不想有任何牽扯的人就這麼一點分寸都沒有的拉他過來，正常人都不會高興吧？更何況是秦北霄呢？

沈芷寧蜷了蜷手指，徹底將手收回了衣袖內。「抱歉，秦大人，是我莽撞了。」

「還知道莽撞？沈小姐這舉動怕是會讓人誤會。」他的聲音平靜，平靜得沒有任何波瀾，沈著聲道：「罷了，妳想說什麼？」

沈芷寧抬眸看他。

他似乎沒有在看自己，僅留了個側臉，照進昏暗小巷中的微弱燈火映著他稜角分明的下巴，就算在如此寂靜的環境，還是存著那分壓迫與侵略。

說他變化大呢，也不能說大，畢竟五官長在那兒，與在吳州時沒差；可說他變化不大，卻是大的，無論樣貌、個子還是整體氣勢，若說之前還有點少年的氣息，如今是個真正的男人了。

但不管是之前的他，還是現在的他，這三年來，她想的都是秦北霄。

她想說什麼，想說的實在是太多太多了。可她知道他不會喜歡聽，他都不想見到她，許是恨極了她。

更何況，她也不能、不該與他過於親近。

壓下心中一切波瀾，沈芷寧道：「方才在如意樓，多謝秦大人相助——」

秦北霄暗沈的眼神掃過來，徑直打斷了她的話。「妳只想說這個？」

沈芷寧一愣，隨後點了點頭。「是，畢竟如果沒有你的幫忙，那二人也不會說道歉的話，我還是要謝謝你的……」

秦北霄的臉色越來越沈，用著肯定的口氣。「妳把我拉來，就只是為了剛才的事是嗎？」

隨後，他頓了頓，語氣陰寒。「那大可不必這般隆重地拉我過來，妳也誤會了，我沒有任何要幫妳的意思，若真要幫，何必等到後來，早在他們前面辱妳之時就出面了。」

這句話的意思，是要她不要自作多情了。

沈芷寧低頭垂眸，輕輕哦了聲。「也是，那確實是我誤會了。」

其實她今日是很高興的，特別是他後來出現的時候，就算她不能對他說，更不能對任何人承認，但她心裡還是極為清楚明白，那一刻她有著無法掩蓋的欣喜。

欣喜他或許就是在幫她，可他的話將她暗存的喜悅一下子澆滅了。

說得沒錯，以他的性子真要幫，又怎麼會等到後來？那些人不是一開始就對她出言不遜了，他的性子，圈在地盤裡保護的人，又怎麼會容許別人說上一個字。

除非已經不在他圈的地裡了，他已經絲毫不在乎了。

第五十章

沈芷寧忍著喉間翻湧上來的澀意。

「真是不該，擾著秦大人了，先告退了。」說罷，她轉身就想走。

她想快點走。她許久沒哭了，在他面前卻控制不住。不要再在秦北霄面前丟人了。再待下去，恐怕還會更丟人。而且她不是早就下定決心離他遠一些嗎？沈芷寧，妳已經害了師父，要是又害了他怎麼辦？

然而轉身的那一刻，人被硬生生拉了回來，手腕被他箝制住，他似乎藉著燈火在認真看她，可那眼神還是冷的。「沈芷寧，妳在哭嗎？」

這句問話一出，那本就翻湧的酸澀之意更為洶湧襲來。

沈芷寧拚命推開秦北霄，想離開，不想讓他看到自己的面容，更不想讓他看到即將泛紅的眼眶。

可秦北霄就是不放開，甚至抓她手腕的力氣越來越大，聲音極沈。「沈芷寧，妳哭什麼？」

「我沒哭。」沈芷寧穩著自己的聲音，盡力將自己隱在黑暗中，不讓他發現自己情緒的波動。「我不會哭的，秦北霄，你放開我。」

她許是真的隱藏得太過於冷靜，使秦北霄一時愣了，趁他發愣的時機，沈芷寧掙脫開了他。

秦北霄回過神後，面色從方才的神色不明恢復到了淡漠，好像從未做過拉住沈芷寧的事一樣。「我看錯了，也是，沈小姐怎麼會是耽於小情小愛的人。」

說到這兒，他的語氣似帶了幾分嘲諷，隨後繼續慢慢道：「莫急著走，妳沒有其他的話要說，我可有。」

沈芷寧立刻抬眸。

可他未馬上開口，昏暗中的男人似乎沈默了許久，最後嘆了口氣，胸膛處發出了一聲自嘲似的輕笑。「沒有其他，是想問問沈小姐，若沒有余氏的反對、沒有顧家的親事，還會遵守當年許下的諾言嗎？」

沈芷寧身子頓時一僵，渾身的血液湧上心頭。

她張了張嘴巴，好多好多話堵在喉嚨間，卻不知道該說哪一句。「你知道了，她不同意……顧家的婚事，實際上也不是你想的那樣，不對……可沒有假如啊，秦北霄——」

「行了，別說了。」他冷酷地打斷了她的話，眼中似乎在瘋狂壓著什麼。「我明白妳的意思了。」

沈芷寧不知道秦北霄明白什麼了，實則她都不知道自己說了些什麼，他的那句話給她的衝擊太大了，以至於她靜不下心思考怎麼回答他。

若真的沒有那些事，她怎麼不會去遵守呢？可她說了也沒有任何意義，難道只是給互相一個安慰嗎？可這不是他應該早就知道的事嗎？為何還要問她？

「秦北霄，我不太明白你。」沈芷寧輕聲道。

「可我明白妳，就算沒有那些事，妳也不會遵守與我的諾言。」

她並沒有那麼愛他，他就是她眼中那個可以隨時拋棄的人！

秦北霄的聲音沙啞低沈，壓著極其複雜的情緒。「妳他媽就是個騙子、是個戲子，從認識的開始就要弄欺騙我、接近我，演出一副動心動情的樣子，真他媽演得好啊！妳自己都要信了吧沈芷寧？誘我入圈、騙我進套，被妳耍得團團轉，妳是不是也要這麼騙顧熙載？是不是也要端著這副樣子嫁去顧家？妳現在還與我在這兒私會，顧熙載知道會——嘶！」

胸膛處傳來一陣鑽心的疼痛。

沈芷寧簡直要被秦北霄的話弄瘋了，方才死命憋住的情緒與眼淚爆發了出來，像隻發怒的小獸，徑直咬上他的胸膛。

他說的什麼話？她恨不得就這麼咬死他，咬死他！

嘴巴裡血腥味與鹹味混合在一起。

秦北霄忍著疼，未推開她，等她咬的力道小了，發洩夠了，才伸出左手，一把捏住她的下巴，冷聲道：「沈芷寧，三年沒見，妳變成屬狗的了？」

他用的力氣大，她下巴骨頭處被他捏得生疼。

沈芷寧知道他也氣得很，他以前生氣就是現在這個神情，陰沈至極，可他現在越是這樣，她越是難過，特別是想到剛才針對她的話，滾燙的淚水流在指腹與臉頰縫隙之間，也順著下去。

「秦北霄……」她掙扎哽咽道：「你不愛我了，現在恨極了我吧。」

他捏著自己下巴的手頓了頓，漸漸鬆了。

沈芷寧似乎看見了他眼神中有著愕然、不解……還有那麼一絲悲痛欲絕。

只聽他咬牙切齒道：「恨妳？我是恨極了妳，恨得無數次想回吳州殺了妳、與妳同歸於盡，與妳到地下相互折磨！恨得我看不慣一個顧家的人、見不得一個顧字，特別是那個顧熙載！沈芷寧，妳可知道我在京的這幾年，要費多大的勁才能不讓他的存在折磨我？只要我一想起來，今後他要娶妳，要與妳同床共枕，當真恨不得，剝他的皮、剔他的骨！」

沈芷寧愣在原地。

秦北霄眼睛赤紅。「我多恨啊！恨妳什麼都不跟我說，恨妳根本從未把我放在心上，所有的人、所有的事，都比我重要，妳的師父、區區一個徒弟的名義，當年就可以讓妳這麼放棄我。我今日說的話狠嗎？可沒有妳當時說的一半，妳卻已經受不了了，沈芷寧。」

不是的，並非從未把你放在心上。你很重要。

沈芷寧直搖頭。「不是的……」

他輕笑出聲，眼眶處紅得徹底。「什麼不是的，就連方才我問妳，沒有余氏的阻攔，沒有顧家的親事，妳願不願意遵守當時與我的承諾，妳也是閃爍其詞，連一句騙我的話都不肯說。沈芷寧啊，我確實恨妳，但我也輸了。」

說罷，秦北霄再也不肯多說什麼，也未再看沈芷寧一眼，抬步就往外走。

沈芷寧摸上自己的臉，已滿是淚水，回過神追著他。「秦北霄，不是這樣的，真的不是這樣的……」

他走得好快，根本不想再與她說話了。

沈芷寧心口彷彿絞在了一起，快速跑過去，緊緊抱住了秦北霄。

他腳步頓時停了。

沈芷寧圈著他精瘦的腰，臉頰貼著他溫熱的後背，感受到他身子僵硬，又聽見他沙啞的聲音。「妳這又是在做什麼？」

「你不要走，秦北霄。」沈芷寧抱住他的力氣加大，哽咽道。

秦北霄沒有說話，轉過身，沈芷寧害怕他走，將頭又埋在了他胸前，死死抱住他，一刻也不鬆開。

秦北霄無法形容現在到底是什麼心情，胸口處脹脹的，喉間也有酸澀之意，他實際該推開她了，可他不想，甚至覺得就這樣被她刺穿心臟也無所謂。

胸口處一片濕潤，許久之後，她悶在那裡道：「秦北霄，真的不是那樣的，你比任何人都要重要，可是，一切都是我的錯，我要贖罪……我不能忤逆師父的母親，我得贖罪。」

說完這句話，她抬頭，嘴唇已被自己咬得鮮血淋漓，眼神滿是絕望悲哀。「因為是我害死了師父，你知道嗎？秦北霄，是我害死他的，我是個災星、是罪人，應該死的人是我。」

這話一出，秦北霄眉頭微皺。

沈芷寧為什麼會說是她殺了李知甫？怎麼她就變成罪人了，又要贖罪，贖哪門子的罪？李知甫被殺一案，當年他雖沒有親自去，可後來不是沒有派人調查過，結果明面上為安陽侯府舊人激憤殺害，可疑點著實太多，舊人為何之後又自殺於荒郊野嶺，連那三支雕翎箭也未知產自何處，到如今還是一樁懸案。

但無論如何，這一切都牽扯不到沈芷寧身上。

可她說話的模樣，又哪裡是在開玩笑？

「為什麼這麼說？當年的事與妳半點關係都沒有，妳甚至都不在場，何來妳是罪人。」秦北霄沈著聲道。

「可是有關係的，就是我啊，如果不是我，師父是不會死的。」沈芷寧低頭垂眸，絕望到了無生氣道：「所有人不知道為什麼，我不能對其他人說，我也不敢與你說。」

該怎麼說呀？說自己是重生回來？誰會信呢？

說完這句話，沈芷寧頭依舊抵著秦北霄的胸膛，垂頭看自己的腳尖，淚水不自覺掉下，而秦北霄還沈默著，過了一會兒，他腳步微動。

「你不要走。」沈芷寧如驚弓之鳥，本就圈著他腰的手臂加大了力氣，悶聲道：「不許你走。」

怎麼三年了，還是這股耍賴勁。

「我不走，但妳要繼續在這裡嗎？」秦北霄也隨她抱著，慢慢道：「還是說，與我去馬車上。」

懷裡的人不說話，最後緩緩鬆開了手，道：「去馬車上吧。」

這邊，齊沅君在馬車上等得百無聊賴，終於聽到了動靜，以為表姊要回來了，掀開車簾一看，確實是表姊與秦家那位從暗巷裡走出來了。

與方才進去不同的是，之前是表姊拉那位過去，這回是二人走得極近。

表姊也未回自家馬車，而是隨秦家那位走向了另外一個方向。

齊沅君無數個念頭起來又落下，最後決定還是乖乖等著。

沈芷寧隨秦北霄上了馬車，馬車內比之前的暗巷安靜了不少，但如今這個天已經不生暖爐了，車內到底有些陰冷，她坐在上回腳受傷時坐這馬車時的位置，坐下來就感到冷冰冰的。

秦北霄坐在她對面，伸手撈過了一條披風，想蓋在她膝上，沈芷寧搖搖頭。

「不冷？」秦北霄問。

沈芷寧看了眼披風，猶豫了會兒，起身坐到了秦北霄那一側，挨著他坐下，甚至還窩在他肩膀處，輕聲道：「你身子比披風更暖和些。」

還很好聞。很熟悉的味道，本以為他身上的味道會變，可方才抱他時她就發現了，他的味道沒有變，是她喜歡並且迷戀的味道。

感受到身邊那柔軟挨著他，還蹭來蹭去，用鼻子不知道在聞什麼。

秦北霄眸底暗沈，心頭處像是被羽毛輕撓著，先前的憤怒又還存在，心中五味雜陳，啞著嗓子道：「妳在聞什麼，我身上有味道？」

她輕嗯了一聲，卻也不說什麼，最後將頭埋在了他頸間，溫熱的呼吸撲在他脖頸處。

「你不要走好不好，就這樣聽我說，聽完後再走……那時我不會攔你。」

這樣說他是集中不了注意力的。秦北霄想。

至於什麼聽完後再走，她怎麼會覺得他聽完會走？

沈芷寧靠在秦北霄肩上，又被他撈到一旁，讓她好好坐著說，沈芷寧輕哦了一聲，掩著眼底的失落。秦北霄真的已經不喜歡她的接近了。

「為什麼說自己是罪人？」秦北霄的聲音淡淡，在她旁邊響起。

因為她就是罪人。

沈芷寧心裡這樣回道，她深呼了一口氣，想將心口的抽痛緩解，將腦海裡關於師父的回憶慢慢抽離，要脫離情感去說，她或許才能說得下去。

沈芷寧穩住心緒，看向秦北霄認真道：「我知道我接下來要說的事，你或許會覺得我胡言亂語，覺得我瘋了，可確實是那樣的。你信轉世嗎？秦北霄。」

眼前的男人眸色漸暗，面上沒有任何波動。

「我活過一世了，死在我二十歲那一年。那一世，沈家以通敵叛國罪落獄，父親與兄長皆亡，母親心鬱成疾，我與她被祖父在京中的舊友接濟。我見你的第一面，是在京都東門大街上，走投無路之下，是你救了我與母親、予我銀兩，還說了一句，天命不足懼。」

天命不足懼。

他也聽過，是西園她揹著自己時，對他說的話。

沈芷寧努力壓著顫抖的聲音，繼續道：「你於我有恩，我自當報答。重回一世後，我知你會到西園進學，聽我祖母與大伯談話，便特地去找了你，只希望能將前世的恩情還於你。」

他沈默著，面色淡漠，沒有說話。

沈芷寧不知他在想什麼，既然已經說到這裡了，就要將全部的事情都告知他，也要說到師父的事，而只要一想到這件事，撲面而來的愧疚與酸澀便脹滿了胸膛。

「為什麼我說我是罪人，是因為前世師父沒有死。你知道嗎，秦北霄，那一世師父沒有死，他只是失蹤了。」沈芷寧咬著下唇，想抵禦一陣一陣撲過來的悲痛。「可我回來了，勸了師父去京都，第二日師父就被殺了，師父身邊什麼都沒變，唯一的變數是我，我是師父的災星。」

沈芷寧握緊雙手，深吸一口氣，努力平靜下來續道：「是我勸師父去京都，是我的重生害死了師父，本來他不會死的，秦北霄，我好恨我自己。」她控制不住身子的顫抖，死命忍住的淚水還是流下來了。「我恨我自己死就死了，為什麼還要回來。害得本不該死的人被射了三箭而亡，他該多痛啊！秦北霄，我有罪，我真的有罪。」

心口處的抽痛使得她渾身發疼，逼得她身子不得不蜷縮，想緩解一會兒，可太痛了。僅僅是說出來也好痛。

而身子還未蜷縮起來，已然被男人的手臂圈住了，摟進了懷裡，左手一下一下輕柔地撫著她顫抖的後背，聲音低沈。「緩一緩，先緩一緩，沈芷寧。」

秦北霄有些恍惚，她說的那些話，實在是太過讓人難以置信，讓人聽了都覺得是她自己的荒唐幻想。

可他聽到這裡，不知怎的，心中一股鬱氣卻散了開來。她的話，給了他一個解脫，他總算是明白她最大的心結是什麼。

他的的確確想錯了，她並非在意什麼李知甫徒弟的虛名，並非一定要聽余氏的話。是她那過不去的坎，是她日日夜夜對李知甫的愧疚悔恨折磨著她，將她的一切都磨滅光了。

而且這麼一說，過往他察覺的許多異樣，全能對得上了。她當初會如此在意他查沈家一事，以及他說哭泣無用之時，她哭著罵他每次都這麼說。

既然此事是真的，那他的阿寧，這三年是怎麼過來的？

——未完，待續，請看文創風1060《緣來是冤家》3（完）

以指為筆，落紙成符／昭華

2022年4月出版

斜槓神醫

靠著替人看事、解厄的本領，她賺了不少銀錢，
雖說她是天命之人，沒有五弊三缺這回事，
但她為人治病仍是僅收取微薄診金，就當是行善了，
然而她心善歸心善，卻也不是啥窮凶極惡之人都幫的，
畢竟，她可是能開天眼的人，想騙她不容易啊！

文創風 1051 **1**

沈糯是全村最美的姑娘，剛滿十四就被婆婆催著嫁進他們崔家，
丈夫是村中文采最出眾、容貌最俊俏的，亦是她的青梅竹馬，
但崔家生活貧困，且家裡的活兒全是她一肩挑，還有個小姑子愛刁難她，
可她總想著，天下間成了婚的女子大抵都是這樣的吧？
不料一年後丈夫高中狀元，卻帶了個閣老的孫女回家，
夫君說，貴女對他有恩，而他也愛上如此善良美好的女子，望她成全，
成全？呵，原來她竟成了阻礙有情人的那一方嗎？那又有誰來成全她呢？

文創風 1052 **2**

在婆婆姚氏好說歹說地勸哄下，沈糯答應讓夫君娶了那貴女為平妻，
往後數年，她不僅看著夫君平步青雲，也被迫看著他們二人夫妻恩愛，
不到三十歲，她便因病香消玉殞，結束這悲苦的一生，死後魂魄仍在夫家逗留，
沒想到，她竟看見婆婆、夫君及貴女三人將她的屍骨砸碎，埋在崔家祖墳，
並且，她還親耳聽見姚氏承認是她們婆媳二人毒死她的，她並非病亡！
從頭到尾，那姚氏看上的就是她的天命命格，貪的更是她極旺夫家的一身骨血，
因天命之人哪怕什麼都不做也能為身邊人帶來福氣，甚至能影響朝代的存亡！

文創風 1053 **3**

沒想到在仙虛界修煉了五百年，沈糯還有再回來的時候，看來是上天垂憐，
思及這三人當初是怎麼害死她的，她簡直恨不得啃其骨，又怎會如他們所願？
她不再是從前那個傻姑娘了，決定先使計和離，報仇的事得慢慢來才行。
由於她在仙虛界時是知名的醫修，又是天命之人，自是擁有一身非凡本事，
所謂的起死人，肉白骨，不謙虛地說，但凡還剩一口氣在，她都能救活，
除此之外，她還有著絕佳廚藝，玄門道法的能力更是世間無人能及，
憑藉這些高超本領，重活一世，她定能好好守護家人，保他們一生安康……

文創風 1054 **4**

沈糯煮的佳餚能飄香數條街，眼下不就引來個破相又斷腿的小乞丐上門偷吃嗎？
留下小男孩療傷的期間，她瞧出喪失記憶的他竟是甫登基一年的小皇帝，
她推測小皇帝恐是偷偷離宮想來邊關這兒尋找親舅攝政王，途中卻出了意外。
攝政王裴敍北，大涼朝赫赫有名的戰神，讓敵軍聞風喪膽、朝臣忌憚的狠戾人，
先帝手足眾多，哪個對皇位不虎視眈眈？偏偏礙於攝政王，沒人敢動小皇帝，
因為他曾在朝堂上斬殺過貪官，離京前更放話若小皇帝出事定要所有親王陪葬！
如今小皇帝失蹤了可不就是頂天的大事？宮裡頭怕是沒人能睡得安穩了吧？

文創風 1055 **5** 完

沈糯從邊關的小仙婆成了京中有名的神醫、仙師，而攝政王也回京了，
但兩人的關係還不能對外公開，親事也得再緩一緩，這全是因為太皇太后，
極厭惡玄門中人的太皇太后一心希望親兒登基，在宮中扶植了一派人馬，
他有兵權，自己有神秘莫測的本事，兩人若成親，還不得讓太皇太后忌憚死？
因此得先讓他把朝堂上該清的都清一清才行，看來，這京城的天怕是要變了，
至於她也有事要忙，據說數十年前禍國殃民的美豔國師死後並未魂飛魄散，
她懷疑前婆婆與國師的一抹魂識有關，若真是……那便新仇舊恨一併算一算吧！

2022年3月出版

和樂農農

文創風 1048～1050

要想過上好日子，
就得自己去爭取！

情意真切，妙語如珠／舒奕

小資女林伊被一陣哀哀的哭聲吵醒，睜開眼才驚覺，
她竟然穿越了，而且還是開局最慘烈的那種——
現在她只是個吃不飽、穿不暖、住破屋的農村小丫頭，
有個刻薄壞祖母就罷了，偏偏親爹還是個毆打妻女的大渣男！
雖然還有相依為命的娘親，以及處處替她撐腰的鄰里鄉親，
但仍然「血親」不如近鄰，這個家根本待不下去啊！
好險上輩子在職場打滾多年，什麼牛鬼蛇神沒見過？
這回她可不打算當個小可憐，怎麼剽悍怎麼來，
首先要發揮調查精神，爹爹的渣男證據務必蒐好蒐滿，
再來要洗腦凡事忍讓的娘親，硬起來才有戲唱，
最後就等著笑看渣爹業力引爆，再容她說聲：「渣男，掰！」
小小林伊要帶著娘親跳出火坑，過上獨立生活啦～～

2022年3月出版

飯香滿門

文創風 1045～1047

一兩為媒，從此他的一日三餐都有人管著啦。
山珍海味不稀罕，這輩子，他只吃她煮的飯！

夫諾千金，妻有獨鍾／紫朱

穿越到古代便跟親哥哥失散，被迫賣身為奴，傅胭無奈當起伺候人的小丫頭，
雖有主家小姐護著，但她最大的心願是攢夠銀兩贖身出府，自由第一啊～～
孰料美色惹得少爺垂涎，眼看要伸狼爪納她為妾，只得找個夫君匆匆出嫁避禍，
但嬤嬤挑來的人選讓她傻了眼，這蕭烈不就是她拿一兩銀子周濟過的獵戶嗎？!
昔年她上街瞧見他為幼弟藥錢犯愁，偷偷拜託嬤嬤幫忙，才把小傢伙的命撿回來。
聽聞蕭家人口簡單，卻是窮得家徒四壁，光靠蕭烈打獵賺來的銀子才勉強度日，
可蕭烈不畏流言上門迎娶，她也沒有退路，乾脆蓋上紅蓋頭賭一把，嫁他了！
成親當天，五歲小叔喊她大嫂的萌樣簡直要融化她，原來有家人的感覺這麼好，
待在主家十餘年的她精通廚藝和繡藝，加上蕭烈的身手，都是賺錢的好營生，
難道兩個大人還養不起一個小包子啊？蕭家吃飽穿暖的小日子，包在她身上吧！

文創風 1059

緣來是冤家 2

國家圖書館出版品預行編目資料

緣來是冤家 / 明檀著. --
初版. -- 臺北市 : 狗屋出版社有限公司, 2022.04
冊 ; 公分. --（文創風 ; 1058-1060）
ISBN 978-986-509-317-4（第2冊 : 平裝）. --

857.7 111003270

著作者 明檀
編輯 林俐君
校對 沈毓萍
發行所 狗屋出版社有限公司
地址 台北市104中山區龍江路71巷15號1樓
電話 02-2776-5889～0
發行字號 局版台業字845號
法律顧問 蕭雄淋律師
總經銷 知遠文化事業有限公司
電話 02-2664-8800
初版 2022年4月
國際書碼 ISBN-13 978-986-509-317-4

本著作物由北京晉江原創網絡科技有限公司授權出版

定價260元
狗屋劃撥帳號：19001626
網址：love.doghouse.com.tw E-mail：love@doghouse.com.tw